SUSANNE GRULICH

Sendeschluss in Köln

MAGNUS MEISTER IM RECALL In seinem neuen Fall kommt der Musiker Magnus Meister dem Traum von einer Karriere als Rockstar näher: Er begibt sich undercover hinter die Kulissen der Casting-Show »The Sexiest Song alive« um zu ermitteln, wer unerlaubt Informationen an die Presse weitergibt – über den Rechner seiner Klientin. Meister erobert die Welt des Showbiz: Die Crew ist am Rande der Belastbarkeit, die Kandidaten verfolgen gnadenlos ihre Ziele und Helikopter-Eltern nerven ihre erwachsenen Kinder. Meister freundet sich mit den Kandidaten an, die er zu den Terminen chauffiert. Seine Tochter Clara, die zur gleichen Zeit ein Praktikum beim Sender macht, verliebt sich in einen der ehrgeizigen Kandidaten. Als Meister den Chef-Juror kennenlernt, macht der ihm ein unerwartetes Angebot, das seiner Karriere einen Schub geben könnte. Doch kurz vor der Ausstrahlung der Finalshow stürzt dieser auf die Bühne – tot. Meister kämpft sich durch einen Dschungel aus Motiven und Eitelkeiten, bis er die überraschende Wahrheit entdeckt.

Die Kölnerin Susanne Grulich studierte Germanistik, Romanistik und Jura und arbeitete zunächst als Rechtsanwältin. Seit ihrer Studienzeit musiziert sie in diversen Bands. Als Gitarristin, Schlagzeugerin und Sängerin schrieb sie Songtexte. Daraus entwickelten sich später Kurzgeschichten und schließlich ihr Krimidebüt um den ermittelnden Rockmusiker Magnus Meister. Sie arbeitet aktuell als Dozentin für ein großes Kölner Einzelhandelsunternehmen. Hierbei trifft sie täglich auf die unterschiedlichsten Charaktere, die sie zu ihren Geschichten inspirieren. Sie wohnt mit Mann, Garten und Gitarre im Kölner Süden. »Sendeschluss in Köln« ist ihr zweiter Krimi.

Bisherige Veröffentlichungen im Gmeiner-Verlag:
K.o. durch Meister (2017)

SUSANNE GRULICH

Sendeschluss in Köln

Kriminalroman

GMEINER SPANNUNG

Immer informiert

Spannung pur – mit unserem Newsletter informieren wir Sie regelmäßig über Wissenswertes aus unserer Bücherwelt.

Gefällt mir!

Facebook: @Gmeiner.Verlag
Instagram: @gmeinerverlag
Twitter: @GmeinerVerlag

Besuchen Sie uns im Internet:
www.gmeiner-verlag.de

Im Ehnried 5, 88605 Meßkirch
Telefon 07575/2095-0
info@gmeiner-verlag.de

1. Auflage 2019

Lektorat: Claudia Senghaas, Kirchardt
Herstellung: Mirjam Hecht
Umschlaggestaltung: U.O.R.G. Lutz Eberle, Stuttgart
unter Verwendung eines Fotos von: © Superbass / CC-BY-SA-4.0 (via Wikimedia Commons) https://commons.wikimedia.org/wiki/File:2018-01-14-Ehrenfeld_Luft-0572.jpg
Druck: CPI books GmbH, Leck
Printed in Germany
ISBN 978-3-8392-2379-6

Personen und Handlung sind frei erfunden.
Ähnlichkeiten mit lebenden oder toten Personen
sind rein zufällig und nicht beabsichtigt.

SAMSTAG, 12. MAI

»Ich sterbe vor Hunger. Das riecht total gut – Parmesan, Knoblauch, Oregano?« Clara ließ sich mit einem Seufzer auf einen Stuhl am gedeckten Tisch fallen. Seine Tochter tauchte in letzter Zeit häufiger ohne Ankündigung an den Wochenenden auf, meistens mit einem Loch im Bauch. Magnus freute sich insgeheim über die Besuche, auch wenn er nicht sicher war, ob sie ihm galten oder Eliza oder einfach nur ihren ausgezeichneten Kochkünsten. »Mama hat vergessen einzukaufen«, sagte sie und griff nach einer Käsestange. »Sie ist auf einer Fortbildung.«

»Und du selbst weißt nicht, wie das geht«, spottete Magnus, während er vorsichtig mit der Suppenkelle die heiße Minestrone auf drei Teller verteilte. »Geld einstecken, zum Supermarkt gehen, Einkaufswagen nehmen – Glück für dich, dass wir heute so früh zu Mittag essen.«

»Sehr witzig, Papa. Seit Montag bin ich voll im Stress mit dem Job im Studio. Ich war keinen Abend vor 9 Uhr zu Hause. Gleich muss ich auch hin.«

»Samstags? Ein Job? Was habe ich verpasst?«

Eliza und Clara tauschten einen kurzen Blick und begannen dann ihre Suppe zu löffeln. Schweigen senkte sich über den Esstisch. Magnus ließ den Löffel sinken und versuchte vergeblich, behindert durch zwei Vorhänge aus langen Haaren, einen Blick seiner beiden Lieblingsfrauen aufzufangen.

»Hallo? Ich bin es. Sprecht mit mir.«

»Clara macht ein Praktikum bei einem Fernsehsender.« Eliza schaute so konzentriert in die Minestrone, als ob sie die Bohnen darin zählen wollte. »Benno hat ihr geholfen, den Platz zu bekommen.«

»Das ist gar nicht so einfach, bei einem Sender unterzukommen. Nur mit Vitamin B wie Benno.« Clara lächelte Eliza an. »Danke für die gute Idee.«

»Mille Grazie.« Eliza vermied es, Magnus anzusehen. »Bei welchem Sender hat es denn geklappt?«

»Halt, Stopp, Pause.« Magnus ließ den Löffel mit einem klirrenden Geräusch auf den Teller fallen. Ein Spritzer Minestrone landete auf seinem Lieblingshemd. »Wiederholt das für mich, zum Mitschreiben. Meine Tochter macht wieder ein unbezahltes Praktikum, diesmal beim Fernsehen. Hauptsache irgendwas mit Medien. Keiner hält es für nötig, mich darüber zu informieren: Meine Tochter nicht, du nicht«, er fixierte Eliza mit einem finsteren Blick, »mein bester Kumpel Benno nicht, und meiner Exfrau ist das scheinbar auch egal.«

»Es spricht keiner mit dir, weil du immer die totale Welle machst«, murrte Clara. »Komm mal runter und mach Yoga oder so.« Sie schob ihren Teller weg. »Das Praktikum ist bezahlt. 500 Euro im Monat.«

»Clara hat recht«, sagte Eliza. »Du regst dich jedes Mal auf, wenn sie etwas Neues beginnt.«

»Kein Wunder«, knurrte Magnus. Er machte sich Sorgen um die Zukunft seiner Tochter. Nach dem Abitur vor drei Jahren hatte sie eine Ausbildung zur Mediengestalterin begonnen und nach einem Jahr abgebrochen, weil die ganze Technik »nicht ihr Ding« sei. Mit seiner und der finanziellen Unterstützung seiner Exfrau Carolin war Clara danach als Au-Pair-Mädchen ein Jahr nach London gegangen. Seit dem Herbst jobbte sie ziellos in der Gegend herum – oder zumindest konnte Magnus darin kein Ziel erkennen. Allerdings fand er es alarmierend, dass seine Frauen sich nicht mehr mit ihm besprachen. Vielleicht müsste er wirklich etwas lockerer werden. Oder strenger?

»Wie heißt die Sendung, bei der du mitarbeitest?« Eliza nahm den Faden wieder auf, als ob nichts gewesen wäre. Diese Strategie bewährte sich häufiger bei den Reibereien von Vater und Tochter. Magnus bewunderte widerwillig, wenn auch gekränkt, ihr Taktgefühl.

Clara strahlte. »›The Sexiest Song Alive‹. Das ist eine Castingshow beim Sender STV. Die Show ist neu, letzten September ist die erste Staffel gestartet. Am Freitag wird das Finale ausgestrahlt – live!«

»Ich glaube, vor zwei Wochen haben wir kurz reingezappt.« Eliza öffnete den Kühlschrank, holte eine Flasche Weißwein aus dem Seitenfach und prüfte die Temperatur. »Kalt genug. Selbst komponierte Songs, richtig? Aber dein Vater wollte nicht weitergucken.«

»Im Ernst, Clara, ein Praktikum? Was willst du damit anfangen?«

»Papa, es reicht! Der Sender hat mir im Anschluss ein Volontariat in Aussicht gestellt, wenn alles gut läuft. Deswegen mache ich das überhaupt.«

»Jetzt lass sie doch mal in Ruhe, sie weiß schon, was sie tut.« Eliza schenkte sich und Magnus ein Glas Wein ein. »Erzähl mal, welche Aufgaben du hast.«

»Ich darf Backstage mithelfen, das macht voll Spaß. Ihr kennt sogar einen der Kandidaten. Ratet mal.«

»Keine Ahnung«, brummte Magnus. »Ich kenne noch nicht mal den Namen der Show. Sitzt Dieter Bohlen da in der Jury?«

»Quatsch Papa, das ist bei DSDS. Und bei Supertalent, natürlich. In ›The sexiest Song alive‹ geht es darum, wer den besten Song schreiben kann. Voll seriös.«

»Erinnerst du dich wirklich nicht?«, fragte Eliza. »Du hast neben mir auf dem Sofa gesessen. Ich fand die Sendung besser als die ganzen Castingshows, bei denen es nur um Singen oder gutes Aussehen geht.«

»Papa, jetzt rate endlich, welchen der Kandidaten du kennen könntest!«

»Ich kenne keine talentfreien Teenager.«

»Eben. Denk nach. Übrigens ist die Show nicht nur für Kinder. Die Altersgrenze für eine Bewerbung liegt bei 40 Jahren.«

»Vielen Dank auch. Dann bin ich nur fünf Jahre über dem Limit.« Magnus wischte sich mit dem Ärmel den Schweiß von der Stirn. Die Suppe war scharf. Eliza und Clara grinsten sich an.

»Also gut«, gab er nach. »Wen kenne ich, der das Zeug zum Songwriter hat? Mich natürlich. Zu alt. Nick? Aus meiner Band? Der ist aber schon 37, glaube ich.«

»Kalt. Ganz kalt. Viel jünger. Denk an deine Gitarrenschüler.« Clara erhob sich, ging zum Backofen und spähte hinein. »Hm. Sind das überbackene Tortellini? Die sind fertig, glaube ich.«

»Tobias, Martin, Laura, Vincent, Milan … Milan? Der hat echtes Talent. Im Ernst? Was will der bei einer Castingshow? Der sollte sich zu schade sein für diesen Zirkus.«

»Oh Mann, du bist voll retro! Auch wenn es das in deiner Jugend noch nicht gab – ein Casting macht dich berühmt!«

»Selbst, wenn man nicht gewinnt – man hat vielleicht die Chance, sich einem größeren Publikum vorzustellen«, stimmte Eliza ihr zu und räumte die Suppenteller ab. »Und man kann Kontakte knüpfen. Das freut mich für Milan. Wart ihr nicht zusammen auf der Schule?«

Clara nickte. »In derselben Stufe, aber andere Clique. Er hatte nur Leute um sich, die Musik gemacht haben.«

»Hey, hat jemand was dagegen, wenn ich mal kurz rausgehe? Ich gehe ein vor Hitze.« Magnus stand auf.

»Du willst bloß rauchen«, lästerte Clara. »Lass dich nicht aufhalten.«

Magnus trat durch die Terrassentür hinaus in den erstaunlich warmen Maitag und blinzelte in die Sonne. Die Stimmen seiner Lieblingsfrauen verschwammen zu einem hellen Hintergrundgemurmel. Auf der Fensterbank lag eine vorgedrehte Zigarette. Nach zwei Zügen entspannte Magnus sich etwas und beobachtete ein Amselpaar in der Hecke beim Füttern ihrer Brut. Eliza und er verscheuchten regelmäßig zwei neugierige Katzen, die dem Nest zu nahe kamen. Es war nirgendwo einfach, den Nachwuchs großzuziehen. Vermutlich sollte er seiner Tochter mehr Vertrauen entgegenbringen. Seine Erwartungen konnten nach ihrem tollen Abitur vielleicht nur enttäuscht werden. Alles, wofür sie sich früher interessiert hatte, spielte bei der Berufswahl plötzlich keine Rolle mehr. Eliza klopfte von innen gegen die

Scheibe der Terrassentür und wedelte mit der Hand. Das Essen war fertig.

»Du könntest dich heute noch nützlich machen, Papa!« Die gereizte Stimmung von vorhin war einer wohligen Trägheit gewichen.

»Gib mir fünf Minuten«, sagte Magnus und strich sich über den Bauch. »Ich brauche dringend einen Espresso. Und ein frisches Hemd.«

»Fährst du mich zum Studio? Das ist in Ossendorf, im Coloneum. Sascha wollte mich mitnehmen, aber sein Auto muss in die Werkstatt.«

»Wer ist Sascha?« Magnus war mit einem Schlag wachsam.

»Den kennst du nicht. Einer der Kandidaten. Heißt das ja?«

Magnus warf über die Schulter einen Blick auf die Küchenuhr. Sein erster Gitarrenschüler kam um vier Uhr. »Ich fahre dich.«

Das Gewerbegebiet am Rand des Stadtteils Ossendorf lag im Kölner Nordwesten, nicht gerade Magnus' Heimatrevier. Die Straßen sahen frisch asphaltiert aus, nirgends gab es die typischen Kölner Schlaglöcher oder Flickstellen. Rechts lag eine Tankstelle, links ein Baumarkt, um die Ecke ein großes Möbelhaus. Früher kannten viele Kölner Ossendorf nur deshalb, weil hinter stacheldrahtbewehrten Mauern die Justizvollzugsanstalt lag. Seit in Köln jeder Quadratzentimeter mit Eigentumswohnungen und Reihenhäusern bebaut wurde, galt Ossendorf als attraktiv für junge Familien, obwohl es kein klassisches

»Veedel« war, mit Einkaufsstraßen und schönen Cafés oder Geschäften. Aber die Innenstadt war gut mit der Linie Fünf erreichbar. Eine Investorengruppe hatte vor einigen Jahren das ehemalige Gelände des Zivilflughafens, den sogenannten Butzweilerhof, als Sitz für Medienunternehmen erschlossen und das Ganze werbewirksam »Coloneum« getauft.

»Bist du noch sauer? Wir hätten es dir sagen sollen.« Clara tupfte sich mit dem Finger etwas Make-up auf die Nase und betrachtete das Ergebnis kritisch im Spiegel auf der Sonnenblende der Beifahrerseite.

»Schon gut. Ich bin ja selbst schuld, wenn ich mir zu viele Sorgen mache. Sag mir lieber, wo ich langfahren muss. Wer ist denn dieser Sascha, der dich immer mitnimmt?«

»Hier rechts abbiegen, Papa. Wieso hast du kein Navi?«

»Das Baujahr des Luxusgefährts, in dem du dich gerade befindest, ist 1988. Da gab es Navigation nur in der Seefahrt. Also: Sascha?«

»Da gibt es nicht viel zu erzählen.« Sie steckte sich die Haare hoch, zupfte an der Schläfe eine dunkle Haarsträhne heraus, prüfte die Wirkung und klappte die Sonnenblende wieder hoch. »Er sieht super aus, kann gut singen, studiert nebenbei BWL und hat sich ein Urlaubssemester genommen, um die Show durchzuziehen. Bis heute hat er bei einem Freund in der Südstadt gewohnt und mich öfter mit ins Studio genommen. Ab Montag brauche ich eine neue Mitfahrgelegenheit.«

»Warum?«

»Sascha zieht bis zum Finale in die Wohngemeinschaft nach Ehrenfeld, zusammen mit den anderen Kandidaten.«

»Ist er denn gut? Musikalisch, meine ich? Es geht doch um den besten Song, oder?«

Clara kramte in ihrer Handtasche. »Alle Kandidaten sind megagut. Das sind die zehn Besten aus Hunderten von Bewerbern, verstehst du? Die, die alle Castings vor der Jury geschafft haben. Sascha ist angeblich einer der aussichtsreichsten Kandidaten. Ah, da ist es ja.« Sie zog ein winziges Parfumfläschchen heraus und bestäubte ihre Handgelenke damit. Eine schwere Süße durchzog augenblicklich den Wagen.

»Hey, mach das Fenster auf. Das ist kein Frisörsalon.«

Clara öffnete ihr Fenster einen Spalt. »Sorry. Der Duft ist ein bisschen schwer, oder? Jasmin mit Orangennote.«

»Mach das bitte nie wieder im Auto. Dieser Glaspalast hier, ist das das Coloneum? Das ist ja gigantisch!«

Clara nickte stolz. »Du siehst nur einen Bruchteil des Areals. Das ganze Gelände für die Film- und Fernsehproduktion ist über 160.000 Quadratmeter groß. Außenkulissen, 20 Studios, Technikräume, Lagerflächen und und und. Die Sendungen, die hier produziert werden, müsstest sogar du kennen.«

»Welche denn?«

»Zum Beispiel Big Brother, Das Supertalent, DSDS, Germanys next Topmodel, Let's dance, Grill den Henssler, The Biggest Loser, Unter uns, Alles was zählt, Verbotene Liebe …«, sie stockte und begann zu grinsen. »Du guckst so was nicht, oder?«

Magnus hob ratlos die Schultern. Das meiste davon waren Sendungen, in die er aus Versehen reingezappt und dann schnell den Sender gewechselt hatte. Er mochte weder Talentshows noch Tanz- oder Kochsendungen, noch Serien, in denen sich junge Schauspieler mit glatten, austauschbaren Gesichtern nach unglaubwürdigen Drehbüchern ver- oder entliebten.

»Du bist ein Snob. Übrigens werden hier auch Filme gedreht, die du kennst. Was ist mit ›Der Medicus‹ oder ›Die fabelhafte Welt der Amélie?‹«

Magnus' Gesicht hellte sich auf. »Der ist schön. Das war lange Elizas Lieblingsfilm.«

»Geht doch«, spottete Clara. »Da sind wir.«

Links von ihnen erstreckten sich mehrere futuristisch anmutende Bürogebäude mit kompakten Fassaden, von Fensterfronten mit viel Glas durchbrochen, in denen sich blau und weiß der Himmel spiegelte. Davor gab es Hunderte von Parkplätzen für Besucher und Mitarbeiter, die heute, am Samstag, frei waren. Über dem etwas zurückliegenden Haupteingang prangte in roten Riesenlettern die Aufschrift »MMC Studios«. Darüber schien die Skulptur eines springenden Einhorns zu schweben – im matten Grün angelaufenen Kupfers.

»Hey, das Tier da oben kenne ich. Hier arbeitest du? Ist hier auch der Sender?« Magnus war von der Größe und Anordnung der Gebäude widerwillig beeindruckt.

Clara schüttelte den Kopf. »STV mietet hier das Studio und die Technik an, denke ich. Du kannst hier in der Zufahrt anhalten.«

»Soll ich dich reinbringen?«

»Nicht nötig. Du darfst sowieso nur ins Foyer. Für alles andere brauchst du einen Ausweis.« Sie drückte ihm einen weichen Kuss auf die Wange, schnappte sich ihre Handtasche und verschwand in einer Wolke von Jasmin- und Orangenduft. Magnus sah mit einem Anflug von

Stolz zu, wie sie mit energischen Schritten die Glastür passierte, als ob nichts sie aufhalten könnte. Er sollte sich wirklich lieber auf seine eigenen Probleme konzentrieren. Clara kam offensichtlich mit ihrem Leben klar. Magnus wendete den Volvo in der Zufahrt, aber noch bevor er sich in den Verkehr Richtung Autobahn einfädeln konnte, vibrierte sein Smartphone in der Hosentasche. Er fuhr ein Stück näher an den Bordstein heran, schaltete die Zündung aus.

»Meister! Ein Kunde droht mit Auftrag. Hast du am Montag Zeit?« Bennos Stimme klang gepresst und sehr weit weg.

»Rufst du von den Malediven an? Du klingst nach Blechbüchse.«

»So besser?«, rief Benno. »Das ist die neue Telefonanlage im Büro!«

»Schrei nicht so.«

»Die neue Klientin kommt übermorgen, die Uhrzeit habe ich noch offen gehalten. Kannst du oder kannst du nicht?«

Magnus ging im Geiste seine Termine durch. Nichts, was sich nicht verschieben ließe. Außerdem käme ein neuer Auftrag seinem extrem übersichtlichen Kontostand zugute. Benno war einer seiner ältesten Freunde, noch aus der Schulzeit. Er hatte ihm schon vor Jahren, als Magnus nach der Trennung von Carolin pleite und deprimiert war, mit kleineren Jobs für seine erfolgreiche Wirtschaftsdetektei aus der Patsche geholfen. Magnus erwies sich als überraschend gute Besetzung für den Ermittlerjob, wenn es um eine private Recherche oder um persönliche Probleme ging. In den letzten Jahren war eine klar geregelte

Zusammenarbeit entstanden: Benno kümmerte sich mit seinen festangestellten Mitarbeitern um die lukrativen Großkunden, Magnus übernahm die kleinen Fälle, an denen nicht so viel zu verdienen war, die Benno aber nicht der Konkurrenz überlassen wollte.

»Meinetwegen – ja. Worum geht es denn?«

»Irgendwas mit Medien.«

»Sehr präzise. Rat mal, wo ich gerade bin.«

»Keine Ahnung. Warum?«

»Ich stehe vor dem Coloneum in Ossendorf und habe soeben meine Tochter bei ihrem Praktikum abgeliefert.«

Am anderen Ende der Leitung war es einen Moment lang still. »Tut mir leid, Meister. Ich hätte mit dir reden sollen, oder?« Benno klang reumütig. »Eliza meinte, du regst dich zu sehr auf.«

»Verstehe. Ich erinnere dich daran, wenn eure Tochter auf der Welt ist.«

Benno lachte. »Zum Glück haben Miriam und ich bis zum ersten Praktikum der Kleinen noch ein bisschen Zeit.«

»Du brauchst eben für alles etwas länger«, frotzelte Magnus.

Er grinste vor sich hin, nachdem er das Gespräch beendet hatte. Benno und Miriam, die ehrgeizige Kriminalkommissarin, waren seit fast drei Jahren ein Paar. Sie waren auch vorher schon gut befreundet gewesen, aber es hatte richtig gefunkt bei ihrer gemeinsamen Mordermittlung, bei der Magnus entscheidende Hinweise beisteuern konnte. Miriam war mittlerweile hochschwanger und würde bald in den Mutterschutz gehen. Magnus warf einen Blick auf die Uhr am Armaturenbrett. Sie ging zwei Stunden nach und zeigte Viertel vor zwei an. Er gab Gas, um pünktlich zum Gitarrenunterricht zurück zu sein.

*

Magnus öffnete Milan die Tür. »Komm rein, wir können heute hier unten bleiben. Eliza ist nicht da. Wo ist deine Gitarre?«

»So gut wie verkauft. Die andere steht in Ehrenfeld.« Milan zog ein Notenheft aus seinem Rucksack, warf einen flüchtigen Blick in den Spiegel neben der Garderobe und strich sich eine Locke aus dem Gesicht. »Die neue hole ich erst in zwei Wochen ab. Darf ich auf deiner Gibson spielen?«

Magnus grinste. »Ich wette, das hast du so geplant. Klar. Welche hast du dir gekauft?«

»Rate mal.« Milan folgte Magnus ins Wohnzimmer.

»Hm. Für dich immer nur das Beste. Von deiner Mutter gesponsert, keine Frage. Gibson?«

»Treffer.« Milans dunkle Augen begannen zu leuchten. »Ich fand deine so cool, dass ich Mama überreden konnte, mir 1.000 Euro dazuzuschießen. Als Belohnung dafür, dass ich bei ›The Sexiest Song Alive‹ in die Finalrunde gekommen bin.«

»Glückwunsch! Clara hat es mir eben erzählt. Jetzt zeig aber erst mal, was du drauf hast, wir reden später.«

Sie setzten sich in die Sofaecke und stimmten die Instrumente. Nach einigen Aufwärmübungen spielte Milan, von Magnus nur sparsam rhythmisch begleitet, fehlerfrei ein anspruchsvolles Flamenco-Stück.

»Sensationell«, lobte Magnus. »Da stimmt einfach alles. Tempo, Feeling, Technik. Du bist gut.«

Milan lächelte. »Ich weiß. Trotzdem schön, das zu hören.«

Bei jedem anderen Schüler wäre Magnus die Antwort überheblich vorgekommen, aber Milan war eine Art musikalisches Wunderkind, egal auf welchem Instrument. Gitarrenunterricht nahm er bei ihm erst seit zwei Jahren, vorher hatte sich Milan alles selbst beigebracht. Er spielte konzertreif Klavier, mittlerweile fantastisch Gitarre und, wenn Magnus sich richtig erinnerte, auch Trompete.

»Ganz ehrlich« – Magnus stellte seine Gitarre vorsichtig auf den Ständer zurück – »ich weiß nicht, was ich dir noch beibringen soll. Du bist jetzt schon besser als ich jemals werden könnte.«

Milans hübsches Gesicht wurde rot vor Freude. »Das ist doch Quatsch. Ich mag deine Songs, vor allem die alten, als ihr noch, wie soll ich sagen …«

»Angesagt wart?« Magnus stand auf und streckte sich, Milan traf einen empfindlichen Nerv bei ihm. Gelegentlich knabberte er noch an seiner auf halbem Wege stecken gebliebenen Rock'n'Roll-Karriere. Bis zum Ende der 90er-Jahre war er mit seiner Band eine lokale Berühmtheit in Köln gewesen. Für den ganz großen Sprung fehlte letztlich ein bisschen Glück, vielleicht auch Zeit oder Geld: So ganz genau ließ sich das nicht mehr feststellen.

»So meinte ich das nicht.« Milan senkte verlegen den Blick auf die Gitarrensaiten. »Das war ein Kompliment.«

Lass deinen Frust nicht an anderen aus, ermahnte Magnus sich selbst in Gedanken. Du hast keinen Grund, dich zu beklagen. Er ging hinüber in die Küchenecke zur Kaffeemaschine, stellte eine Tasse unter die Düse und drückte auf den Startknopf. Ein Cappuccino half immer.

»Sorry«, sagte er schließlich. »Die Blumen sind angekommen. Aber jetzt erzähl mal von dir. Willst du auch einen Kaffee?«

Milan verneinte. Er hielt die Gibson immer noch in der Hand und übte nebenbei eine komplizierte Tonfolge.

»Nach der Show bewerbe ich mich an der Musikhochschule«, sagte er, ohne aufzublicken. »Wahrscheinlich gehe ich in Richtung Komposition.«

Magnus staunte. Der Junge hatte klare Ziele. »Die Eignungstests sind schwierig, oder?«

Milan zuckte mit den Achseln. »Geht so. Ich habe mir im Internet eine Probeklausur ausgedruckt, das war echt easy.

Vor der praktischen Prüfung am Klavier habe ich mehr Respekt.«

»Wenn du nur halb so gut Klavier wie Gitarre spielst, müsste das reichen«, meinte Magnus.

Milan wurde wieder rot. »Klavier spiele ich viel besser.«

»Sag mal, verschwendest du nicht deine Zeit mit dieser Castingshow?«

»Im Gegenteil! An unseren Arrangements arbeiten echte Profis. Alleine, was die an Aufnahmetechnik draufhaben – das müsstest du mal sehen.«

»Zum Glück muss ich das nicht«, brummte Magnus. »Was soll ich bei einer Castingshow?«

»Tja, für eine Bewerbung als Songwriter bist du zu alt«, stellte Milan wenig charmant fest und grinste. »Aber wie wäre es als Studiomusiker? Die bezahlen nicht schlecht!«

»Lass mal stecken.«

»Jedes nette Gesicht Backstage zählt. Die Leute da sind alle total gestresst.«

»Clara würde mich steinigen, wenn sie mich da trifft.«

»Die macht doch sowieso ihr eigenes Ding.« Milans Gesicht verdüsterte sich. »Im Zweifel mit Sascha.«

»Sascha?«

»Ach, vergiss es. Frag sie lieber selbst. Was ist, spielen wir noch ein Stück?«

Nachdem Milan weg war, fragte Magnus sich, warum seine Tochter ihm nicht erzählt hatte, dass besagter Sascha mehr als eine Mitfahrgelegenheit für sie bedeutete. Aber sein nächster Gitarrenschüler forderte seine volle Aufmerksamkeit, und so vergaß er den Gedanken. Danach übte er ein neues Stück, bis es Zeit war, zur Bandprobe zu fahren. Eliza war noch nicht wieder aufgetaucht.

*

»Meister, der Song ist gut. Fast romantisch, für deine Begriffe. Ein Liebeslied für Eliza?«

Magnus hob die Schultern, etwas verlegen. Sven, ihr Keyboarder, war sparsam mit Lob, wenn es um selbst geschriebene Stücke ging. Sein häufigster Einwand war »das gibt es schon so ähnlich von …«, gefolgt von der Nennung einer Band oder eines Songwriters, von dem außer Sven noch niemand im Proberaum etwas gehört hatte.

»Das bedeutet mir viel aus deinem Mund«, witzelte Magnus, nahe an der Wahrheit. Sven zielte und warf als

Antwort einen Kronkorken in Magnus' Richtung. Er traf die Gitarre.

»Hey, lass das. Die ist noch nicht ganz bezahlt. Was ist, machen wir weiter oder schon wieder Pause?«

Die Band stieg erneut ein in die Ballade. Sie hatten noch zwei Wochen Zeit bis zum Gig im Pulheimer Walzwerk. Normalerweise sollte das kein Problem sein, sie spielten seit Jahren zusammen und das Repertoire saß gut, aber ihre Fans und Freunde hatten nach dem letzten Konzert zurückgemeldet, dass ein paar neue Stücke dem Programm guttäten. Und genau die waren im Moment so weit entfernt von gutem Sound wie Köln von Düsseldorf. Magnus brach mitten in der Strophe den Gesang ab, hob die Hand und warf Nick an der Leadgitarre einen Blick zu, der die gefühlte Raumtemperatur um zehn Grad sinken ließ. »Nick, was ist los? Nach der Bridge kommt fis-Moll, dann E-Dur. Weit und breit kein A in Sicht.«

Nick, sonst unempfindlich bis taub für Kritik aller Art, verzog das Gesicht und sah eine Sekunde lang wie ein Dreijähriger kurz vor einem Heulkrampf aus. Er zog den Gitarrengurt über den Kopf, klemmte sich die langen Haare ein, fluchte, stolperte über ein Kabel, riss die Kühlschranktür auf und verließ mit einer Flasche Bier den Raum. Die schwere Metalltür knallte hinter ihm ins Schloss. Die übrigen sahen sich an. Hotte, der Schlagzeuger, schüttelte den Kopf. »Unnötig.« Eine Erklärung, ob er Magnus' Kritik oder Nicks Reaktion meinte, erwartete niemand.

»Ok, Abbruch«, meinte Sven. Sie folgten Nick nach draußen auf die Feuertreppe, ein gut eingeübtes Pausenritual für alle. Es war kühl, aber freundlich und noch hell draußen. Sven öffnete vier Flaschen Bier und verteilte sie. Sie hielten bewusst Abstand zu Nick, der sich etwas abseits an das Geländer lehnte und starr nach unten blickte. Seine Bierflasche war schon fast leer. Die Band hatte mit dem Proberaum im Bürgerhaus Stollwerck den Jackpot gewonnen: Preiswert, zentral in der Südstadt gelegen, oberirdisch mit Tageslicht und Blick auf den Kölner Dom. Drei Stockwerke unter ihnen floss ein stetiger Strom an Fahrzeugen parallel zum Rheinau-Hafen. Halb Köln schien auf dem Weg in die Innenstadt zu sein. Sven, Hotte und Jasper ließen sich auf den Stufen der Feuertreppe nieder. Magnus trat neben Nick an das Geländer. »Was ist los mit dir? So schlecht ist das Stück auch wieder nicht.«

Nick lächelte gequält. »Das hat nichts mit dem Song zu tun. Ich konnte zu Hause nicht üben, weil ich mir noch 30 neue Stücke draufbringen musste. Und die sind viel schwerer als das, was wir hier reißen.«

»Warum neue Stücke?«

»Ein Kumpel hat mich als Studiomusiker für eine Fernsehproduktion ins Spiel gebracht. Das ist ein verdammt gutes Angebot.«

Das Thema Fernsehen schien Magnus zu verfolgen. Er wusste, dass Nick ein fantastischer Gitarrist war, aber seine Ambitionen als Studiomusiker waren neu für ihn.

»Wie willst du das schaffen?«, meinte Magnus. »Ihr habt noch die Fahrradwerkstatt, und Steffi und der Kleine wollen dich bestimmt nicht nur von hinten sehen.«

»Das ist genau das Problem. Ich bin kaum noch zu Hause, weil ich dauernd proben muss. Steffi ist sauer, der Kleine schlecht drauf. Verdammt!« Nick war die Bierflasche aus der Hand gefallen. Sie landete drei Stockwerke unter ihm lautlos im Gesträuch. »Und trotzdem … so eine Chance kommt nicht so schnell wieder. Fernsehen! Die bezahlen gut.«

Magnus verstand ihn. So eine Gelegenheit bekam man als Musiker nicht jeden Tag auf dem Tablett serviert. Was sollte er Nick raten? Seine Musikerseele fühlte mit ihm, andererseits – eine Kleinfamilie wollte auch ernährt werden. Magnus konnte sich noch gut an die Zeiten vor 20 Jahren erinnern, als er kaum gewusst hatte, wie er sich selbst über Wasser halten, geschweige denn, Unterhalt für Clara bezahlen sollte. Er hatte sich damals für die Musik entschieden, was ihn seine Ehe und um ein Haar auch das gute Verhältnis zu seiner Tochter gekostet hatte.

»Was hältst du davon?«, meinte er. »Du kommst nur zur letzten Probe vor dem Auftritt. Dann müssen wir damit leben, dass nicht alles perfekt läuft. Oder, was meint ihr?« Magnus wandte das Gesicht zur Feuertreppe, wo ihm geräuschvolles Schweigen verriet, dass die Band mit einem Ohr gelauscht hatte.

»Geht klar.« – »Meinetwegen.« – »Warum nicht?«

Nicks Gesicht entspannte sich. »Ihr seid die Größten. Gibt's noch Bier?«

Magnus spürte Druck in seiner Magengegend, als das Gespräch wieder in harmlose Gewässer geriet. Während er die leeren Bierflaschen einsammelte, horchte er in sich hinein. Das Gefühl kannte er, und er schämte sich dafür: Es war Neid. Er beneidete Nick tatsächlich um die Chance, als Studiomusiker arbeiten zu können. Das Gefühl begleitete ihn später noch ins »Alibi«, ihre Stammkneipe für das Bier nach der Probe, und verließ ihn bis zum Einschlafen weit nach Mitternacht nicht mehr.

MONTAG, 14. MAI

Magnus nutzte den Montagmorgen, um an neuen Songs zu arbeiten, sich unnötig mit Eliza über Geld zu streiten, einen untalentierten Gitarrenschüler zu unterrichten und einen neuen Job als DJ für eine Firmenfeier von Rechtsanwälten an Land zu ziehen. Um 4 Uhr fuhr er in die Südstadt zum Treffen mit Benno und der neuen Klientin. Sie hieß Anna Voss und arbeitete bei einer Fernsehproduktion, mehr wusste er nicht aus seinem gestrigen Telefonat mit Benno. Er umfuhr geschickt den stockenden Verkehr am Chlodwigplatz, parkte den Volvo auf dem Hinterhof des Altbaus, in dem die Büroräume von Bennos Detektei lagen, und lief die Treppen hoch in den zweiten Stock.

»Hey, was machst du denn hier?« Magnus freute sich, Nadja am Empfang zu sehen. »Hat Benno nicht genug Geld, um dir einen anständigen Job zu geben?«

Sie lächelte ihn an. »Ich vertrete heute Melanie. Ob ich jetzt an diesem PC oder meinem eigenen recherchiere, spielt für einen Tag keine Rolle.«

Nadja hatte sich gemacht, keine Frage. Nichts erinnerte Magnus mehr an die arrogante Studentin, die ihn früher am Empfang in Bennos Büro immer abgekanzelt hatte. Seit ihrem ersten gemeinsamen Fall vor drei Jahren hatte sie ihren Master in BWL in Rekordzeit und mit Bestnoten absolviert. Bennos Detektei hielt sie erstaunlicherweise die Treue. Vermutlich könnte sie überall einen Job bekommen.

»Du kannst durchgehen, er wartet schon mit der neuen Klientin. Die Tür ist offen.«

Magnus warf noch einen hastigen Blick in den großen Spiegel an der Garderobe, richtete seinen Hemdkragen und zupfte sich einen Fussel vom Jackett. Für heute war das Optimum an seriösem Aussehen erreicht. Er folgte mit der Nase dem Kaffeeduft, der aus Bennos Büro kam. Sein Freund saß mit einer elegant gekleideten Rothaarigen in den schwarzen Ledersesseln der Besprechungsecke. Auf dem Glastisch vor ihnen standen zwei leer getrunkene Espressotassen, Gläser und eine Flasche des teuersten Mineralwassers, das es zu kaufen gab. Benno übernahm die Vorstellung. Anna Voss arbeitete als Produktionsleiterin für Filmprojekte und diverse Fernsehformate. Ihr derzeitiger Arbeitgeber war eine TV-Produktionsgesellschaft namens Supra Media GmbH. Als sie ihr Problem konkret schildern sollte, erhob sie sich und begann mit einer Wanderung durch den Raum. Magnus folgte ihr mit den Augen. Sie war groß, schmal und hielt sich aufrecht wie eine Balletttänzerin. Die weiße Bluse verstärkte ihren blassen Hautton. Die Haare trug sie streng im Nacken zusammengebunden. Magnus fand sie eher beeindruckend als schön.

Anna Voss blieb vor einer Schwarz-Weiß-Fotografie vom Rheinufer stehen. »Schönes Bild«, sagte sie. »Keine 0815-Aufnahme.«

Benno und Magnus tauschten einen Blick. Ihre Klientin war nervöser als gedacht. Sie mussten ihr Zeit geben.

»Ich habe das noch niemandem erzählt«, sagte sie schließlich und wandte sich um. Ihre blassgrünen Augen wanderten von Benno zu Magnus, als ob sie sich nicht ganz sicher wäre, wem sie vertrauen sollte.

»Für den Anfang genügt es, wenn Sie uns schildern, worin Ihre Arbeit besteht.« Magnus' Sachlichkeit half. Ihre Klientin setzte sich wieder hin.

»Mein Team sorgt dafür, dass der technische Ablauf im Studio reibungslos funktioniert. Die einzelnen Gewerke müssen ineinander greifen, verstehen Sie?« Sie unterstrich mit energischen Gesten ihre Worte. »Wann hat wer wo genau zu sein? Beleuchtung, Ton, Kameras, Requisite. Erst, wenn alles steht, kann geprobt oder aufgezeichnet werden. Wir haben einen strikten Tagesplan, den meine Mitarbeiter jeden Tag neu erstellen. Alle, die an der Produktion beteiligt sind, arbeiten damit.« Ihre Stimme klang mit jedem Wort kräftiger. Magnus konnte sich gut vorstellen, dass alles spurte, wenn sie Anweisungen erteilte. »Außerdem bin ich als Produktionsleitung dafür verantwortlich, dass unser geplantes Budget eingehalten wird.«

»Das ist bestimmt ein sehr langer Arbeitstag«, meinte Magnus.

»Solange die Produktion läuft, sind zwölf Stunden keine Seltenheit«, sagte sie. »Um heute bei Ihnen sein zu können, habe ich einen dringenden Arzttermin vorgeschoben.«

»Und was passiert, wenn die Produktion beendet ist?«, wollte Magnus wissen.

»Dann kommt die nächste.« Anna Voss lächelte gequält. »Mein Vertrag ist immer für die Dauer einer Sendung befristet. Dieser hier läuft noch drei Wochen.«

Benno goss seiner Klientin ungefragt etwas Wasser ins Glas nach. Sie trank es in einem Zug leer. »Ich bin wirklich urlaubsreif. Eine Liveshow ist eine echte Herausforderung. Am Freitag wird das Finale ausgestrahlt.«

»Von welcher Show sprechen wir?«, fragte Magnus, plötzlich hellhörig. »Meine Tochter macht ein Praktikum beim Sender STV.«

»›The Sexiest Song Alive‹«, sagte sie. »Wir haben momentan nur eine Praktikantin im Team. Sie hilft in der Maske und bei der Requisite aus – Sarah?«

»Clara«, stellte Magnus richtig. »Es macht ihr großen Spaß.«

»Was genau ist das für eine Show?«, wollte Benno wissen.

»Ein Casting-Format für Komposition. STV hat die Lizenzrechte für die Show in den USA einkauft. Das ist die erste Staffel. Sie kennen die Sendung?« Sie richtete die Frage an Magnus.

»Meine Tochter ist natürlich ein großer Fan«, antwortete er. »Ich selbst habe vor drei oder vier Wochen eine Folge gesehen. Mal etwas anderes.« Magnus war dabei eingeschlafen, aber eine gut platzierte Halbwahrheit hielt er an dieser Stelle für klüger.

»Genau.« Anna Voss nickte zufrieden. »Weniger Teenie-Gekreische, mehr Qualität. Die Altersgrenze für die Bewerbung ist 40 Jahre. Herr Grass hat mir erzählt, dass Sie Musiker sind.« Sie lächelte Magnus an, aber ihre Augen blieben wachsam.

»Die Grenze habe ich schon vor ein paar Jahren gerissen«, sagte er freundlich. »Sprechen wir lieber über Sie. Was ist jetzt Ihr Problem?«

»Jemand versucht mir etwas unterzuschieben«, sagte sie und räusperte sich. Zwei steile Falten erschienen auf ihrer Stirn. »Alle Mitarbeiter in der Produktion sind zur Verschwiegenheit verpflichtet. Kein Detail darf vor der Ausstrahlung der Sendung nach außen gelangen. Das wissen auch die Kandidaten und alle Mitarbeiter am Set. Jeder unterschreibt eine Erklärung, und alle Angestellten haben Verschwiegenheitsklauseln in den Verträgen.«

»Irgendwer hat geplaudert«, stellte Benno fest. Anna Voss nickte. »Das Zweitschlimmste ist, dass er oder sie das gegenüber der Presse getan hat. Das Schlimmste ist, dass es so aussieht, als ob ich die undichte Stelle wäre.«

»Wie haben Sie davon erfahren?«, fragte Magnus.

Sie zog ein Tablet aus ihrer Tasche, die neben dem Sessel stand, tippte ihr Passwort ein, öffnete eine Datei und reichte ihm das Tablet. »Sehen Sie selbst.«

Magnus las eine Meldung aus dem Internet vom 8. Mai:

> Sensation bei STV! Stargast im Finale von »The sexiest song alive« wird Mark Forster! Das haben uns die Vöglein heute Morgen gezwitschert. Wir haben alle einen Grund mehr, uns auf das Finale zu freuen! Verfolgen Sie jede Woche mit uns die Auswahl der zukünftigen Stars.

»Das hier ist die Online-Ausgabe der Best-West-News«, sagte Anna Voss. »Schwerpunkt Prominenten-Klatsch und Highlights aus dem Showbusiness. Ein paar Tage später wäre uns die Meldung hochwillkommen gewesen.«

»Wer ist der Verfasser des Artikels?«, fragte Benno.

»Ein Volontär, der erst seit einigen Monaten dabei ist. Ich habe mich sofort mit ihm in Verbindung gesetzt, aber selbst ein Volontär weiß, dass er seine Quellen nicht preisgeben darf. Das Einzige, was ich erfahren habe, ist, dass er am Tag vor der Veröffentlichung von jemandem aus der Produktion angerufen wurde.«

Magnus runzelte die Stirn. »Ich verstehe das Problem nicht. Warum ist es tragisch, wenn die Leser der Best-West-News eine Woche früher erfahren, wer der Stargast im Finale ist? Das ist doch gute Werbung für die Show!«

»Das Finale wird diesen Freitag ausgestrahlt. Die Meldung kommt viel zu früh! Die Fernsehtrailer für das Finale waren zum Zeitpunkt der Meldung noch nicht gelaufen. Trailer, in denen Mark Forster eingespielt wird, sind verdammt teuer. Die Marketingabteilung ist sauer auf mich, die Agentur von Forster macht dem Sender die Hölle heiß …«

»Ok, verstanden.« Magnus reichte ihr das Tablet zurück. »Aber warum sind ausgerechnet Sie der Buhmann? Die Information hätte doch jeder Mitarbeiter aus der Produktion an die Presse weitergeben können?«

Ihre Wangen liefen zartrosa an, was ihr ausgezeichnet stand. »Leider ist das über meinen Account an die Öffentlichkeit gelangt. Das ist sehr peinlich für mich, selbst wenn ich mit dem Inhalt nichts zu tun habe. Jemand hat über meinen Rechner etwas verschickt. Unser IT-Service hat die ursprüngliche Nachricht zurückverfolgen können.«

»Aber Sie benutzen doch ein Passwort?«, hakte Magnus nach.

Der Rosaton ihres Gesichts vertiefte sich. »Kein Gutes, ehrlich gesagt. Jeder, der mich ein bisschen kennt, kann darauf kommen.«

Benno seufzte. »Der Vorname Ihres Sohnes? Oder Ihres Mannes?«

Sie nickte und zog dabei die Nase kraus. »Sehr originell, ich weiß. Mein Sohn heißt Joshua und ist am 18.01. geboren.«

»Joshua1801«, grinste Magnus. »Mein Passwort am Rechner zu Hause ist nicht besser, zugegeben.«

»Inzwischen habe ich es natürlich geändert. Aber die Geschäftsführung hat mir nicht geglaubt, dass ich nichts damit zu tun habe.«

»Wer hätte denn etwas davon, Interna weiterzugeben?«

»Genau das würde ich gerne herausfinden. Das ist keine Kleinigkeit. Ich bin darauf angewiesen, dass ich neue Projekte angeboten bekomme. In dem Job gibt es fast nur Zeitverträge. Wenn mir der Ruf anhaftet, ich könnte meinen Mund nicht halten, schadet mir das in der ganzen Branche. Da kennt jeder jeden. Können Sie mir helfen?«

Benno nickte. »Wir versprechen nichts, das wäre unprofessionell. Aber wir haben eine sehr gute Erfolgsquote. Und jetzt ist ein guter Zeitpunkt für Ihre Namensliste mit den Mitarbeitern, die in der Produktion arbeiten. Noch einen Espresso, Frau Voss?«

Magnus versuchte seinem Gesicht einen zuversichtlichen Ausdruck aufzuzwingen. Dieser Auftrag würde nicht einfach werden.

Später verabschiedeten sie ihre Klientin und gingen zum Auslüften, wie Benno es formulierte, auf den Büro-Balkon, der zum Hinterhof hinausging. Das Wetter war warm, aber es fühlte sich an, als ob noch ein Gewitter käme. Magnus beobachtete eine ausgefranste graue Wolke, die sich zu verdichten schien. »Wie soll ich an die Infos kommen?« Er zündete sich eine Zigarette an. »Das ist Insiderwissen.«

»Du sagst es.« Benno qualmte aus einer E-Zigarette. Seit er vor einem halben Jahr umgestiegen war, versuchte er seinen noch rauchenden Freundeskreis zu bekehren. »Hier, probiere mal. Cappuccino-Vanille-Aroma.«

»Verschon mich.« Magnus verzog angewidert das Gesicht. »Wenn ich Vanille möchte, esse ich Kekse. Danke übrigens nochmal, dass du Clara das Praktikum verschafft hast. Es macht ihr richtig Spaß. Ich weiß nur nicht, was sie damit anfangen soll.«

»Meister, du machst dir zu viele Gedanken. Gegen dich in jungen Jahren ist Clara immer noch ein Senkrechtstarter.«

Benno lag richtig, auch wenn Magnus das nicht gerne hörte. Er hatte sein Studium als Sozialarbeiter kurz vor dem Abschluss aufgegeben, um eine halbwegs erfolgreiche Rock'n'Roll-Karriere zu starten. Und wo stand er heute? Ein paar Einnahmen aus den Gigs mit der Band, ein bisschen Geld für den Gitarrenunterricht, ab und zu ein Job als DJ. Ohne das zweite Standbein mit seinem Ermittlerjob käme er kaum über die Runden. Er verscheuchte diese Gedanken wieder.

»Im Ernst«, griff er seine Überlegung von eben wieder auf. »Wir können in diesem Fall keine offene Ermittlung durchführen. Du brauchst einen V-Mann für diese Recherche.«

»Jemand von der Produktionsfirma schuldet mir noch einen Gefallen«, grinste Benno. »Lass mich mal machen.«

Er verließ in einer Vanille-Dampfwolke den Balkon, um zu telefonieren. Magnus zog ein nagelneues Notizbuch mit Ledereinband, das Eliza ihm zu Weihnachten geschenkt hatte, aus der Innentasche seines Jacketts und notierte ein paar Gedanken: Neidische Mitarbeiter. Konkurrenzsender.

Mitarbeiter, der Klassiker. Worum beneidete man Anna Voss? Konkurrenzsender? Wer sonst könnte wollen, dass die kostspieligen Werbetrailer für die Tonne produziert würden? Aber das würde bedeuten, dass es einen Spion in den Reihen der Mitarbeiter gäbe. Blödsinn. Magnus strich den Punkt wieder durch. Wie viele Leute arbeiteten eigentlich an so einer Produktion? Und bestimmt nicht nur Mitarbeiter der Produktionsgesellschaft, oder? Das war die berühmte Nadel im Heuhaufen. Eher schon im Getreidefeld.

Benno riss die Balkontür auf. »Was sage ich? Ein Anruf genügt. Der Klient schuldete mir noch einen Gefallen. Komm rein.«

»Deine gute Laune ist verdächtig.« Magnus ließ sich auf Bennos schwarzes Ledersofa plumpsen.

»Quatsch, das ist genial. Wir schleusen dich in die Show ein, du kannst mithelfen.«

»Bist du irre? Da falle ich doch auf! Oder gibt es noch Kabelträger? Das könnte ich hinbekommen.«

»Du arbeitest ab morgen als Redaktionsassistent. So eine Art Mädchen für alles. Bis zur Finalshow kannst du dabei sein. Ich habe mit meinem Bekannten vereinbart, dass eine Kollegin aus der Redaktion ab morgen spontan zu einem anderen Auftrag abgerufen wird. Du bist der Ersatz. Na, was sagst du?«

»Du hattest schon bessere Ideen.«

»Du bekommst morgen früh eine ausführliche Einweisung. Ab dann kannst du dich überall aufhalten und unauffällig die Ohren aufsperren. Du kannst um elf anfangen. Die Arbeitszeiten werden dir liegen.«

»Ich glaube, ich brauche dringend ein Bier.« Magnus war alles andere als begeistert. Nicht nur, dass er wenig Lust hatte, mit aufgedrehten Teenagern, übereifrigen Eltern oder frustrierten Pseudotalenten die nächste Woche zu verbringen. Seine Tochter würde ihn steinigen, wenn sie erfuhr, dass er an ihrem heiß geliebten Praktikumsplatz recherchieren musste. Er versuchte, sie auf dem Handy zu erreichen, aber es ging nur die Mailbox an. Er schickte ihr eine WhatsApp.

»Wir sind ab morgen für kurze Zeit Kollegen. Nicht böse sein, war nicht meine Idee.«

»Was soll das? Übergeschnappt?«, antwortete sie prompt.

Magnus seufzte und schrieb: »Ich ruf dich später an, ok?« Natürlich antwortete sie nicht mehr. Benno öffnete ihnen zwei Flaschen Bier und bat Nadja, keine Gespräche mehr durchzustellen. »Ich muss abnehmen.« Er strich sich besorgt über seinen Bauch. »Ich bin schon fast so dick wie Miriam. Was machst du für ein Gesicht, Meister?«

»Her Majesty is not amused.«

Benno zuckte die Achseln. »Clara? Da muss sie durch. Lass dir nicht so auf der Nase herumtanzen.«

»Warte ab, bis deine Tochter so weit ist. Dann wirst du mich verstehen. Apropos, hast du Lust, mit Miriam zum Abendessen vorbeizukommen? Mittwoch vielleicht? Ich würde gerne mit eigenen Augen sehen, wie es ihr geht. Deinen Aussagen ist ja nicht zu trauen.«

»Warum nicht? So lange Eliza kocht, und nicht du … jederzeit!«

*

Auf dem Heimweg erreichte ihn eine Nachricht von Hotte: »Training«. Verdammt. Eine Einheit Boxtraining wäre jetzt genau das Richtige, vor allem mit der Aussicht, ab morgen die Tage im Studio verbringen zu müssen. Aber das Dossier der neuen Klientin durchzuarbeiten war dringender. Außerdem hatte er nach dem Streit mit Eliza heute Morgen das unklare Gefühl, mit ihr reden zu müssen, worüber auch immer. Er beschloss, das Training sausen zu lassen, und sagte Hotte ab. Magnus fand einen Parkplatz am Rand des Klettenbergparks und ging durch die Petersbergstraße nach Hause. Sie bewohnten ein kleines gemietetes Haus mit Garten in einer ruhigen Seitenstraße der Luxemburger Straße, für Kölner Verhältnisse zum Schnäppchenpreis. Er hatte sich mit Eliza beim Einzug geschworen, dass nichts sie hier jemals vertreiben würde. Eigentümer ihres Hauses war eine Wohnungsbaugenossenschaft, die bisher noch nie eine Mieterhöhung gewollt hatte. Es gehörte zu Magnus' heimlichen Alpträumen, sich auf dem freien Markt in Köln eine Wohnung suchen zu müssen. Eliza arbeitete als selbstständige Fotografin und verdiente gut, aber nicht so regelmäßig, wie sie es gerne hätte. Mit seinen Einnahmen aus Gigs, Jobs als DJ und Gitarrenunterricht kamen sie über die Runden. Das Haus war optimal für ihre Bedürfnisse: Unten gab es eine große offene Küche, einen Esstisch und eine gemütliche Sofaecke, im ersten Stock nutzten Eliza und er jeweils ein kleines Arbeitszimmer und sie schliefen unter dem Dach. Für seine Musik durfte er mit Erlaubnis der Hausverwaltung seit dem letzten Jahr einen Kellerraum als kleines Studio nutzen, in dem er seine Gitarren, ein altes Keyboard, ein Mischpult, seine Verstärker und eine kleine Gesangsanlage aufbewahrte. Es brannte kein Licht und alles war still, als er den Flur betrat und seine Tasche abstellte.

»Schatz, bist du da?«

Niemand antwortete. Vielleicht war Eliza noch für einen Abendauftrag unterwegs? Er konnte sich nicht erinnern, dass sie etwas erwähnt hatte, aber das wollte nicht viel besagen. Er ging durch in die Küche und wie auf Kommando meldete sich sein Magen. Auf dem Herd stand nichts und im Tonkrug für das Brot fand er nur einen trockenen Kanten Schwarzbrot. Der Kühlschrank zeigte bei guter Beleuchtung leer geräumte Fächer, bis auf zwei Eier, ein paar Grillsoßen vom letzten Sommer und eine halbe Flasche Weißwein. Also Rührei. Als er die Eier aufschlug, hörte er den Haustürschlüssel im Schloss, das Rascheln von Papiertüten, ein Scheppern, als etwas aus Glas auf dem Boden aufschlug, gefolgt von einem langen italienischen Fluch. Magnus unterdrückte ein Grinsen, bewaffnete sich mit Lappen und Kehrblech und betrat die Gefahrenzone. Eliza schaffte es fast immer, einen Teil des Einkaufs an der Kasse zu vergessen, auf dem Fahrrad zu verlieren, in den Fahrradtaschen zu zerdrücken oder im Hausflur fallen zu lassen. Diesmal hatte sie ein Glas mit Oliven dem Gott der Lebensmittel geopfert.

»Eigentlich bist du mit Einkaufen dran!«, fauchte sie ihn zur Begrüßung an. Magnus nahm den Ball nicht auf, sondern begann schweigend die Pfütze mit den Scherben zu beseitigen. Ein paar Oliven hatten es bis unter die Garderobe geschafft. Eliza drängte sich mit den Taschen an ihm vorbei in die Küche und begann den Einkauf zu verstauen.

»Ich wollte kochen, aber ich wusste nicht, wann du wieder hier bist, ob du zum Training gehst oder nicht oder ob Clara mitessen will – vielleicht sagst du auch mal was«, rief sie aus der Küche. Magnus folgte ihr, versenkte den Scherbenhaufen im Mülleimer unter der Spüle und spülte sorgfältig den Lappen aus.

»Vielleicht sagst du mir mal, was mit dir los ist im Moment.«

»Wieso geht es jetzt um mich?«

»Du bist seit ein paar Tagen verdächtig still. Und jetzt flippst du aus wegen ein paar Oliven. Also Weib, was ist los?«

»Ich habe Hunger.«

»Weich mir nicht aus.«

Eliza ließ sich auf einen Stuhl am Esstisch fallen und vergrub das Gesicht in den Händen. »Lass uns Pizza bestellen, ich habe keine Lust mehr zu kochen.«

Magnus rief beim Italiener ihres Vertrauens an und bestellte. »20 Minuten Wartezeit«, sagte er, als er das Gespräch beendet hatte. »Sprich endlich mit mir.«

»Antonia hat gestern angerufen. Am Samstag ist sie auf der Treppe gestürzt und hat sich das Knie verdreht«, sagte Eliza. »Ich habe angeboten, am Freitag hinzufahren und ihr mit den Kindern zu helfen, aber eigentlich habe ich keine Zeit. Der Auftrag für das Schulfest ist noch nicht erledigt und am Freitag soll ich Bilder bei einer Jubiläumsfeier machen. Ich kann mir nicht leisten, den Auftrag abzusagen.«

»Darum haben wir uns heute Morgen gestritten? Warum hast du mir nichts erzählt?«

»Zuerst klang das gar nicht so schlimm. Du kennst ja Antonia, sie neigt zum Dramatisieren.«

Das war noch zart umschrieben. Magnus mochte Elizas älteste Schwester sehr, aber ihr Leben spielte sich gefühlt immer zwischen Himmel und Hölle ab. Alles war ganz furchtbar oder absolut fantastisch.

»Was ist mit Kai? Kann der nicht helfen?«

»Dienstreise.« Mehr Text war nicht nötig. Antonias Mann war für sein Talent berühmt, bei Krisen nicht vor Ort zu sein.

Zum Glück unterstützte sich der »Clan«, wie Eliza ihre weitverzweigte Familie nannte, gegenseitig, aber oft genug blieb an den beiden ältesten Töchtern das meiste hängen.

»Bevor du weiter fragst: Mama und Papa haben für das Wochenende Flüge nach Verona gebucht. Sieht so aus, als käme ich nicht um meine Pflichten als Tante herum.«

»Kann dir bei den Fotos nicht jemand helfen?«

Sie schüttelte den Kopf. »Die bearbeite ich am Sonntagabend. Ich hätte nur gerne mal wieder einen freien Tag.«

Magnus' schlechtes Gewissen meldete sich. Wenn er mehr zum gemeinsamen Einkommen beitragen würde, könnte Eliza öfter freimachen. Oder war das nur eine Illusion?

»Wieso bist du eigentlich nicht beim Training?«, fragte sie.

»Keine Zeit«, sagte Magnus. »Eine Flasche Wein ist noch offen. Willst du?«

»Her damit. Ich trinke mir mein Leben jetzt schön.« Eliza lächelte, und ihm wurde schlagartig wieder bewusst, was er für ein Glück hatte, mit dieser wunderbaren Frau zusammen zu sein. Sie war schön, hatte Humor, tolerierte seine Launen und seinen unkonventionellen Lebensstil und vor allem – sie hielt unbedingt zu ihm. Er sollte sie heiraten. Vor drei Jahren war er schon einmal so weit gewesen, aber ein Schlaganfall ihrer Mutter war dazwischengekommen. Als er mit Rosen vor der Tür stand, hatte gerade das Krankenhaus angerufen. Zum Glück war sie mittlerweile wieder fit, aber der passende Moment für den Heiratsantrag war verstrichen und bisher nicht wiedergekommen.

»Erzähl mal von Bennos neuem Auftrag«, bat Eliza und schenkte sich ein Glas Wein ein. Magnus berichtete von Anna Voss und ihrem Problem mit der Presse.

»Wie willst du das herausfinden? Du müsstest schon vor Ort sein und denjenigen auf frischer Tat ertappen.«

»Benno hat sein Netzwerk aktiviert. Ich werde ab morgen undercover als Redaktionsassistent im Studio sein.«

Eliza verschluckte sich vor Lachen und begann zu husten. Magnus musste selbst grinsen.

»Ganz großes Kino! Du als V-Mann? Wo du so ein Riesenfan des deutschen Fernsehens bist.«

»Anders habe ich keine Chance. Übrigens macht Clara beim gleichen Sender ihr Praktikum. Sie ist sauer auf mich.«

Eliza atmete tief ein und beruhigte sich wieder. »Da muss sie durch. Job ist Job.«

»Das meint Benno auch. Apropos: Ich habe Miriam und Benno am Mittwoch zum Abendessen eingeladen. Soll ich lieber absagen, wenn du gerade im Stress bist?«

Eliza winkte ab. »Passt schon. Sieht sie gut aus?«

»Wer, Miriam?«

»Nein, deine Auftraggeberin.«

»Wie meinst du das?« Magnus war perplex. Über Anna Voss' Aussehen hatte er noch nicht wirklich nachgedacht. »Das spielt keine Rolle, denke ich.«

Eliza wurde rot. »Ich meine, vielleicht ist jemand auf sie neidisch und will ihr deswegen etwas unterschieben.«

Magnus sah ihr tief in die Augen und lächelte. »Sie sieht nicht mal annähernd so gut aus wie du, mein Schatz.«

»So meinte ich das nicht«, sagte Eliza gekränkt. Magnus war sicher, dass sie es genau so gemeint hatte. Ihre Eifersucht war legendär. Zum Glück unterbrach das Klingeln des Pizzadienstes ihr Gespräch.

Magnus gähnte, es war halb zehn und die Pizza lag ihm im Magen. Trotzdem fuhr er seinen Rechner hoch und durchforstete die Dateien auf dem USB-Stick von Anna Voss nach Informationen, die ihm bei seiner Suche weiterhelfen konnten. Das Dossier entpuppte sich als nahezu wertlos. Seine Mandantin hatte die rund 80 Mitarbeiter der Produktionsfirma, der Redaktion und der Studiocrew säuberlich aufgelistet nach Namen, Alter und Tätigkeit, aber er fand keine Fotos, die ihm morgen helfen würden, sich im Studio zu orientieren. Das einzig Interessante waren die persönlichen Einschätzungen, die sie zu jedem der Mitarbeiter abgab. Zum Beispiel diese:

– Felicitas (Feli) Hillmann, 39, verheiratet, seit zwölf Jahren dabei, Erste Aufnahmeleitung, zuverlässig, Organisationstalent, holt oft die Kastanien aus dem Feuer, pflegebedürftige Mutter. Unverdächtig. Wir sind befreundet.

– Lisa Färber, 27, Single, Zweite Aufnahmeleitung am Set, seit drei Jahren bei uns beschäftigt, zuverlässig, nie krank, Fels in der Brandung

– Jana Werner, 22, Produktionsassistenz, stilles Wasser, pünktlich, gewissenhaft, hilfsbereit, seit der Ausbildung bei uns, ehrlich

Ehrlich, aha. Und alle anderen waren nicht ehrlich?

– Marco Schramm, 25, Redaktionsassistenz, lange Fehlzeiten im letzten Jahr wegen Muskelfaserriss (Fußball), gelegentlich unmotiviert, stellt manchmal persönliche Belange über die Arbeit, fachlich fit, sieht super aus.

Sieht super aus? Was hatte das mit der Ermittlung zu tun?

– Annika Breuer, 24, Redaktionsassistenz, erst seit einem Jahr dabei, tüchtig, flexibel einsetzbar, braucht keinen Schlaf.

Braucht keinen Schlaf? War das eine spezielle Qualifikation, um bei einer Fernsehproduktion arbeiten zu können? Er erinnerte sich, dass Benno eine Redaktionsassistenz abberufen hatte, damit er, Magnus, den Job übernehmen konnte. Er hoffte inständig, dass es nicht die übertüchtige, schlaflose Annika war, die er ersetzen sollte.

– Maria von der Weide, 41, Redaktionsleitung, seit fünf Jahren dabei, vorher Redakteurin beim WDR, fachlich top, unsensibel im Umgang mit ihren Mitarbeitern, dauergestresst

Für die dauergestresste Redakteurin sollte er als Redaktionsassistent arbeiten. Das konnte ja heiter werden.

– Piet Schütte, 39, Remote Operator, unhöflich

Ein Remote Operator war ein Kameramann, so viel wusste Magnus. Auf den unhöflichen Piet war er sehr gespannt. Er schloss die Dateien wieder. Ohne ein Gesicht zu den Leuten half ihm das Dossier nicht weiter.

DIENSTAG, 15. MAI

Während des Frühstücks mit Eliza bekam Magnus eine WhatsApp von Clara.

»Nimmst du mich gleich mit? Wir haben ja den gleichen Weg zur Arbeit. Ich kann um halb elf bei dir sein.«

Magnus schickte ihr einen Daumen nach oben als Antwort. Er war erleichtert, dass sie ihren Ärger von gestern auf Eis gelegt hatte. Die nächsten zwei Stunden verbrachte er damit, sich im Netz über die Show zu informieren, schließlich wollte er nicht wie ein kompletter Ignorant dastehen, wenn er einen Redaktionsassistenten mimen sollte. Magnus staunte über den Aufwand, den der Sender für »The Sexiest Song Alive« betrieb. Das Schema war das einer klassischen Castingshow: Vorauswahl im Internet, die ersten Castings, dann der Recall, weitere Castings, Finale. Im letzten Herbst war das bundesweite Bewerbungsverfahren angelaufen. Die potenziellen Talente mussten dafür ein Kurzvideo mit einem eigenen Song einreichen. Aus den Einsendungen hatte der Sender 40 Stücke ausgewählt, die vielversprechend klangen. Wie viele Songwriter oder solche, die sich dafür hielten, hatten sich wohl beworben? Auf jeden Fall bedeutete es eine Menge Arbeit, sich alles anzuhören und die Chancenlosen auszusieben. Die ausgewählten 40 Kandidaten hatte der Sender im Dezember zu einem dreitägigen Casting nach Köln eingeladen, wo sie ihren Song vor einer Jury präsentierten. Eine Auswahl der Castings fand Magnus auf YouTube, er klickte sich neugierig geworden durch. Die Songs hätten schlimmer sein können, verglichen mit dem, was derzeit in den Charts lief. Es gab deutschen Pop, Soul, sogar zwei rockige Nummern, Hip Hop, Schlager und einiges, was sich in keine Schublade stecken ließ. Die nach dem Votum der Jury besten 20 Stücke kamen weiter in den Recall, der im Januar ausgestrahlt wurde. Die besten zehn aus dieser Runde durften ins Finale und bekamen vorher einen Profi an die Seite gestellt, der mit ihnen gemeinsam einen weiteren Song aufnahm und für die Liveshow arrangierte. Dazu war die ganze Crew mit Band und den Kandidaten Ende März für eine Woche nach Mallorca auf eine Finca gereist, ins sogenannte Composers Camp. Magnus war beeindruckt. Die kurzen Filmsequenzen aus dieser Woche zeigten fröhliche Kandidaten, Ausschnitte von Bandproben und gut gelaunte Jurymitglieder, von denen Magnus nur Martin Mann kannte, einer der erfolgreichsten deutschen Produzenten überhaupt. Anfang 2000 hatte er den Durchbruch mit einem Hit geschafft, der in jedem Club gespielt wurde und sich über Wochen auf den ersten Plätzen der deutschen und internationalen Charts hielt. Der Rest der Jury bestand aus einem blonden Schlagersternchen namens Amelie, die auch in Musicals machte, einem Hamburger Gitarristen, der eigene Songs für eine Band mit dem Namen »Nordwind« schrieb, und einer bildschönen Sängerin aus Mali, die ihm bekannt vorkam, ohne zu wissen woher. Die Jurymitglieder gaben den Kandidaten in den kurzen Videos ein freundliches und ehrliches Feedback. Das war kein Vergleich mit den niederschmetternden Ansagen des Pop-Titanen Dieter Bohlen, nach dem sich die Jungtalente in psychologische Behandlung begeben mussten. Ach ja, Sascha. Den wollte er unbedingt hören und sehen. Worauf stand seine Tochter? Magnus kämpfte sich durch den halben Recall, bis er eine Aufnahme fand. Vermutlich fanden die Mädels ihn gut aussehend. Groß, schlank, dunkle Haare, und als die Kamera auf sein Gesicht zoomte, konnte Magnus ein kräftiges Kinn, helle Augen mit langen Wimpern und eine weiche Mundpartie ausmachen. Klare Singstimme, mittlere Tonlage, nicht übel, wie Magnus zugeben musste. Dafür war der Song todlangweilig. 0815-Charts-Pop, den er sofort wieder vergessen würde, wenn er verklang. Gefiel Clara solche Musik? Immerhin hatte er es ins Finale geschafft. Und die Jury beurteilte sicher nicht nur gutes Aussehen. Er nahm sich vor, Clara nach ihm zu fragen. Gespannt lauschte er auf das Urteil der Jury zu Saschas Song. Das blonde Schlagersternchen meinte mit einem zuckersüßen Lächeln, er, Sascha, habe sein Versprechen aus der Vorrunde gehalten und ihre Stimme hätte er. Stürmischer Applaus aus dem Zuschauerraum brandete auf. Der Gitarrist meinte, Sascha müsse noch etwas am Arrangement arbeiten, aber der Basissong sei prima. Aha. Die waren anscheinend mit wenig zufrieden. Das Publikum tobte. Scheinbar war Sascha nicht nur bei seiner Tochter beliebt. Das dritte Votum gab die Sängerin aus Mali ab. Sie war etwas zurückhaltender, aber lobte die gut wiedererkennbare Melodie. Die Zuschauer pfiffen und trampelten eine Weile, bis wieder Ruhe einkehrte. Der Produzent gab das letzte Votum ab. Das ganze Publikum schien den Atem anzuhalten, als Martin Mann schließlich den linken Mundwinkel zu einem halben Lächeln hob und nickte. »Gute Arbeit«, sagte er. »Du bist weiter.« Das Publikum rastete komplett aus und Magnus fragte sich warum. Der Song gab das wirklich nicht her. Andere Kandidaten fand er origineller, zum Beispiel einen jungen Iren namens Jason, dessen gefühlvolle Ballade ihn an Ed Sheeran erinnerte. Aber er war schließlich kein Produzent, der den musikalischen Markt beurteilen konnte, sondern Musiker. Magnus war gespannt auf das Ergebnis im Finale. Für ihn würde das eine musikalische Reise in die Gegenwart werden. Er hätte um ein Haar die Türklingel überhört. Der Funkwecker an seinem Schreibtisch zeigte Viertel nach zehn, Clara war früh dran. Um nach Milans Song zu suchen, blieb ihm leider keine Zeit mehr.

*

»Ist die Heizung kaputt?« Clara drehte den Heizungsregler am Armaturenbrett ganz auf. »Mir ist kalt. Da kommt nur eisige Luft raus.«

»Es sind schon 15 Grad draußen. Hast du keine Strickjacke oder so was?« Sie fuhren durch den freundlichen Frühlingsmorgen über den Militärring in Richtung Ossendorf, wo die Studios ihren Sitz hatten. Magnus schaltete einen Gang höher und überholte einen alten Herrn, der mit 40 Kilometern pro Stunde vor ihm dümpelte. Erlaubt war Tempo 70.

»Am Wochenende soll es wärmer werden«, sagte Magnus. »Wir müssen ohnehin arbeiten, da verpassen wir nichts.«

»Toller Trost, Papa. Du wirst sehen, die Arbeit im Studio macht total Spaß. Die Leute sind echt cool.«

»Was machst du im Moment genau?«

»Ich darf mit in die Maske. Voll interessant, was die alles draufhaben. Ich habe schon echt gute Schminktipps von Rebecca bekommen. Und du?«

Magnus verbiss sich ein Lächeln. »Bei mir sind Schminktipps zwecklos. Ich soll eine Assistenz in der Redaktion vertreten.«

»Na dann, viel Spaß.«

»Wie meinst du das? Weil ich keine Ahnung habe?«

»Die Redaktion hat zwei Assistenzen. Marco ist eine totale Pfeife und meldet sich dauernd krank, die andere ist die superwichtige Annika.«

»Das klingt, als ob du sie nicht magst.« Magnus stoppte an der Bahnschranke vor der Dürener Straße und schaltete die Zündung aus. Clara schüttelte den Kopf. »Ich kenne sie kaum, aber sie gibt einem das Gefühl, ein armes Würstchen zu sein.«

»Hm. Und wer sind die coolen Leute, von denen du eben gesprochen hast?«

»Eigentlich alle anderen. Obwohl die im Stress und bis auf die Minute verplant sind. Jeder rennt mit einem Ablaufplan herum. Tagesdisposition heißt das.«

»Du weißt schon gut Bescheid. Und wie sind die Kandidaten für das Finale?« Magnus versuchte unauffällig auf das Thema Sascha zu lenken.

Claras Gesicht verdüsterte sich. »Die wohnen alle zusammen bis nach der Finalshow in Ehrenfeld. Wahrscheinlich sehe ich sie heute, ab Mittag stehen Einzelproben auf dem Plan.«

»Was ist mit Milan? Und dem Jungen, der dich immer mitgenommen hat?«

»Was soll mit denen sein? Milan treffe ich genauso wenig wie die anderen.«

»Dieser Sascha … findest du ihn nett?« Magnus startete den Motor. Es ging endlich weiter.

»Wie kommst du denn darauf? Hat Milan gequatscht?« Sie errötete. Magnus tat so, als ob er sich ausschließlich auf die freie Fahrbahn konzentrieren und ihre Verlegenheit nicht bemerken würde.

»Schon gut. Es geht mich ja nichts an, Schatz.«

»Finde ich auch.«

»Er sieht ziemlich gut aus, oder?«

»Papa!«

»Ich werde ja wohl mal fragen dürfen!«

»Du versuchst mich auszuhorchen. Das ist ein Unterschied. Ich bin nicht Teil deiner Ermittlung, ok? Frag mich beim nächsten Mal direkt, wenn du etwas wissen willst.«

Jetzt war Magnus verlegen. Er würde noch den Oscar für den dämlichsten Vater von Köln bekommen.

»Und noch etwas, Papa: Im Studio kennen wir uns nicht.«

»Findest du das nicht ein bisschen übertrieben?«

Clara antwortete nicht. Den Rest der Fahrt beschäftigte sie sich damit, aus dem Fenster oder auf das Display ihres Smartphones zu schauen. Als Magnus auf dem Parkplatz des Studios vorfuhr, stieg sie aus und eilte Richtung Haupteingang davon, bevor er Zeit hatte, ein Parkticket zu lösen.

Magnus meldete sich im Foyer an einem Infoschalter mit seinem Anliegen an. Ein blasses Mädchen prüfte seinen

Ausweis, telefonierte kurz und sah ihn dann aufmerksam an. »Ja, das ist er. – Nein, noch nicht. – Bis wann? – Wer holt ihn ab?« Sie legte auf. »Frau Färber kommt sofort. Ich erstelle Ihnen einen Besucherausweis. Das ist hier obligatorisch.« Magnus wunderte sich nicht besonders über das strenge Reglement. Wenn hier gedreht wurde, liefen hier sicher schützenswerte Prominente herum. Oder Diebe. Filmequipment war bestimmt teuer. Er nahm seinen Ausweis in Empfang, eine Plastikkarte mit seinem Namen, einem eingescannten Ausweisfoto und dem aufgeklebten Datum 22. Mai 2018. Bis dahin sollte er für Anna Voss etwas herausgefunden haben. Er warf einen sehnsüchtigen Blick auf das Café neben dem Infoschalter. Ein Cappuccino wäre jetzt perfekt. Er ging zwei Schritte auf das Ziel seiner Wünsche zu, als sich eine hübsche, sommersprossige Brünette in Jeans und orangefarbenem T-Shirt in sein Blickfeld schob. Sie trug einen kleinen Kopfhörer am Ohr und ein Klemmbrett mit einer Liste unter dem Arm.

»Sie bekommen bei uns besseren Kaffee. Ich bin Lisa Färber, die Aufnahmeleiterin am Set. Einfach Lisa, bei uns duzen sich alle.« Sie reichte ihm die Hand und lächelte. In ihren Wangen erschienen niedliche Grübchen. Laut Dossier musste sie 27 Jahre alt sein. Er hätte sie etwas älter geschätzt. Sie sah ein bisschen gestresst aus. Lisa führte ihn durch die sogenannte Mall, einen Gebäudetrakt von der Größe eines Einkaufszentrums, nur dass die Geschäfte fehlten. Das Dach und der obere Teil der Wände waren verglast. Insgesamt wirkte das Gebäude trotz der Größe hell und luftig. Es leises Summen erfüllte den Raum, irgendwo arbeiteten hier Menschen. Rechts und links an den Wänden befanden sich schwere nummerierte Brandschutztüren. Eine stand offen, und Magnus erhaschte einen Blick auf einen großen Raum mit schwarzen Wänden, aufgebauten Zuschauertribünen und den Rand einer Bühne. Zwei Techniker in blauen Overalls waren damit beschäftigt, Scheinwerfer an ein Metallgestänge zu montieren. Der Raum über der Bühne war in blaues Licht getaucht. Sonst war niemand zu sehen.

»Was weiß ich, wo der ist? Ich kann mich nicht um alles kümmern«, sprach Lisa in ein Mikro. Sie lächelte ihn entschuldigend an, beschleunigte ihren Schritt und öffnete schließlich eine der Türen auf der linken Seite mit der Aufschrift »Studio 35«. Eine Welle aus Geräuschen schlug ihnen entgegen. Stimmen riefen quer durch den Raum, Gelächter, Musikfetzen. Der Geruch nach verbranntem Staub und einer Spur Schweiß erinnerte Magnus sofort an die Auftritte mit der Band. So roch Bühne. Lisa führte ihn am Unterbau der Tribünen vorbei, ein Gestänge, das fast das ganze Studio ausfüllte. Treppenaufgänge führten zu den Zuschauerplätzen. An den Wänden liefen offene Kabelstränge entlang, diverse Schaltkästen waren an den unverputzten Betonwänden montiert. Mindestens 20 Mitarbeiter liefen kreuz und quer, ein Ziel vor Augen, das sich Magnus nicht erschloss. Viele von ihnen trugen einen laminierten Zettel in der Hand, kontrollierten etwas oder diskutierten in kleinen Gruppen am Bühnenrand, der sich auf einer Ebene mit ihnen befand. Der Raum war deutlich größer als das Studio, in das Magnus eben einen Blick geworfen hatte. Er schätzte die Anzahl der Sitzplätze auf mindestens 800. In der Mitte der Bühne flackerten die Instrumente der Showband abwechselnd in hellrotem und gelbem Licht, aber von den Musikern war niemand zu sehen. Am Übergang zu den Zuschauerrängen dominierte blaues Licht, der restliche Raum hüllte sich in Schwarz. Die Wände waren komplett mit schwarzen Vorhängen abgehangen, der Bodenbelag war ebenfalls schwarz. Vor der Bühne standen im Halbkreis vier Kameras auf Rollstativen.

»Aus dem Weg!« Etwas Hartes bohrte sich von hinten in Magnus' Kniekehlen. Magnus stolperte und trat einen Schritt zur Seite, um einen kräftigen Mann mit Vollglatze und Kopfhörern vorbeizulassen, der eine weitere Kamera an den Bühnenrand schob. Magnus blickte nach oben. Von der Decke hingen mindestens drei weitere Kameras in seinem Sichtfeld. Dort oben kletterten Menschen durchs Gestänge und richteten die Scheinwerfer aus. Magnus kamen sie vor wie Affen in einem schwarzen Dschungel.

»Ab 13 Uhr beginnen die Einzelproben für die Final-Kandidaten«, sagte Lisa, die neben ihm stehen geblieben war. »In einer Stunde startet der Soundcheck. Und die Lichttechnik ist noch nicht mit dem Einleuchten fertig.« Ihr Mund verzog sich zu einer strengen Linie.

»Wo sind die Kandidaten? Und die Jury?«

»Die Jury kommt erst morgen zur Ablaufprobe. Prominente sind teuer. Die Teilnehmer – warte.« Sie warf einen Blick auf ihr Klemmbrett mit dem Ablaufplan. »Florian spielt als Erster und muss um 12.40 Uhr in die Maske. Die sind möglicherweise noch unterwegs. Sie sind woanders untergebracht.«

Plötzlich wirkte sie nervös. »Ich bringe dich jetzt in die Redaktion. Ich werde hier unten gebraucht, und du wirst Annika vertreten.«

Magnus' Befürchtungen bewahrheiteten sich: Benno hatte die tüchtige Annika abkommandiert und er sollte ihren Platz einnehmen. Er folgte Lisa durch eine Stahltür an der Wand in einen Gang, von dem einige kleinere Büros mit Glasfenstern abzweigten. Hier war es deutlich stiller. Magnus konnte einen flüchtigen Blick auf die Monitore der Bildregie werfen. Neben der nächsten Türe zeigte ein Schild das Redaktionsbüro an. Lisa stoppte und winkte ihn durch zu einem Schreibtisch, an dem eine große schlanke Frau mit kurzen schwarzen Haaren in ein Telefon brüllte. »Was heißt hier krank? Wir sind am Freitag live, da kann niemand krank sein, niemand!« Sie knallte den Hörer auf den Apparat. »Das ist die schlimmste Produktion aller Zeiten«, schimpfte sie. »Marco fällt aus, wegen eines verdammten Schnupfens. Kein Wunder, dass er es nicht weit gebracht hat, wenn ich den … oh, Lisa. Was machst du hier oben?«

»Verstärkung, Maria. Das ist Magnus Meister, du weißt schon. Ich muss wieder runter.«

Magnus fragte sich, was »du weißt schon« bedeutete. Nichts Gutes vermutlich. Das Gesicht der Redakteurin bestätigte seine Vermutung. »Ihr Auftraggeber muss exzellente Kontakte haben, wenn er meine Redaktionsassistenz in den Urlaub schicken kann.« Sie fixierte ihn mit zusammengekniffenen Augen und schmalen Lippen wie eine haarige Spinne, die es zu entfernen galt. »Ich weiß, warum Sie hier sind. Du kannst gehen, Lisa.«

Freundlichkeit gehörte nicht zu den Kernkompetenzen der Redaktionsleiterin, so viel stand fest. Anna Voss hatte im Dossier »dauergestresst« notiert, wie Magnus sich erinnerte.

»Ich kann Sie hier nicht gebrauchen, wenn Sie die Abläufe nicht aus dem Effeff beherrschen. Tun Sie das?«

Magnus schüttelte den Kopf. »Ich bringe keine Redaktionserfahrung mit. Aber ich lerne schnell.«

»Das sagen alle«, seufzte sie und ließ ihren Blick durch den Raum wandern. Jetzt erst fiel Magnus auf, dass noch zwei andere Mitarbeiter hier arbeiteten. Ein blasser Brillenträger mit Ziegenbart, höchstens Mitte 20, und eine hübsche Schwarze mit sorgfältig frisierten Rasta-Zöpfchen saßen konzentriert vor ihren Monitoren. Sie trugen Kopfhörer und prüften scheinbar Ausschnitte von den vergangenen Aufzeichnungen, wie Magnus an den Bildschirmen erkennen konnte. Der Brillenträger wandte kurz den Kopf und nickte Magnus zu, dann widmete er sich wieder seiner Aufgabe.

Plötzlich erhellte sich das Gesicht der Redakteurin. »Ich denke zu kompliziert. Haben Sie einen Führerschein?«

Magnus nickte. »Schon etwas länger.«

»Meine zweite Regieassistenz hat sich eben krankgemeldet. Bis ich Ersatz finde, könnten Sie die Finalteilnehmer mitbetreuen. Das sollten Sie ohne weitere Qualifikation schaffen.«

Magnus gelang es mit einiger Anstrengung, seinen Ärger unter Kontrolle zu bringen. Er mochte keine Ahnung von Medien haben, aber dumm war er nicht. »Was gehört zu meinen Aufgaben?«

»Fürs Erste müssen die Kandidaten aus ihrem Quartier abgeholt werden. Im Produktionsbüro nebenan bekommen Sie die Adresse und die Tagesdisposition.«

»Für meine Ermittlungen muss ich vor Ort sein«, wandte Magnus ein.

»Soweit ich informiert bin, sind Sie noch bis nächste Woche hier eingeplant. Die Kandidaten brauchen nicht rund um die Uhr einen Babysitter, Sie haben gewiss noch Gelegenheit für Ihre Recherchen. Bitte, Herr Meister, das würde mir aus dem Dilemma helfen.« Maria von der Weide versuchte ein Lächeln. »Nennen Sie mich Maria, wir duzen uns alle hier im Team. Willkommen.«

Magnus wollte noch fragen, was eine Tagesdisposition sei, bis ihm wieder einfiel, dass Clara damit eben den für alle verbindlichen Tagesablauf beschrieben hatte. Außerdem würde er seine Klientin antreffen, die seine Fragen genauso gut beantworten konnte.

Die Tür zum Produktionsbüro stand offen. Magnus klopfte kurz an den Türrahmen, um sich bemerkbar zu machen, und steuerte auf Anna Voss zu, die mit dem Rücken zu ihm am Rechner saß. Er konnte auf ihrem Bildschirm erkennen, dass sie ihre Mails bearbeitete. Noch drei weitere Mitarbeiter saßen an ihren Monitoren, aber sie wandten nicht einmal den Kopf, um zu sehen, wer hereingekommen war. Seine Klientin war so vertieft, dass sie zusammenschrak, als er sie sanft an der Schulter berührte und begrüßte. Sie fasste sich schnell, zwinkerte ihm zu und sagte: »Sie müssen Herr Meister sein. Lisa hat mir schon gemeldet, dass Sie da sind.«

Magnus spielte mit. »Die Redaktion hat mich zu Ihnen geschickt, um die Tagesdisposition abzuholen. Ich soll die Kandidaten aus ihrer Unterkunft abholen.«

»Ist Marco wieder krank? Typisch. Warten Sie, ich gebe Ihnen den Ablaufplan und die Adresse. Du kannst mich gerne Anna nennen.« Sie griff in ein Ablagefach auf ihrem Schreibtisch und reichte ihm ein doppelt gefaltetes Blatt.

»Die Einzelproben für die Finalisten beginnen um 13.00 Uhr. Sorgen Sie – Sorry, wie heißt du?«

»Magnus.«

»Sorge dafür, dass die Kandidaten um 12.30 Uhr hier und im Halbstundentakt in der Maske sind. Um die Betreuung kümmern sich sonst Annika oder Marco, aber die sind nicht hier.« Sie zwinkerte ihm erneut zu. »Die Adresse steht unten.«

Magnus linste auf das Blatt. Die Kandidaten wohnten am Ehrenfeldgürtel, das war von hier aus in einer Viertelstunde zu erreichen. »Und wo finde ich die Maske?«

»Warte, ich gebe dir einen Lageplan vom Studio. In zwei Tagen hast du es drauf. Sonst noch etwas?«

»Er braucht die Autoschlüssel, Anna«, sagte ein dunkelblondes Mädchen mit Brille und einem Pony, der ihr halbes Gesicht verdeckte. Sie trug graue Jeans zu einem grauen Kapuzenpulli und verschmolz fast mit der grau gestrichenen Wand. Sie griff nach einem Wagenschlüssel, der am Schlüsselbrett neben ihrem Schreibtisch hing, und warf ihn Magnus mit einem Lächeln zu.

»Silberner Transit, rechts neben dem Haupteingang, wenn du wieder rausgehst. Ich bin Jana.«

Magnus bedankte sich. Das war also die ehrliche und gewissenhafte Produktionsassistentin.

»Stets zu Diensten.« Jana lächelte etwas schief. Magnus nahm sich vor, im Laufe des Tages noch mit ihr zu sprechen. Und wer die anderen zwei waren, die hier arbeiteten, wusste er auch noch nicht. Bis heute Abend würde er hoffentlich mehr Durchblick haben, wer auf den Rechner von Anna Voss zugreifen konnte.

*

Ein kühler Wind blies ihm auf dem Mitarbeiterparkplatz um die Ohren, aber es war sonnig geworden. Magnus fand ohne Probleme den Transit-Bus rechts neben dem Haupteingang. Silbern glänzend, neun Sitze und, verglichen mit seinem alten Volvo, ein Wunderwerk an aktueller Technik. Der Wagen roch neu, nach Kunststoff, Leder und Imprägniermittel. Magnus warf einen Blick auf den überdimensionierten Bordcomputer und entschied, sich damit später bekannt zu machen. Den Ehrenfeldgürtel würde er auch ohne Navigationsgerät finden. Er schaltete die Zündung ein und fuhr zusammen, als ihm in voller Lautstärke ein Beat um die Ohren flog. Er drehte den Knopf für das Radio leiser und manövrierte den Bus mit Rückfahrkamera und vielen Pieptönen des Park-Pilot-Systems auf die Straße. Magnus nutzte die kurze Fahrt nach Ehrenfeld, um seine Chancen bei diesem Auftrag zu überdenken. Wie sollte er herausfinden, wer sich an dem Rechner von Anna Voss zu schaffen gemacht hatte? Praktisch jeder hätte in einem unbeobachteten Moment in das Produktionsbüro laufen können, von den Leuten, die ohnehin dort arbeiteten, mal abgesehen. Das Büro war zwischen 8.30 Uhr und 21 Uhr besetzt, wie er aus dem Ablaufplan vorhin ersehen hatte, in der heißen Phase der Produktion also mehr als zwölf Stunden. Er würde mit den Mitarbeitern beginnen, die den kürzesten Weg zum Rechner hatten, aber sehr aussichtsreich war das nicht. Er konnte nur hoffen, dass sich jemand verplapperte oder er zufällig etwas beobachten konnte. So lange würde er sich, so gut es ging, nützlich machen. Mit diesen guten Vorsätzen bog er auf die Venloer Straße ein und kämpfte sich durch den Verkehr. Scheinbar waren alle Ehrenfelder auf den Beinen, um ihren Wocheneinkauf zu erledigen. Studentenpaare, Klein- und Großfamilien aller Nationen, ältere Ehepaare. Die Döner-Buden waren um diese Zeit schon genauso gut besucht wie die Studentencafés. An der Unterführung der Bahn klebten Plakate, die Konzerte für die Live-Music-Hall ankündigten. Um ein Haar hätte er beim Rechtsabbiegen auf den Ehrenfeldgürtel eine Fahrradfahrerin erwischt, weil ihm die Kopfstützen im Transit die Sicht nahmen und er vergessen hatte, den Außenspiegel richtig einzustellen. Die Lady zeigte ihm einen Vogel, er konnte es ihr nicht verdenken und entschuldigte sich. Er begann nach einem Parkplatz vor der Hausnummer 165a Ausschau zu halten. Zu seiner Freude gab es eine breite Durchfahrt zum Grundstück, sodass er den Transit auf dem Hinterhof abstellen konnte, ohne jemanden zuzuparken. Das Haus ordnete Magnus wegen der schnörkellosen Bauweise den 60er-Jahren zu. Der Eigentümer hatte der Fassade einen neuen Anstrich in Hellgrau verpasst. Magnus ging durch die Zufahrt zurück zum Hauseingang und drückte auf die Klingel. Die Gegensprechanlage gab ein krachendes Geräusch von sich, dann summte der Türknopf. Magnus beschloss aus purer Neugier, sich anzusehen, wie die Kandidaten in der Wohngemeinschaft untergebracht waren. Im vierten Stock war eine der Haustüren angelehnt, dahinter hörte er Stimmengewirr, Gelächter und leise Klaviermusik. Auf sein Klopfen reagierte niemand. Er trat durch die Tür in einen geräumigen, hellen Flur und blieb mit offenem Mund stehen. Mit seiner Vorstellung von einer WG hatte das hier nichts zu tun. Er erinnerte sich an Raufasertapeten, ungerahmte Film- und Konzertplakate, schlecht versorgte Pflanzen und das diffuse Gefühl, es müsste mal jemand richtig putzen. Aber in diesem Altbau hatten Architekt und Designer ihre Träume von einer großzügig geschnittenen Galeriewohnung verwirklicht. Glänzende Holzdielen kontrastierten mit weißen Wänden und großformatigen Bildern, deren fröhliche Farben ihn entfernt an Bilder von Miró erinnerten. Am anderen Ende des Raumes gruppierten sich ein gigantisches, türkisfarbenes Sofa und sehr bequem aussehende Sessel um einen langen Couchtisch aus dunklem Holz, auf dem Chipstüten und ein paar Dosen an den Vorabend erinnerten. Dahinter führte eine Holztreppe auf die Galerie, von der einige Türen abgingen, vermutlich die Schlafräume der Kandidaten. Zwischen zwei Holzbalken, die die Decke stützten, hing eine knallbunt gestreifte Hängematte, daneben standen zwei Palmen, deren Blattspitzen sich bis an den Rand des Geländers der Galerie reckten. Die Stimmen und das Gelächter kamen von links, wo sich der Raum zu einer offenen Küche erweiterte, die von einem langen Tresen begrenzt wurde. Auf bequem aussehenden Hochstühlen in leuchtenden Farben konnten sich mindestens zehn Leute gegenübersitzen und essen. Auf dem äußeren Rand des Tresens lag jemand mit dem Kopf in den Armen vergraben und schien zu schlafen.

»Beeindruckend, oder? Da hat der Sender tief in die Tasche gegriffen, um uns hier unterzubringen. Du bist nicht Marco.«

»Äh – nein. Die Vertretung.« Magnus hatte vor lauter Staunen eine weitere kleinere Sitzgruppe rechts hinter den Palmen übersehen, aus der ihn ein stämmiger Bartträger in einem karierten Hemd angrinste. Er saß vor einem Piano, blätterte durch ein Notenheft und notierte sich etwas am Rand. »Ich bin Florian. Die Dame zu meiner Linken hier«, er wies auf ein rotes, kleines Sofa neben sich, »gleicht ihre kurze Nacht aus. Es war gestern spät und alkoholreich. Wenn sie wach wäre, würde sie sich als Maja vorstellen.«

Magnus betrachtete die auf der Seite schlafende Frau, deren lange dunkle Haare ihr Gesicht verdeckten. Er hoffte, dass keine Erste-Hilfe-Maßnahmen notwendig waren, um sie wach zu bekommen. Dann folgte er dem in Wellen ansteigenden Lärmpegel nach links. Vier Leute standen oder fläzten sich um einen Mixer mit einem Glasaufsatz in der Mitte der topmodernen Küche und fütterten ihn mit Ananasstückchen, Crush-Eis und Limetten. Niemand bemerkte Magnus.

»Super. Jetzt noch Wodka dazu!«, kicherte ein großes Mädchen hinter einem Vorhang aus dunkelblonden Locken. Sie lag mit dem Oberkörper auf der Kücheninsel neben einem Messerblock und streckte die Hand aus, ein leeres Glas in der Hand.

»Melissa, bist du irre? Du bist gleich nach Florian dran in der Einzelprobe. Nimm dir ein Beispiel an mir, ich bin sogar gestern Abend nüchtern geblieben.« Magnus erkannte den Sprecher an seiner Statur und der klaren Stimme, obwohl er mit dem Rücken zu ihm stand. Sascha, der angebliche Schwarm seiner Tochter.

»Lass sie doch in Ruhe. Vielleicht werden auch deine Songs besser, wenn du beim Komponieren mal Alkohol trinkst«, frotzelte ein Volltätowierter mit Pferdeschwanz. Er startete den Mixer. Magnus schätzte ihn älter als den Rest der Gruppe, etwa auf Ende 30.

»Sascha hat recht.« Ein durchtrainierter Schwarzer übertönte mit seiner Stimme das Mahlgeräusch des Gerätes. »Bis zum Finale ist Konzentration angesagt.«

»Noch jemand Vitaminpower ohne Alkohol? Jojo, du?«, fragte der Tätowierte.

»Lass mal. Wir müssen Maja noch wach bekommen«, sagte der Schwarze, streckte sich und boxte ein paar Mal in die Luft.

»Das übernimmt Florian sicher gerne«, lästerte das Mädchen namens Melissa und warf mit geübtem Schwung ihre Haare über die Schulter. »Wo ist der Herr Pianist eigentlich abgeblieben?«

Magnus räusperte sich vernehmlich. Vier Köpfe drehten sich in seine Richtung. »Hallo zusammen. Ich soll euch ins Studio fahren. Seid ihr startklar?«

»Du bist nicht Marco«, stellte der Tätowierte fest.

»Er ist krank«, sagte Magnus und löste damit eine unerwartete Welle der Heiterkeit aus.

»Klar, krank.« – »So ein Weichei!« – »Gestern war er noch der fitteste von allen.« – »Wie viel Wodka hatte der?« – »2/3 Gin, 1/3 Red Bull! Der hat das Zeug gesoffen wie Wasser!«

Magnus hob die Schultern und grinste. »Vielleicht solltet ihr das nicht der Redakteurin stecken. Die war nicht gut auf ihn zu sprechen.«

»Mist, schon Viertel vor zwölf! Ich muss mich noch umziehen und einsingen!« Melissa rüttelte den Schlafenden an der Schulter. »Jason! Jason, wach auf! Prooobe!«

Der Angesprochene schreckte hoch. Seine Locken sahen komplett zerzaust aus und er hatte doppelte Ringe unter den Augen. Er versuchte aufzustehen und taumelte vom Barhocker, wobei er fast hinschlug. »Was soll das – oh, shit.« Kreidebleich geworden stützte er sich am Tresen ab. »Duschen. I need a shower.« Er tapste mit Jojos Hilfe die Treppe zur Galerie hoch und verschwand in einem der Zimmer. Magnus wurde langsam nervös. Um halb eins sollte er die Gruppe spätestens in Ossendorf haben.

»Jojo, sag Milan Bescheid! Der ist auf seinem Zimmer«, rief der Tätowierte nach oben und sagte zu Magnus gewandt: »Immer cool bleiben, bisher haben wir es immer pünktlich geschafft. Ich bin übrigens Heiko.« Er hielt ihm die Hand hin, Magnus schlug ein.

»Wo ist der Rest von euch?«

»Die Schöne und das Biest wohnen im Hotel. Die fahren mit dem eigenen Auto«, sagte Heiko. Er reagierte auf Magnus' Fragezeichen im Gesicht mit der sparsamen Auskunft: »Diane und Rick stehen nicht so auf dieses Gruppending.«

Magnus gelang es schließlich, die ganze Bande in den Transit zu verfrachten. Er schaltete das Radio ein und gab auf der Autobahn Gas. Maja, die Dunkelhaarige vom Sofa, und der frischgeduschte Jason dösten in der letzten Reihe, neben ihnen schwieg Sascha aus dem Fenster. In der Mittelreihe unterhielten sich Melissa, Jojo und Milan leise miteinander. Vorne neben Magnus saßen Florian, der bärtige Pianist, und Heiko, der Berliner.

»Hey, Magnus, heißt du echt so? Hast du keinen Spitznamen?« Melissa brüllte von hinten in sein Ohr. »Mach mal die Musik leiser, Heiko. Ich hasse Justin Timberlake.«

»Meister«, warf Milan ein. »Der Nachname ist der Spitzname.«

»Fall mir ruhig in den Rücken«, knurrte Magnus. Er drehte das Radio leiser.

»Ihr kennt euch?«, fragte Florian überrascht.

»Er ist mein Gitarrenlehrer.«

»Dann bist du echt gut«, sagte Heiko anerkennend. »Milan ist der beste Gitarrist von uns – mit Abstand, nicht wahr, Sascha?« Er drehte sich kurz nach hinten um. Magnus beobachtete im Rückspiegel, wie Sascha die Augen verdrehte. »Aber was machst du hier als Fahrer?«

»Nur aushelfen«, sagte Magnus vage. »Ich jobbe eigentlich für die Redaktion.«

»Leg bei Lisa und Maria ein gutes Wort für uns ein«, warf Jojo ein, der genau hinter Magnus saß. »Die meckern seit einer Woche nur an uns rum.«

»An dir doch nicht«, sagte Heiko. »Du hast heute als Einziger schon Sport gemacht und die Hütte aufgeräumt. Aua, lass das, Mädel. Wie alt bist du, zehn?« Melissa hatte ihn an den Haaren gezogen.

»Meckern ist ihr Job«, sagte Magnus. »Mal was anderes – was ist mit euren Songs für das Finale? Sind die schon alle fertig?«

»Klar. Das heute ist die letzte Einzelprobe. Großer Soundcheck war gestern«, antwortete Florian und strich sich geistesabwesend über den Bart. »Morgen und übermorgen sind schon die Ablaufproben mit Moderation und Jury. Mensch, bin ich nervös.«

»Du musst deine Nerven in den Griff bekommen«, sagte Heiko. »Pfefferminzlikör?«

»Wer entscheidet über den Gewinner?«, fragte Magnus. »Nur die Jury?«

»60 Prozent Jury, 40 Prozent Publikumsvotum«, rief Melissa. »Die Jury ist ok. Ich frage mich eher, wie das Publikum reagiert. Die haben doch gar keine Ahnung von unseren Songs.«

»Bei dir passt die Jury vielleicht«, meinte Sascha aus der letzten Reihe. »Du bist ja der Produzentenliebling.«

»Halt die Klappe«, fauchte Melissa. »Du hast echt keinen Plan.«

»Hey, hey, kommt mal wieder runter«, meinte Heiko. »Noch jemand einen Pfefferminzlikör?«

Keiner ging auf das Angebot ein, und den Rest der kurzen Fahrt bis zum Parkplatz des Studios verbrachten die Kandidaten mit Zankereien.

Keine Sekunde zu früh parkte Magnus den Van vor den Studios. Die Kandidaten stoben davon wie ein Rudel junger Hunde, denen man einen saftigen Knochen zur Eingangstür geworfen hatte. Nur Florian und Heiko blieben bei ihm stehen und warteten, bis der Wagen verschlossen war.

»Wir dachten, du brauchst uns. Am Anfang kommt einem das vor wie ein Labyrinth«, sagte Florian. »Ich muss zuerst in die Maske.«

»Wenn du unseren Piano-Man hier abgeliefert hast, zeige ich dir den Kandidatenbereich«, meinte Heiko. »Da können wir warten, bis wir dran sind.«

»Showbiz ist wie eine Bushaltestelle«, philosophierte Florian. »Entweder du wartest oder du musst dich beeilen. Dazwischen gibt es nichts.«

Sie passierten den Mitarbeiter vom Sicherheitsdienst am Eingang der Mall, der die Ausweise von Florian und Heiko mit einem kurzen Nicken quittierte. Auf Magnus' Karte verweilte sein Blick eine Sekunde länger.

»Ich weiß, warum der dich so scharf anguckt«, meinte Heiko, als sie schon vor der Stahltür zu Studio 35 standen. Du siehst Matthias ein bisschen ähnlich. Statur und Haarfarbe.«

»Wer ist Matthias?«

»Melissas Vater. Er hat Hausverbot von der Redaktion bekommen«, antwortete Heiko und öffnete mit Schwung die Tür zum Studio, bevor Magnus nach dem Grund fragen konnte.

»Hier lang geht's zur Maske«, sagte Florian. Sie passierten die Tribünen und ließen hinter der nächsten Tür die Lärmwelle hinter sich. »Sie sind schon mit dem Soundcheck fertig, wir sind spät dran.« Florian wirkte noch nervöser als vorhin.

»Cool bleiben, Piano-Man. Du hast es drauf.« Heiko hielt sich hinter ihnen und grüßte lautstark nach rechts und links die Mitarbeiter der Crew, die er kannte. Plötzlich stand Clara vor ihnen. »Endlich. Rebecca dreht schon am Rad. Ihr seid fünf Minuten zu spät.« Sie nickte Magnus zu wie einem flüchtigen Bekannten, drehte sich auf dem Absatz um und bog in einen quadratischen Raum ab, der von einem gut beleuchteten Wandspiegel dominiert wurde. Die weiße Arbeitsplatte davor war übersät mit Bürsten, Kämmen, Tiegeln und offenen Töpfchen, Pinseln, einem Föhn und diversen Spraydosen. In den Einbauregalen standen Styroporköpfe mit Perücken in allen Haarlängen und Haarfarben. Ein pudriger, süßer

Duft verdrängte den staubigen Geruch des Studios. Die Maskenbildnerin, die über einem kleinen Handwaschbecken zwei Flüssigkeiten mischte, musste Rebecca sein. Ihre langen, blonden Haare trug sie locker hochgesteckt. Magnus bekam vom Türrahmen her eine hübsche Seitenansicht ihrer gut proportionierten Figur zu sehen. Sie drehte das Gesicht zu Florian, hob die perfekt geschwungenen Augenbrauen und deutete mit der Hand auf einen Drehstuhl vor dem Arbeitstisch. »Du weißt, dass ich wegen deines Bartes ohnehin mehr Zeit brauche. Setz dich bitte.« Ihr Tadel klang sanft, aber bestimmt. Florian gehorchte sofort. Clara gab Magnus und Heiko mit einer leichten Kopfbewegung zu verstehen, dass sie verschwinden sollten.

»Jetzt scheuchen uns sogar schon die Praktikanten rum«, knurrte Heiko, als sie wieder im Gang standen. »Hübsches Mädel, oder?«

»Wen meinst du?«, fragte Magnus alarmiert.

»Na, die Maskenfrau natürlich. Ein richtiges Puppengesichtchen. Da möchte ich noch mal jung sein«, seufzte er. »Aber ich stehe nicht auf Kinder. Die ist doch höchstens Anfang 20. Die andere war auch nicht übel. Tolle Beine.«

Magnus fühlte sich bei dem Gespräch äußerst unbehaglich. Er war es nicht gewohnt, dass Männer seine Tochter auf ihre Weiblichkeit hin taxierten. Hatte er sie nicht erst gestern noch vom Kindergarten abgeholt?

»Als Quoten-Opa habe ich keine Chance«, seufzte Heiko. »Komm mit, wir gehen Kaffee trinken.«

Magnus folgte ihm den Gang entlang, vorbei am Produktions- und Redaktionsbüro in einen Bereich, den er am Morgen nicht wahrgenommen hatte. Neben einer Glastür hing ein Schild: »Kandidaten-Bereich. Zutritt nur für autorisierte Personen«. Die Bezeichnung »Lounge« war für dieses Sammelsurium an Mobiliar zu hoch gegriffen. Kein Stück in diesem Raum war jünger als 20 Jahre. Cocktailsessel, die aussahen, als kämen sie vom Sperrmüll, eine Stehlampe mit goldfarbenem Fuß im 50er-Jahre-Design, wackelige Beistelltische eines schwedischen Möbelhauses, ein runder Eichentisch mit zerkratzter Platte, schlichte Holzstühle, ein zerschlissenes rotes Sofa. Es roch ein wenig nach Keller und nach Kaffee. An der Seitenwand war eine Art Bar aus Kiefernholz aufgebaut, die Magnus an den Partykeller seiner Eltern erinnerte. Darauf standen Gläser, diverse Säfte, simple Kaffeetassen und zwei große Thermoskannen.

»Gemütlich, oder?«, sagte Heiko, zog seine Lederjacke aus und hängte sie auf einen wackeligen, schwarzen Garderobenständer. »Setz dich. Wo sind die alle?«

Milan, der auf einem durchgesessenen Cordsofa links saß und konzentriert Läufe auf einer zerkratzen, akustischen Gitarre spielte, reagierte mit Verzögerung. Er legte die Gitarre aus der Hand, als er sie sah.

»Hier ist Musikverbot«, sagte Heiko und drohte ihm scherzhaft mit dem Zeigefinger.

»Sorry. Es ist mit mir durchgegangen«, grinste Milan. »Die anderen haben nur ihre Sachen abgestellt.« Er wies auf einen Stapel Rucksäcke und Umhängetaschen in der linken Ecke. »Sie wollen sich die Proben vom Zuschauerraum aus anhören. Mich macht das zu nervös. Ich bleibe lieber hier. Die Schöne und das Biest sind noch gar nicht aufgetaucht.«

»Wann bist du dran?«, wollte Heiko wissen.

»Erst um 15.40 Uhr. Laut Plan sind es jeweils 20 Minuten pro Einzelprobe.«

Heiko schenkte am Tresen zwei Tassen Kaffee ein und stellte eine ungefragt vor Magnus auf dem Tisch ab. Er ließ sich neben ihn in einen Cocktail-Sessel mit abgewetztem Bezug plumpsen. »Hoffentlich komme ich da wieder raus«, stöhnte er.

»Danke«, sagte Magnus und griff nach der Tasse. Ihn beschäftigte etwas anderes. »Was war das eben mit Melissas Vater? Warum hat er Hausverbot?«

Milan und Heiko tauschten einen kurzen Blick. »Matthias ist ein Helikopter-Papa von der schlimmsten Sorte«, meinte Heiko. »Melissa ist gerade erst 18 geworden. Er versucht, jeden Schritt seiner Prinzessin zu überwachen.«

»Er taucht zu jeder Tageszeit unangemeldet in der WG auf«, berichtete Milan. »Als er das auch im Studio versucht hat, hat die Redakteurin die Reißleine gezogen und ihn rauswerfen lassen.«

»Weißt du noch, was Lisa für ein Gesicht gezogen hat, als er mit auf die Bühne wollte?« Sie lachten.

»Na gut, ein bisschen verstehe ich ihn«, sagte Heiko. »Er ist alleinerziehend.«

Milan schüttelte den Kopf. »Melissa kann ganz gut auf sich selbst aufpassen, oder? Musikalisch macht sie jedenfalls ihr eigenes Ding.«

»Trotzdem, ein Hausverbot?«, warf Magnus ein. »Nur weil er ein bisschen nervt?«

»Das ist die Untertreibung des Jahres!« Heiko knallte die Tasse auf den Tisch, dass der Kaffee überschwappte.

»Du kennst doch den Ablauf hier, oder? Matthias ist genau der Typ, der der Regie Anweisungen geben will.«

»Es war bestimmt auch nicht hilfreich, dass er dem Kameramann gesagt hat, welche Einstellung für die Bühne am besten ist«, meinte Milan.

»Oder dass er sich im Komponistencamp mit Melissas Gesangscoach angelegt hat«, ergänzte Heiko.

»Ok, ok, ich habe verstanden«, grinste Magnus und hob die Hände abwehrend. »Er stört den Ablauf, wo es nur geht.«

»Wenn du bis zum Finale bei uns bleibst, wirst du ihm zwangsläufig begegnen.« Heiko fischte seinen Ablaufplan aus der Hosentasche. »Gehen wir runter zu den anderen? Florian ist in fünf Minuten dran. Danach kommt Melissa, dann Jojo. Komm mit«, wandte er sich an Magnus. »Du sollst uns doch bestimmt beaufsichtigen.«

Sie bahnten sich einen Weg an der Bühne vorbei zu Sascha und Jason, die sich in der zweiten Reihe der Zuschauerränge niedergelassen hatte. Magnus ließ sich zwischen Milan und Heiko auf den Sitz fallen. Sie fingen einen irritierten Blick von Lisa, der Aufnahmeleiterin am Set, auf. Über ihr Headset gab sie Anweisungen an einen unsichtbaren Mitarbeiter, vielleicht in der Tontechnik, dachte Magnus, aber was wusste er schon. Florian saß schon auf der Bühne am Piano, die Band um sich herum gruppiert, und besprach über die Schulter etwas mit dem Bassisten. Lisa hob die Hand, und für einen Moment kehrte Stille ein. Dann hallten wuchtige Klavierakkorde durch den Raum, die Magnus entfernt an Elton John erinnerten. Florian besang auf Englisch seine erste große Liebe. Es schien nicht gut auszugehen.

»Super, oder?«, flüsterte Milan ihm von links ins Ohr.

Magnus nickte höflich. Für seinen Geschmack war der Song zu pathetisch. Als das Lied ausklang, applaudierten die Kandidaten spontan, was ihnen einen Tadel über Lautsprecher aus der Regie eintrug.

»Die übertreiben«, meinte Heiko. »Heute wird nicht aufgezeichnet.«

Magnus beschloss, sich die nächsten zwei Stücke noch anzuhören und sich dann unter einem Vorwand im Produktionsbüro blicken zu lassen. Irgendwo musste er mit seiner Ermittlung ja beginnen. Melissas Song überraschte ihn positiv. Auf der Bühne wirkte sie älter und reifer. Das alberne, kichernde Mädchen von eben war nicht wiederzuerkennen. Sie sang ihre Ballade ebenfalls in Englisch. An der Nummer gab es nichts auszusetzen, die Strophe war schön aufgebaut, der Refrain vielleicht etwas zu abgegriffen, um als originell zu gelten.

»Wird der Gesang mitbewertet?« Magnus wandte sich mit seiner Frage an Heiko. Der schüttelte den Kopf und lachte. »Dann könnte ich hier nicht antreten. Die Jury wertet nur die Grundidee, den Text, das Arrangement, Originalität und ob das Stück markttauglich ist. Der Produzent hat eine gute Nase, kennst du ihn?«

Magnus nickte. »Nicht mein Geschmack.«

»Meiner auch nicht«, seufzte Heiko. »Ich glaube wirklich, dass ich nur wegen meines Alters und meiner Tattoos ins Finale gekommen bin. Die wollten nicht nur ganz junge dabeihaben.«

Magnus erwiderte nichts. Vielleicht stimmte das sogar. Auf der Bühne machte sich die Band startklar für Jojos Performance. Ein Bühnenarbeiter brachte ein zweites

Mikrofon, der Bassist brüllte etwas nach hinten, was Magnus nicht verstehen konnte.

»Jetzt geht die Post ab«, zischte Milan.

Jojo tänzelte auf die Bühne, im Schlepptau eine attraktive Sängerin, die an das Mikrofon neben ihm trat.

»Sie hat mit ihm das Coaching gemacht«, flüsterte Heiko Magnus ins Ohr. »Die hat es voll drauf.«

Lisa hob nach einem letzten Blick auf die Regie die Hand und es wurde still. Der Schlagzeuger zählte an. Ein knackiger Bass ließ Magnus' Magenwände vibrieren. Der Gitarren-Sound erinnerte ihn an die 70er-Jahre, trotzdem klang die Produktion frisch und modern. Jojo und die schöne Sängerin lieferten sich ein heißes Duett mit Rap-Elementen, das eher ein musikalischer Schlagabtausch als ein Liebeslied zu sein schien, Magnus verstand nicht viel vom Text außer einer Zeile im Refrain:

Baby, you make me feel like a hurricane
out of control, out of control.

Neben ihm trommelten Milan und Heiko den Rhythmus auf den Knien mit. Maja und Jason neben ihnen zappelten herum, als ob sie am liebsten die Bühne zur Tanzfläche machen wollten. Als Jojo den letzten Ton verklingen ließ, brach wieder Applaus los.

»Jojo, du machst das!«, brüllte Heiko.

»Könnten die Finalisten sich bitte wieder beruhigen«, sprach Lisa ins Mikrofon, »ansonsten lasse ich die Zuschauerplätze räumen.«

»Spaßbremse«, murrte Heiko.

Magnus war zwar neugierig auf die anderen Kandidaten, aber sein Gewissen trieb ihn zur Arbeit. Er hielt sich links, umschiffte die Kameraleute vor der Bühne, stolperte fast über einen Kabelstrang und erschrak, als ihm jemand eine Hand auf die Schulter legte.

»Falls du zu den Büros möchtest, bleib besser hinter mir«, sagte eine schlanke Frau mit langen dunklen Haaren und sehr heller Haut. »Ich muss in die Maske, wir haben den gleichen Weg. Du bewegst dich gerade außerhalb der vorgesehenen Wege. Haben sie dir keinen Studioplan gegeben?«

Magnus erkannte mit einiger Mühe die Kandidatin wieder, die er vor ein paar Stunden in der Ehrenfelder WG schlafend angetroffen hatte. Maja, genau. Wach sah sie verdammt gut aus, sie trug ein schwarzes Kleid, was ihr ausgezeichnet stand. Sie erinnerte ihn an jemanden, aber er saß auf der Leitung.

»Danke für die Rettung, ich kassiere sonst noch einen Platzverweis. Bist du die Nächste?«

Ihr Mund deutete ein Lächeln an. »Chancenlos, aber ich bin Teil des Spiels.«

Magnus rätselte noch über die Bemerkung, als sie in die Maske abbog. Er sah seine Tochter und Rebecca in ein Gespräch vertieft und sparte sich ein Hallo. Clara wäre das ohnehin nicht recht. Die Tür zum Produktionsbüro stand offen, er klopfte pro forma kurz an. Nur Janas Platz war besetzt. Sie recherchierte gerade etwas im Internet und schloss schnell eine Website, als sie ihn hörte.

»Anna ist etwas essen«, sagte sie über die Schulter. »Falls du Hunger hast, der Catering-Raum ist links runter, ganz am Ende des Ganges.«

Offenbar störte er gerade. »Ein Kaffee wäre nicht schlecht«, sagte er. »Soll ich dir einen mitbringen?«

Ihre Augen leuchteten auf. »Supergerne. Latte macchiato.«

Der Catering-Raum war so groß wie drei oder vier Büros zusammen und nahm die ganze Gangbreite ein. Die Einrichtung bestand aus zwei großen Getränke-Kühlschränken, einer Tee- und Kaffeestation und einem Kühlschrank mit abgepackten Snacks und Süßigkeiten, aus denen man sich bedienen durfte. An drei runden Tischen verpflegten sich hier zu unterschiedlichen Zeiten die Mitarbeiter der Crew oder die Gäste der Produktion. Links an der Wand war ein Flachbildschirm in Heimkinogröße montiert. Im Moment war er ausgeschaltet. Als Magnus mit den Getränken ins Produktionsbüro zurückkehrte, wirkte Jana entspannter. Er reichte ihr den Macchiato, setzte sich auf einen freien Stuhl und nahm sie unauffällig in Augenschein. Jana sah so unscheinbar aus, dass er auf der Straße an ihr vorbeilaufen würde, ohne sie wiederzuerkennen. Der Pony ließ ihr rundliches Gesicht noch runder wirken. Die Brillengläser verkleinerten ihre Augen unvorteilhaft und das überdimensionierte Horngestell erinnerte Magnus an ein billiges Kassengestell, das sein Vater in den 80er-Jahren getragen hatte. Ein beiges T-Shirt über der Jeans ließ die restliche Farbe aus ihrem Gesicht verschwinden und war zu weit, um etwas von ihrer Figur zu zeigen.

»Ganz schön hektisch hier«, sagte er. »Ist das immer so?«

Sie zuckte die Achseln und nippte an ihrem Kaffee. »Man gewöhnt sich dran. So kurz vor einer Liveshow werden alle nervös. Du steigst voll in die Stressphase ein.«

»Wie lange machst du das schon?«

»Fünf Jahre. Ich habe hier die Ausbildung gemacht und bin dabei geblieben. Und was machst du?«

Magnus hatte sich mittlerweile für mögliche Gegenfragen eine Geschichte zurechtgelegt. »Ein Freund von mir will in Berlin eine Produktionsfirma gründen und hat mich gefragt, ob ich mich beteiligen will. Deswegen absolviere ich so eine Art Training im Job, damit ich die Abläufe in der Produktion und in der Redaktion kennenlerne.«

Jana richtete sich auf, wie elektrisiert. »In Berlin, wie toll! Hat er vielleicht noch einen Job frei?«

Magnus lachte, aber er fühlte sich unbehaglich. »Das weiß ich nicht. Ich kann mal fragen«, sagte er vage. Ihr Interesse schien echt zu sein.

»Das wäre super.« Sie strahlte über das ganze Gesicht und Magnus bekam eine Vorstellung davon, wie gut sie aussehen könnte, wenn sie etwas mehr aus sich machen würde.

»Gefällt es dir hier nicht?« Zeit, einen Köder auszulegen. »Deine Chefin scheint doch ganz nett zu sein.«

Sie zögerte kurz. »Doch. Nein, wirklich, sie ist echt ok. Aber wenn man weiterkommen will, darf man nicht dableiben, wo man die Ausbildung gemacht hat. Ich bewerbe mich schon eine Weile weg. Das darfst du aber keinem erzählen.« Sie errötete.

»Das bleibt unter uns«, versicherte er. Janas Verhalten war typisch für Menschen, die Magnus befragte. Sein Kumpel Benno nannte das den »Meister-Effekt«: Innerhalb kürzester Zeit begannen die Leute mit ihm über Dinge zu reden, die sie ansonsten für sich behielten. Benno schüttelte jedes Mal den Kopf. »Du könntest für die CIA arbeiten! Gut, dass du für mich jobbst. Wie machst du das?«

Magnus wusste es selbst nicht genau. Spaßeshalber hatte er vor einiger Zeit ein Buch über Verhörmethoden durchgeblättert. Von allen seltsamen Methoden und Fragetechniken, die Menschen zum Sprechen brachten, beherrschte er vor allem eine ohne Mühe: Er besaß ein echtes Interesse an der Person, die ihm gegenübersaß. Benno hatte ihn schon oft gebeten, das Talent zu nutzen und sich in Gesprächstechniken fortzubilden, aber Magnus sträubte sich dagegen, seine Gabe zum Beruf zu machen. Er wollte lieber er selbst bleiben.

»Ich mache mal weiter«, sagte Jana und riss ihn aus seinen Gedanken. »Ich muss den Flug für Jamila auf morgen umbuchen, sie schafft es heute nicht mehr. Bestimmt wirst du sie abholen, wenn du weiter Marco ersetzen sollst.«

»Wer ist Jamila?«, fragte Magnus.

»Unser schönstes Jurymitglied. Die Männer liegen ihr zu Füßen.« Der letzte Satz klang ein bisschen resigniert. Jana wandte sich wieder ihrem PC zu, das Gespräch war beendet. Magnus erinnerte sich an das Bild der schönen Sängerin mit afrikanischen Wurzeln. Jamila hieß sie also. Anna Voss und die anderen Kollegen aus der Produktion waren noch nicht wieder vom Essen zurückgekommen. Er behielt die Wagenschlüssel und ging hinüber ins Redaktionsbüro zu Maria von der Weide, vielleicht gab es neue Aufträge für ihn. Aber sie scheuchte ihn zurück zu den Kandidaten. »Es reicht für heute völlig, wenn unsere Künstler pünktlich ihre Einzelprobe absolvieren. Fahre sie bitte nach der Probe zurück nach Ehrenfeld und melde dich danach noch mal bei mir. Die letzte Probe ist …«

»Um 16.20 Uhr«, ergänzte Magnus und wedelte mit dem Tagesablauf vor ihrer Nase.

»Du lernst schnell«, meinte sie.

»Sag ich doch«, grinste Magnus, aber die Redakteurin war schon beim nächsten Problem.

»Scheiße, was ist da draußen los?« Sie drückte auf einen Knopf neben ihrem Telefon. »Lisa? Wieso ist Maja auf der Bühne? Die Reihenfolge stimmt nicht. Wo ist Jason?«

Magnus flüchtete schnell, bevor sich ihr Zorn gegen ihn richten konnte. Immerhin hätte er dafür sorgen sollen, dass die Finalisten pünktlich in die Maske kamen. Einer Ahnung folgend ging er zur Lounge der Kandidaten. Er lag richtig: Jason lag zusammengerollt auf dem zerschlissenen roten Sofa und schnarchte sich die Seele aus dem Leib. Er weckte den verwirrten Musiker und brachte ihn nach einigem Hin und Her zu Rebecca in die Maske.

»Vielleicht solltest du heute Abend mal den Alkohol weglassen«, sagte sie zu Jason. »Und geh dir mal das Gesicht waschen. So kann ich nicht arbeiten.« Sie zwinkerte Magnus zu. Er überließ Jason seinem Schicksal und warf einen Blick auf den Ablaufplan. Majas Probe hatte er schon verpasst, aber er konnte sich die anderen Kandidaten zumindest noch anhören. Und heute Abend musste er sich dringend einen Plan machen, wen er wann befragen sollte. Er hatte bisher keinen blassen Schimmer, wie er der Crew Infos über mögliche Feinde von Anna Voss entlocken sollte. Die waren alle unter Strom und dauergestresst. Sein Magen gab laute Geräusche von sich und erinnerte ihn daran, dass er seit dem Frühstück noch nichts zu sich genommen hatte. Kurzentschlossen änderte er seinen Plan und ging zum Catering-Raum. Zufrieden verschlang er zwei Salami-Brötchen und eine Banane, dann sah er sich nach einem Platz zum Rauchen um. Das half ihm immer beim Nachdenken. Es sah ganz so aus, als ob er zurück zum Haupteingang nach draußen musste. Er vergewisserte sich, dass er seinen Besucherausweis bei sich trug, ging an der Security vorbei durch die Glastür und steckte sich erleichtert eine Zigarette an. Er setzte sich auf eine Bank und betrachtete die Wolkenformationen am Himmel. Um diese Uhrzeit war kein Betrieb auf dem Mitarbeiterparkplatz. Was hatte er bisher herausgefunden? Nichts, wenn er ehrlich war. Jana hatte, oberflächlich betrachtet, nichts gegen seine Klientin. Sie machte dort ihren Job, welchen Grund sollte sie haben, Anna Voss vors Knie zu treten? Ok, sie wollte weg, hinaus in die große weite Welt, aber das war kaum ein Motiv, Interna aus der Produktion an die Presse zu geben. Er kramte sein Notizbuch hervor und suchte einen Namen aus dem Dossier seiner Klientin. Was war mit der Ersten Aufnahmeleitung, der zuverlässigen, aber unzufriedenen Feli Hillmann? Das Gespräch könnte sinnvoll sein. Er drückte die Zigarette aus und warf einen Blick auf sein Handy, halb vier. Laut Tagesablauf müsste jetzt Sascha auf der Bühne sein.

Er betrat rechtzeitig zum letzten Refrain das Studio. Musikalisch hatte er nicht viel verpasst, so viel stand fest. Seine Tochter saß mit leuchtenden Augen in der ersten Reihe, gleich hinter den Kameras, und applaudierte heftig, als das Lied endete. Dieser dämliche Sascha warf ihr doch tatsächlich eine Kusshand zu, als er von der Bühne kam. Schnell verdrückte er sich hinter die Bühne, bevor Clara entdeckte, dass er sie beobachtete. Er hatte 20 Minuten

Zeit herauszufinden, was mit der Ersten Aufnahmeleiterin los war, dann trat Milan auf. Auf dem Gang kam ihm Anna Voss entgegen. Magnus signalisierte ihr, dass er mit ihr reden wollte. Sie führte in einen Konferenzraum mit einem ovalen Holztisch, an dem mindestens 20 Personen auf bequemen Lederstühlen sitzen konnten.

»Hier ist erst morgen früh zur Regiebesprechung wieder jemand«, sagte sie. »Bitte nur ganz kurz, ich möchte hier nicht mit dir gesehen werden.« Sie blickte über die Schulter zur verschlossenen Tür.

»Nur eine Frage. Wo ist Felicitas Hillmann heute? Ich möchte sie befragen.«

»Feli? Das halte ich für unnötig. Wir sind befreundet.«

Magnus sparte sich eine Erklärung, warum er trotzdem mit ihr reden wollte, und wartete.

»Ihre Mutter ist schwer krank und wird zu Hause betreut. Feli war heute Morgen kurz hier, hat die Tagesdisposition verschickt und ist dann zu ihr gefahren. Sie haben Probleme mit der Pflegekraft. Wenn es unbedingt sein muss – morgen ist sie wieder da.«

»Das heißt, ihr müsst heute ihre Arbeit auffangen, oder?«

Anna nickte. Mit einem Mal sah sie erschöpft aus. »Im Moment bleibt viel an Jana, Lisa und mir hängen. Aber wir schaffen das. War das alles?«

»Mit wem von den Mitarbeitern hier bist du so vertraut, dass sie dein Passwort herleiten könnten?«

Sie wurde rot. »Ich glaube, ich muss noch etwas beichten.«

Magnus sah sie aufmerksam an und wartete.

»Jeder, der lesen kann, konnte mein Passwort sehen.«

Sie schaute auf die Tischplatte vor sich, wie ein Kleinkind, das man bei einer Lüge ertappt hat.

»Du hast es auf einem gelben Zettel am PC kleben«, stellte Magnus trocken fest.

»Hellgrün«, sagte sie und grinste schief. »Der Zettel war hellgrün.«

Magnus war die Lust auf Musik vergangen, als er sich zurück ins Studio begab. Anna Voss hatte jedem Idioten den Zugang zu ihrem Rechner ermöglicht. Er würde Benno anrufen müssen. In diesem Fall war der Heuhaufen zu groß für die Nadel. Er würde seinen Job heute noch zu Ende bringen und dann mit Benno klären, wie sie einen sauberen Rückzug hinbekämen. Dieses Mandat war unlösbar.

»Wo warst du?«, wollte Heiko wissen, als Magnus wieder in der zweiten Reihe Platz nahm. »Du hast die besten Nummern verpasst! Meine zum Beispiel.«

Auf Milans Stuhl saß jetzt Sascha, der selbstgefällig grinste. »Oder meine. Den Mädels hat es gefallen.«

Heiko schnaubte durch die Nase. »Träum weiter. An Jason, Jojo oder Milan kommst du nicht ran mit deinem Charts-Mist.«

»Ach ja? Wir werden sehen.« Sascha verschränkte die Arme vor der Brust und reckte das Kinn.

»Ich musste noch etwas für die Redaktion erledigen«, sagte Magnus vage. Vor weiteren Nachfragen bewahrte ihn das Handzeichen von Lisa, das den Beginn von Milans Probe ankündigte. Gespannt verfolgte Magnus, was sein talentiertester Gitarrenschüler auf der Bühne ablieferte. Milan sang auf Deutsch eine Sehnsuchtsnummer über eine unerreichbare Liebe, die kein bisschen kitschig klang. Der Song steigerte sich von einem zarten Beginn in eine zornige Klage darüber, dass die Liebe ihn ignorierte, und endete beim letzten Refrain in einer wilden Akkordfolge, die Magnus merkwürdig vertraut vorkam, ein wenig wie eine Kreuzung aus Jimi Hendrix und Curt Cobain. Entweder kam der Song ganz groß raus oder das Publikum wäre fassungslos vor Schreck. Im Studio herrschte Stille, als der Song endete, dann brach, ähnlich wie bei Jojo, stürmischer Applaus aus dem Zuschauerraum los. Es klang, als wären die Ränge voll belegt.

»Vom Band«, sagte Sascha verächtlich. Magnus wurde der Junge immer unsympathischer. Hoffentlich litt Clara nur an einer vorübergehenden Geschmacksverirrung.

»Wann fährst du uns zurück nach Ehrenfeld?«, wollte Heiko wissen.

»Waren denn schon alle auf der Bühne?«

»Diane und Rick noch nicht. Sie sind die letzten für heute.«

»Du verpasst nur lahmarschigen R&B-Kram. Die schlafen sowieso nicht bei uns in der WG«, meinte Sascha.

»Die warte ich noch ab«, meinte Magnus. Der Kerl reizte ihn zum Widerspruch. »Wir treffen uns danach am Parkplatz.«

Sascha grummelte sich etwas in den Bart, was Magnus nicht verstand, und Maja, die neben Sascha saß, beugte sich zu ihnen. »Schon mal was von Teamgeist gehört?«

Sascha erwiderte nichts, stand auf und quetschte sich an Magnus und Heiko vorbei.

»Diva«, meinte Heiko, als er weg war. Insgeheim musste Magnus Sascha sogar recht geben, als er Diane singen hörte. Perfekt arrangiert und gut gesungen, aber langweilig. Das einzig Auffällige war die fast überirdische Schönheit von Diane. Blond, kühl und unnahbar.

»Klasseweib, oder?«, flüsterte Heiko in sein Ohr. Magnus zuckte die Schultern. Ihm gefiel die geheimnisvolle Maja besser. Wenn er bloß wüsste, an wen sie ihn erinnerte. Noch bevor Rick für die letzte Probe auf die Bühne kam, ging er nach draußen. Er brauchte mal ein paar Minuten Abstand zum Showbusiness.

»Weck mich und sag mir, dass das ein Alptraum ist«, meinte Florian, als Magnus den Wagen im Hinterhof am Ehrenfeldgürtel parkte.

»Leider nicht«, sagte Heiko düster.

Magnus verstand im ersten Moment nicht, wovon sie sprachen, bis er die Silhouette eines kräftig gebauten Mannes in Lederhose und Jeansweste vor der Haustür stehen sah, der eine Zigarette rauchte und auf sie zu warten schien.

»Guck mal, Prinzessin, Papa ist da.« Sascha tippte Melissa von der Rückbank auf die Schulter.

»Ach, scheiße! Kann ihn nicht jemand wegschicken?« Melissa duckte sich und vergrub den Kopf in Jojos Schoß.

»Lass das«, meinte der. »Was hältst du davon, ihm mal klipp und klar zu sagen, dass er hier nichts verloren hat?«

»Wie soll ich ihm das verbieten?« Melissa setzte sich wieder aufrecht hin, rot im Gesicht.

»Was ist jetzt, steigen wir heute noch aus? Ich brauche eine Dusche, ob mit oder ohne Matthias.« Heikos Bemerkung wurde mit Gelächter quittiert und sie kletterten aus dem Transit.

»Meister, kommst du noch mit rauf? Es gibt Bier, Cocktails und eine Dachterrasse mit Ausblick.« Milan wedelte mit dem Schlüsselbund vor Magnus' Augen herum.

»Jetzt komm schon, zier dich nicht.« – »Komm mit!« – »Das Beste hast du noch nicht gesehen!« – »Wir haben auch Ingwertee!« Allgemeine Heiterkeit. Selbst Melissa sah ihn flehend an, als ob sie sich von seiner Anwesenheit etwas verspräche. Magnus gab nach. Er brannte darauf, den ominösen Helikopter-Vater kennenzulernen, der schon vor der Wohnungstür auf sie wartete.

Die Dachterrasse war groß genug für sie alle. Man konnte über die Dächer von Ehrenfeld bis zu den Domspitzen sehen. Sie setzten sich auf gezimmerte Holzkisten mit buntgestreiften Polstern und bedienten sich aus einem vollen Kasten Kölsch, der in einer Ecke neben zwei bereits leeren stand. An der Hauswand, neben der Tür zum Wohnbereich, stand eine Hollywoodschaukel, die sofort Melissa, Sascha und Jojo belegten. Heiko war duschen, Maja telefonierte drinnen mit jemandem aus ihrer Familie, den Wortfetzen nach zu urteilen, die nach draußen drangen. Matthias, Melissas Vater, ließ sich etwas abseits auf einem umgedrehten Wasserkasten nieder, der fast unter ihm zusammenbrach. Sie prosteten sich mit den Flaschen zu, Magnus blieb bei Fassbrause.

»Morgens früh geht auf dieser Seite die Sonne auf«, schwärmte Jojo. »Das ist fast schon zu schön, um wahr zu sein.«

»Du bist bestimmt der Einzige, der schon um 7 Uhr wach ist«, meinte Jason. »Ich schlafe dann noch.«

»Machst du noch etwas anderes außer Musik und

Schlafen?« Sascha gab der Hollywoodschaukel einen leichten Schubs. »Wovon lebst du eigentlich?«

»Leben, na ja«, Jason lachte. »Nicht sterben, würde ich das eher nennen. Die Show ist eine Riesenchance für mich, bekannter zu werden.«

»Dat ist alles Quatsch, wenn ihr mich fragt. Lernt lieber wat Vernünftiges«, knurrte Melissas Vater aus der rechten Ecke.

»Gas, Wasser, Scheiße, so wie du?«, höhnte Melissa.

»Ja und? Immerhin haben wir dich so großbekommen, deine Mutter und ich. Du bist auch nix Besseres, nur weil du singen kannst.«

»Ich brauche keine Tipps für mein Leben, Papa. Ich komm schon klar.«

»Dann komm nicht jedes Mal angerannt, wenn es ein Problem gibt. Entweder, oder.«

Gab es denn ein Problem? Oder warum war der Vater so überpräsent? Magnus musterte Matthias möglichst unauffällig von der Seite. Er war in etwa in seinem Alter, gleiche Größe und Statur, gleiche dunkle Haarfarbe. Durchtrainiert wie ein Profisportler, Magnus tippte auf Kampfsport oder Boxen, Tattoos auf den Oberarmen und bis zum Hals. Niemand, den man zum Feind haben wollte. Matthias fing seinen Blick auf.

»Und wer bist du? Für einen Redaktions-Fuzzi bist du zu alt. Und zu sportlich«, stellte er trocken fest. Er fischte sich ein neues Bier aus dem Kasten und öffnete es mit den Zähnen. Magnus wiederholte die Geschichte, die er heute Morgen schon Jana erzählt hatte. Der Kumpel in Berlin, mit dem er eine Produktionsfirma gründen wollte …

Matthias nickte anerkennend. »Dat ist eine gute Idee. Da ist Geld drin. Aber Berlin? Du bist doch 'ne echte kölsche Jung.«

Melissa stand abrupt auf und verschwand nach drinnen.

»Wat hat sie denn jetzt schon wieder?« Matthias erhob sich mit einem Ächzen und ging ihr nach.

»Weißt du jetzt, was wir meinen?« Milans Blick folgte Matthias mit den Augen.

»Hm. Er meint es gut«, sagte Magnus.

»Sie müsste ihm mehr Grenzen setzen«, meinte Florian. »Meine Mutter tickt so ähnlich, sie ist nur hübscher.« Sie lachten.

»Ich habe meiner Mutter damit gedroht, sie nie wieder anzurufen, wenn sie mich hier nicht in Ruhe lässt«, sagte Milan. »Das hat funktioniert.«

»Das ist ja schon Stalking, was der macht. Was meint ihr, bestellen wir Pizza?«, fragte Jason. Die zweite Runde Bier kreiste und Magnus verabschiedete sich. Er versprach ins Ungewisse, sie morgen um 12 Uhr wieder abzuholen. Vielleicht hatte sich sein Job morgen auch erledigt. Als er durch die Küche zur Wohnungstür ging, hörte er von oben aus dem Galeriebereich laute Stimmen. Er blieb stehen und lauschte.

»Du übertreibst, Papa.«

»Ich will nicht, dat dir wat passiert. Die Jungs hier sind in Ordnung, aber dat hilft dir im Zweifel auch nicht.«

Magnus konnte Melissas Antwort nicht mehr verstehen, weil sie begonnen hatte zu weinen.

»Jetzt heul bitte nicht, Schätzelein. Ich bin ja hier.«

»So geht das schon die ganze Woche, egal ob man es

wissen will oder nicht«, sagte eine Stimme hinter Magnus. Er fuhr zusammen. Maja stand dicht hinter ihm, das Handy in der Hand. »Sorry, ich erschrecke dich immer. Ich war auf dem Weg nach draußen.« Sie wies mit der Hand Richtung Dachterrasse.

»Man kann die beiden nicht überhören. Was ist denn da los?«

»Eine zu enge Vater-Tochter-Beziehung, Auswirkungen auf die Bindungsfähigkeit der Tochter, Flucht in Drogen.«

Magnus war enttäuscht. Aus einem Grund, der sich ihm selbst nicht erschloss, hatte er sich von Majas Statement mehr versprochen.

»Entschuldige, ich studiere Psychologie«, sagte sie verlegen. »Die beiden reizen mich einfach als Studienobjekt.«

»Aber es geht Melissa wirklich schlecht, oder?« Magnus fühlte leichten Ärger in sich aufsteigen. War Maja so arrogant oder tat sie nur so?

»Schwer zu sagen, was sie alles tut, um Aufmerksamkeit zu bekommen.« Maja drehte sich auf dem Absatz um und ließ ihn stehen. Vielleicht war sie doch nicht so überheblich, sondern einfach eine gute Beobachterin? Gut, dass er nicht jedes Rätsel lösen musste, das seinen Weg kreuzte.

Bevor er zurück ins Studio fuhr, rief er Benno an.

»Meister, altes Haus! Wie läuft dein Praktikum im Showbiz?«

Magnus berichtete in knapper Form, was er in Erfahrung gebracht hatte.

»Na, immerhin machst du dich nützlich«, meinte

Benno. »Und unsere Klientin ist ein hoffnungsloser Fall, was Datenschutz betrifft?«

»Schön gesagt. Zettel mit Kennwort am PC? Da haben wir keine Chance.«

Benno schwieg einen Moment. »Sie bezahlt uns gut.«

»Das wäre unfair, ihr gegenüber«, sagte Magnus.

»Nein. Sie wusste das mit dem Kennwort schon, bevor sie uns den Auftrag erteilt hat. Vorschlag zur Güte: Bleib noch zwei Tage da, vielleicht hast du einfach Glück und dir fällt eine Info vor die Füße. Wenn du nichts findest, schenkst du ihr übermorgen Abend reinen Wein ein und gibst das Mandat zurück.«

Magnus willigte ein und beendete das Gespräch. Er schrak zusammen, als jemand kräftig an die Fahrerscheibe klopfte. Es war Matthias.

»Nimmst du mich ein Stück mit?«

Magnus nickte und deutete auf die Beifahrertür. Mit Matthias kam ein Schwall Zigaretten- und Biergeruch ins Auto.

»Danke. Habe keinen Lappen mehr. Du kannst mich an der Takustraße rauslassen.«

Magnus bog links ab und kämpfte sich durch dichten Verkehr bis zur Venloer Straße durch.

»Die Geschichte mit der Firmengründung kauf ich dir nicht ab«, sagte Matthias. »Dat junge Gemüse kannste täuschen, aber mich nicht. Raus damit. Wer bist du?«

Magnus wog kurz ab, ob es seiner aussichtslosen Ermittlung schaden würde, wenn Matthias Bescheid wusste. Eher nicht.

»Ich ermittle für einen Freund. Irgendwas in der Produktionsfirma läuft schief. Mehr kann ich dir nicht sagen.«

»Ein Privatschnüffler also. Ich rieche so wat zehn Meilen gegen den Wind.« Matthias lehnte sich entspannt auf dem Beifahrersitz zurück, sichtlich befriedigt über seine Menschenkenntnis. »Wat trainierst du?«

»Boxen.«

»Wo?«

Magnus nannte ihm seinen Box-Club in der Südstadt.

»Bei Johnny. Nicht schlecht.« Matthias trommelte mit den Fingern auf dem Armaturenbrett herum und schwieg. Magnus spürte, dass er noch ein Anliegen hatte, und wartete ab. Als sie sich der Takustraße näherten, sagte Matthias: »Ich hab Hausverbot im Studio, dat weißt du bestimmt. Pass ein bisschen auf mein Mädchen auf. Die Kleine hat Probleme mit den Jungs. Hab ein Auge auf sie, dat reicht schon. Wat nimmste die Stunde?«

Magnus schüttelte den Kopf. »Nichts. Ich kann dir nichts versprechen, weil ich selbst ermitteln muss. Aber wenn mir was auffällt, gebe ich dir Bescheid.«

Magnus warf ihm einen kurzen Seitenblick zu. Matthias nagte an der Unterlippe und stieß dann einen langen Seufzer aus.

»Na jut, besser als nichts. Ich bin gleichzeitig die Mama, verstehst du. Lass mich da an der Ecke raus.«

Als Matthias außer Sicht war, öffnete Magnus beide Fenster und ließ frische Luft in den Wagen.

Magnus betrat um Viertel nach sieben das Produktionsbüro, um sich für heute abzumelden. Nur Anna Voss war noch da und telefonierte. Mit einer Hand winkte sie ihn heran.

»Und wenn du dir ein Taxi nimmst? Wir haben heute

keinen Fahrer. Krank. Was weiß ich? Sekunde.« Sie legte die Hand über die Sprechmuschel, verdrehte die Augen, fuhr sich mit der Handkante über den Hals und fragte mit gedämpfter Stimme: »Könntest du Martin Mann vom Flughafen abholen und ins Quartier bringen? Das ist mir etwas peinlich, aber er führt sich gerade auf wie ein Dreijähriger, den man aus der Sandkiste geschubst hat.«

»Klar, mache ich«, bot Magnus an.

Sie reckte den Daumen nach oben und sprach in den Hörer: »Geht klar, Martin. Wann landest du? 20.05 Uhr. Herr Meister holt dich ab. Ja, hinter dem Taxistand, wie immer.« Sie legte auf.

»Keine Ahnung, was Martin im Flieger zu Abend gegessen hat. Sonst ist er nicht so. Flug Nummer 1342 aus München, Köln-Bonner Flughafen. Vielen, vielen Dank.«

Martin Mann landete pünktlich. Sie trafen sich, wie verabredet, hinter dem Taxistand. Falls sich der Produzent wunderte, dass er mit einem uralten Volvo abgeholt wurde, ließ er es sich nicht anmerken. Fester Händedruck, grau melierter Bürstenhaarschnitt, Nadelstreifen, darunter etwas zu viel Speck um die Taille, um als sportlich durchzugehen. Geplatzte Äderchen auf Wangen und Nase wiesen darauf hin, dass der Produzent gerne einen Schoppen Wein oder ein Glas Bier zu viel trank. Er trug ein Designerhemd in einem knalligen Blau, einen gestreiften Schal in passenden Farben und teure italienische Schuhe. Als er seinen Trolley in den Kofferraum hob, blitzte an der sorgfältig manikürten linken Hand ein Ehering auf. Er nannte Magnus als Adresse die Siebengebirgsallee in Köln-Klettenberg, dort wohne ein alter Freund von ihm. Magnus war erleichtert, das Haus stand direkt bei ihm um die Ecke, also war keine lange Fahrerei mehr durch Köln nötig. Martin Mann schien müde zu sein, also drängte Magnus ihm kein Gespräch auf. Er wusste aus seiner Internetrecherche, dass Mann in seinem Alter war, also Mitte 40. Er kam ursprünglich aus einem Kaff bei Frankfurt, begleitete seit Ende der 90er deutsche und internationale Musikprojekte, platzierte sich mit seinen Produktionen regelmäßig in den Charts und betätigte sich als Songwriter für britische und amerikanische Künstler. Außerdem bekleidete er einen einflussreichen Posten bei einem Major-Label, in dem er vor 25 Jahren als Mitarbeiter eingestiegen war. Kurz gesagt, die Luft im Auto wurde dünn, nicht nur wegen des schweren Rasierwassers, das der Produzent auftrug. Magnus konnte kaum glauben, dass Mann selbst Bandmusiker gewesen war, bevor er sein Talent als Produzent entdeckt hatte. Über sein Privatleben erfuhr man nicht viel aus der Presse, außer dass er in zweiter Ehe verheiratet, Vater von zwei fast erwachsenen Söhnen war und mit Lady Gaga befreundet sein soll. Das Jahreseinkommen des Produzenten hätte Magnus gerne auf dem Konto gehabt.

Sie schwiegen, bis die Rodenkirchener Brücke in Sicht kam.

»Ich bin schon lange nicht mehr mit einem Volvo gefahren«, sagte Mann. »Welches Baujahr?«

»1988.«

»Ich hatte früher auch einen. Tolles Auto, vor allem wenn wir Auftritte mit der Band hatten. In den Kombi hat unser halbes Equipment gepasst. Und zuverlässig ist er. Keine einzige Panne.«

»Stimmt. Ich fahre ihn seit fast zehn Jahren. Nichts.«

»Wie lange arbeiten Sie schon für den Sender?«

»Seit heute«, sagte Magnus. »Ich vertrete eine Redaktionsassistentin.«

»Oh, das hätte ich nicht gedacht. Ich hätte jede Wette abgeschlossen, dass Sie Musiker sind. Ein Brotjob?«

Magnus fragte sich, ob er das auf der Stirn tätowiert hatte. »Ich habe den Auftrag, für die Produktionsfirma etwas in Erfahrung zu bringen.«

»Also jobben Sie als Detektiv.«

»So in etwa.« Magnus setzte den Blinker, um bei der Ausfahrt Klettenberg abzufahren.

»Dann will ich nicht mehr wissen, Sie dürfen ohnehin nichts sagen. Welche Musikrichtung spielen Sie? Nein, lassen Sie mich raten. Das ist eines meiner Hobbys. Sekunde. Wir sind ungefähr gleich alt. Old School. Rock wahrscheinlich. Gitarre oder Bass. Coverband mit alten Freunden oder Lokalmatadoren aus Köln. Sie verachten die Charts, können mit Dancefloor, Hip Hop und Schlager nicht viel anfangen.«

»Stimmt«, sagte Magnus, der sich bei dem Ratespiel etwas unbehaglich fühlte. »Gitarre ist richtig. Woran erkennen Sie das?«

»Bis jetzt ist alles nur Statistik. Jetzt kommt der schwierigere Teil. Sie jobben, also hat es nicht funktioniert mit dem großen Durchbruch. Wie hieß Ihre alte Band?«

»›Hauptgewinn‹.« Magnus schämte sich kurz für den alten Namen, dann schämte er sich, dass er sich schämte. Der Typ ging ihm auf den Zeiger. Er ließ sich nicht gerne ausquetschen. Leider war die Ampel an der Kreuzung zum Militärring rot und es hatte sich ein kleiner Rückstau gebildet.

»Ich erinnere mich«, sagte Mann zu Magnus' übergroßer Verwunderung. »Sie sind weiter gekommen als andere Bands. Zum Jahreswechsel 1999/2000 war ich mit Freunden in Köln unterwegs, als Sie im ›Luxor‹ gespielt haben.«

Magnus war baff. »Das war eines unserer besten Konzerte überhaupt.«

»Gute Songs, gute deutsche Texte und die Band auf dem Punkt. Ich weiß das noch so genau, weil ich eigentlich in Berlin sein wollte, zur Millennium-Party. Aber meine Exfrau ist Kölnerin. Sie hat mich überredet, in Köln zu bleiben. Ihr Konzert hat dazu beigetragen, dass der Jahreswechsel keine Pleite wurde.«

»Danke. Wir waren gut damals.«

»Pech für Sie, dass ich zu der Zeit eher auf Clubsounds stand. Was machen Sie heute?«

»Verschiedenes. Gitarrenunterricht, Gigs mit der Band, Jobs als DJ und die Ermittlungen hier, für die Detektei eines Freundes.«

»Das klingt nicht sehr befriedigend. Gitarristen gibt es leider wie Sand am Meer. Sie brauchen etwas, was Sie unverwechselbar macht.«

Der Satz blieb in der Luft hängen und verdichtete die Atmosphäre. Als sie endlich mit der übernächsten Ampelphase die Kreuzung passierten, fischte der Produzent eine Visitenkarte aus seiner Brieftasche und legte sie auf die Mittelkonsole. »Wenn Sie eine gute Idee für einen Song haben, rufen Sie meine Assistentin an und berufen sich auf mich. Deutsche gute Texte, gute Arrangements ... das läuft gerade wieder. Ich kann Ihnen nichts versprechen, aber wie gesagt – ich mochte Ihre Band. Der Sound von damals könnte heute wieder einen Nerv treffen.«

Magnus war sprachlos und blieb es, bis sie auf der Siebengebirgsallee vor der Hausnummer 98 hielten.

»Holen Sie mich morgen zur Probe ab?«, wollte Mann wissen.

»Wann müssen Sie da sein?«

Der Produzent lachte, hievte seinen Trolley aus dem Kofferraum und schlug die Klappe energisch zu. »Die sind froh, wenn ich überhaupt komme.«

Magnus ging in den Rosengarten des Klettenbergparks und setzte sich auf eine freie Bank. Das Gehörte musste er erst einmal verdauen. Tat sich hier gerade eine echte Chance auf, oder redete Martin Mann nur so daher? Aber so oft er das Gespräch in seinem Kopf hin und her schob: Der Inhalt änderte sich nicht. Einer der berühmtesten Produzenten Deutschlands hatte ihm soeben ein fettes Kompliment ausgesprochen und ein Angebot gemacht. Das musste er unbedingt Eliza und den Jungs erzählen. Zu seiner Enttäuschung war Eliza nicht zu Hause. Nach dem Duschen senkte sich Erschöpfung über ihn wie eine schwere Decke. Er sparte sich die Nachbereitung des erfolglosen Ermittlungstages und klimperte lustlos noch ein wenig auf der Gitarre herum. Er schrieb Clara eine WhatsApp, sie möge morgen früh schon um halb zehn kommen und ging, gegen seine sonstigen Gewohnheiten, früh zu Bett.

MITTWOCH, 16. MAI

Magnus wachte erfrischt und früh auf, zog sich ohne Protest seines inneren Schweinehundes Sportsachen an und lief eine Morgenrunde um den Decksteiner Weiher. Eliza war spät nach Hause gekommen und schlief noch. Für ihre Foto-Shootings war sie oft noch abends bei Terminen und ließ den Morgen eher langsam angehen. Magnus genoss den schönen Tag in vollen Zügen. Die frische Luft ließ mit jedem Atemzug seinen Kopf leichter werden. Seine Kondition hatte sich deutlich verbessert, nachdem er den Zigarettenkonsum nur noch auf die – seiner Meinung nach – notwendigen fünf Kippen pro Tag reduziert hatte. Auf dem Rückweg holte er beim Bäcker an der Luxemburger Straße Brötchen und deckte nach dem Duschen den Tisch für das Frühstück. Als er Eliza von Martin Manns Angebot erzählte, reagierte sie zurückhaltend.

»Wer weiß, ob das nicht nur Höflichkeit war«, meinte sie.

Magnus war etwas beleidigt. »Ihm hat unser Konzert damals wirklich gefallen, das war nicht gespielt.«

»Und 18 Jahre später macht er dir ein Angebot? Ich weiß nicht.«

»Vielleicht deshalb, weil er mich zufällig getroffen hat?«

Aber Eliza war nicht der Typ, der an Glück und Zufall glaubte. Um halb zehn Uhr unterbrach die Türklingel ihren kleinen Disput. Clara war pünktlich und schaffte es innerhalb kürzester Zeit, sich zwei Croissants mit Butter und ein Brötchen einzuverleiben.

»Wir nehmen noch jemanden aus der Jury mit zum Studio«, sagte Magnus ihr auf dem Weg zum Auto. »Martin Mann ist hier um die Ecke bei Freunden abgestiegen.«

»Der soll ätzend sein«, meinte sie.

»Sagt wer?«

»Rebecca.«

»Ich fand ihn ganz nett, du wirst schon sehen.«

»Glaube ich nicht.«

»Als Jurymitglied fand ich ihn fair. Ich habe mir die YouTube-Videos angesehen.«

»Mag sein.« Sie stieg hinten ein.

Der Produzent stand schon vor der Haustür, wie am Vortag in einen eleganten Anzug gekleidet, diesmal mit einer Laptoptasche über der Schulter. Bei der Begrüßung stieg Magnus leichter Alkoholgeruch in die Nase. Er machte Mann mit Clara bekannt, die ihn kühl begrüßte. Auf seine Versuche, Small Talk mit ihr zu machen, ging sie nicht ein. Schließlich holte sie ihr Smartphone aus der Tasche und klinkte sich den Rest der Fahrt aus dem Gespräch aus. Magnus ärgerte sich und nahm sich vor, mit seiner Tochter bei nächster Gelegenheit die Themen Höflichkeit und Vorurteile zu besprechen. Kaum angekommen, verschwanden beide eilig in den Tiefen des Studios.

*

Die Atmosphäre rund um die Bühne war flirrend und nervös. Lisa besprach sich mit Leuten, die Magnus für Beleuchter hielt. Sie deutete auf eine Reihe Punktstrahler an den Lichttraversen und zeigte auf einen Plan in ihrer Hand. Zwischendurch wandte sie sich ab und sprach in ihr Headset. Die erste Durchlaufprobe für die Liveshow würde in voller Besetzung stattfinden. Moderator, Jury, Kandidaten, Doubles für die geplanten Gäste. Magnus umrundete das Gestänge der Zuschauertribünen. Heute waren deutlich mehr Menschen am Set als gestern. Er beobachte kurz den Mann, der mit Hilfe eines Pults und eines Monitors die große Krankamera steuerte. Auch er war über Funk mit der Regie verbunden und nahm für Magnus nicht hörbare Anweisungen entgegen. Diesmal fand Magnus die Seitentür zu den Redaktions- und Produktionsbüros ohne fremde Hilfe.

»Offizieller Arbeitsbeginn in der Redaktion ist 9.00 Uhr«, begrüßte ihn Maria von der Weide. »Marco ist immer noch krank. Wir brauchen einen Fahrer und einen Betreuer für die Kandidaten.«

Magnus verzichtete auf eine sinnlose Rechtfertigung, dass er nicht wissen konnte, wer krank war und eigentlich aus anderen Gründen hier war. »Hol dir die Tagesdisposition aus dem Produktionsbüro. Wir sehen uns später«, fertigte die Redakteurin ihn ab und begann zu telefonieren. Ihre beiden Mitarbeiter, die hübsche Schwarze und der blasse Brillenträger, sahen ihn mitleidig über die Schulter an. Das fing ja gut an. Zu seinem Erstaunen war das Produktionsbüro verwaist. Er nahm sich den Tagesablauf aus einem kleinen Pappkarton, der auf dem Schreibtisch von Anna Voss stand. Er selbst tauchte nicht namentlich auf, war aber als Redaktionsassistenz bezeichnet, wenn er die Aufgaben für heute richtig las:

- Fahrgäste: Finalisten der Show; Abholungsort: Ehrenfeld; Abholzeit: 11.30 Uhr, Ankunft MMC Studios: 12.30 Uhr
- Aufenthalt Finalisten in Lounge: 13 bis 18 Uhr
- ab 14.30 Uhr Einzelkandidaten in Garderobe + Maske, Reihenfolge wie Einzelprobe: unverändert.
- Auftritt Erster Finalist (Florian) 15.15 Uhr, zweiter Finalist (Melissa) 15.30 Uhr etc.
- Start Durchlaufprobe: 15 Uhr / Ende: 18 Uhr
- Rückfahrt Finalisten und Martin Mann: 19.00 Uhr

Also im Prinzip wie gestern, nur mit Garderobe und späterem Probenbeginn. Die Kandidaten mussten heute bis zu ihrem Auftritt in der Lounge bleiben, wenn er das richtig verstand. Die gesamte Liveshow war auf drei Stunden geplant. Er warf einen Blick auf die Uhr an der Wand: halb elf. Er hatte noch eine Stunde Zeit, Felicitas Hillmann zu finden und zu befragen, bevor er die Kandidaten abholen musste. Die Erste Aufnahmeleiterin in der Produktion war zwar laut seiner Klientin eine Freundin, aber bestimmt eine gute Auskunftsquelle. Er fand Anna Voss und Jana am Tisch sitzend im Catering-Raum, vor sich jeweils ein Glas Latte macchiato. Magnus grüßte, holte sich einen Cappuccino und setzte sich zu den beiden an den Tisch. Augenblicklich erhob sich Jana.

»Ich kümmere mich mal darum, dass jemand Jamila aus dem Maritim-Hotel abholt«, sagte sie zu Anna. »Die Jurymitglieder sollen um 14.30 Uhr mit Garderobe und Maske durch sein.«

Anna sah auf Magnus, den sie jetzt erst richtig wahrzunehmen schien. »Kannst du das nicht machen? Gegen eins? Oder was sieht dein Plan vor?«

»Klar, wenn nicht von mir erwartet wird, dass ich gleichzeitig die Kandidatenlounge beaufsichtigen muss.« Magnus hielt ihr den Ablaufplan vor die Nase.

»Ich kläre das mit Maria«, sagte sie nach einem Blick auf seine geplanten Zeiten. »Etwas knapp, aber das schaffst du bis zum Maritim und zurück. Mittags ist nicht so viel Verkehr in der Stadt. Jana, ruf Jamila an, dass Magnus sie abholt. Und schärfe ihr ein, dass sie zur Abwechslung pünktlich sein soll.«

»Sehr witzig.« Jana lächelte Magnus zu. »Du rettest meinen Vormittag. Du kannst hier anfangen.«

Als Jana weg war, wandte er sich an Anna. »Ich möchte Feli Hillmann befragen, ob ihr etwas aufgefallen ist. Ist sie heute hier?«

Anna nickte und deutete auf eine halb leere Kaffeetasse auf dem Tisch. Auf der Tasse stand in fetten Buchstaben: »Wer nicht mit mir klarkommt, muss halt noch an sich arbeiten«.

»Sie kümmert sich gerade um einen Papierstau am Kopierer in der Redaktion. Die Kreativen sind wie immer nicht in der Lage, das selbst zu regeln.«

Magnus unterdrückte ein Grinsen. Er hatte schon verstanden, dass die Redaktion sich um die Inhalte kümmerte und die Produktion für den technischen Ablauf verantwortlich war, aber das hier klang nach einer hübschen Dauerfehde.

»Dann warte ich hier«, sagte er. »Schick sie doch gleich unter irgendeinem Vorwand zu mir. Es dauert nicht lange.«

»Sie kommt 100-prozentig gleich zurück. Ihr Kaffee ist kalt geworden.«

Anna räumte ihre Tasse in die Spülmaschine, was Magnus für einen kurzen Augenblick lang eine gute Aussicht auf ihren hübschen Hintern bescherte. Als sie weg war, dachte er darüber nach, dass er seit gestern auffallend viele attraktive Frauen kennengelernt hatte. Lisa, die Aufnahmeleiterin am Set, dann die hübsche Schwarze aus dem Redaktionsbüro, deren Namen er noch nicht kannte, Rebecca aus der Maske, von den Kandidatinnen Melissa, Maja und Diane. Vielleicht lag das an der Medienbranche. Auch Maria von der Weide sah gut aus, wenn sie für einen Moment den Mund nicht zu einer schmalen Linie verschloss. Seine Klientin selbst war auch nicht zu verachten, auch wenn er das Eliza gegenüber niemals eingestehen würde. Er war schließlich nicht lebensmüde. In Gedanken versunken fiel ihm die Anwesenheit der Frau im Raum erst auf, als sie sich vor seiner Nase die halb leere Kaffeetasse schnappte, den Inhalt in die Spüle goss und frischen Kaffee aus einer Thermoskanne nachfüllte. Mit einem Seufzer ließ sie sich auf einen Stuhl ihm gegenüber fallen. Sie war groß, leger gekleidet und für seinen Geschmack zu mager. Die weißblond gefärbten Haare trug sie streng nach hinten gebunden, auf ihrem Scheitel wuchsen dunkle Haare nach. Er schätzte sie auf Ende 30. Ihre Augenlider waren gerötet. Auf Magnus wirkte sie, als ob ihr zwölf Stunden Tiefschlaf weiterhelfen würden.

»Das ist mein erster Kaffee heute«, sagte sie. »Störe ich?«

»Im Gegenteil. Mir war schon langweilig.«

Sie lächelte müde. »Du bist neu hier, sagt Anna.«

Magnus erzählte eine kurze Version der Geschichte von dem Kumpel in Berlin, der eine Produktionsfirma gründen wollte.

Sie quittierte seine Ausführungen mit einem abwesenden Nicken. »Gut, dass sich jemand um die Kandidaten kümmert. Marco ist wieder krank, aber das hast du bestimmt schon mitbekommen. Ich darf doch Du sagen? Das ist einfacher.«

»Gerne. Magnus.«

»Feli. Ist Magnus ein schwedischer Name? Den habe ich hier noch nie gehört.«

»Meine Eltern sind früher immer nach Schweden in den Urlaub gefahren, aber ich habe sie noch nie gefragt, wie sie auf den Namen gekommen sind.«

»Frag lieber, solange du noch kannst«, sagte sie. Sie sah aus dem Fenster, in Gedanken offensichtlich woanders.

»Anna hat mir erzählt, dass du dich gestern um deine Mutter gekümmert hast«, tastete er sich vorsichtig vor. Er hoffte, sie würde ihn nicht als aufdringlich empfinden.

»Das geht jetzt seit zwei Jahren so. Am liebsten würde ich alles hinschmeißen. Anderes Thema, bitte.«

»Was genau ist dein Job hier?«

»Erste Aufnahmeleitung heißt, ich mache alles.« Sie schloss die Augen einen Moment lang, als ob sie sich erinnern müsste, wozu sie hier war. »Ich kümmere mich darum, dass jedes Gewerk und jeder Mitarbeiter zur rechten Zeit am rechten Ort ist. Die Beleuchter, die Mitarbeiter vom Ton, die Requisite, die Maske, die Kabelträger. Dass die Kandidaten abgeholt werden, die Moderatoren gut aussehen, dass wir einen Caterer haben, dass du ein Fahrzeug hast, mit dem du zum Flughafen kommst …

und wenn die Redaktion den Kopierer nicht bedienen kann, bin ich auch schuld. Die Tagesdisposition …«, sie deutete auf den Ablauf, der vor Magnus auf dem Tisch lag, »kennst du ja schon. Die schreibe ich für jeden Tag neu.«

»Das ist schon beim Zuhören anstrengend.«

»Ich würde gerne in Teilzeit arbeiten, aber das ist bei dem Job nicht machbar. Die Konkurrenz schläft nicht.«

»Wie meinst du das?«

»Jeder will doch weiterkommen, oder? Haus, Pferd, Garten …«

Sie lachte und sah mit einem Schlag jünger und entspannter aus. »Genug gejammert«, sagte sie, griff nach ihrer Tasse und stand auf. An der Tür blieb sie stehen und drehte sich zu ihm um. »Und danke, dass du Jamila abholst. Du glaubst nicht, welche Erleichterung das ist.«

Magnus winkte ab und wollte etwas erwidern, aber sie war schon weg. Gut, dass sein Mandat hier bald ein Ende hatte. Bis jetzt standen alle Leute, die er befragen wollte, unter Dauerstrom. Vielleicht sollte er nach jemandem Ausschau halten, der Zeit hatte. Aber wer sollte das sein? Er warf einen Blick auf sein Handy. Halb zwölf. Höchste Eisenbahn, seine Schäfchen in Ehrenfeld einzusammeln.

»Na endlich! Wo bleibst du? Wir dachten schon, du wärest auch krank«, begrüßte ihn Sascha mürrisch an der Tür, ein Handtuch um den Nacken. Sein frisch rasiertes Kinn zierten drei Schnitte. »Wir warten schon ewig und …«

»Lass ihn in Ruhe, du Blödmann«, fauchte Melissa Sascha an. Sie kniete im Flur und kramte in einer pinkfarbenen Reisetasche, »Maja sucht ihr Handy, Milan seine Noten, Jojo duscht noch und Jason …«

»Schläft?«, half Magnus aus und ging an den beiden vorbei ins Wohnzimmer, um sich einen Überblick über die Lage zu verschaffen. Aus unsichtbaren Lautsprechern tönte Gitarrenlärm, anders konnte selbst Magnus das Gehörte nicht beschreiben.

»Jetzt nicht mehr!« Aus der Sofaecke kam Gelächter. Florian und Heiko traktierten Jason mit einem nassen Handtuch. Der versuchte sich wie ein Kleinkind unter einer Wolldecke zu verstecken und schnappte vor Lachen nach Luft. »You bloody idiots, lasst das! Kann mal jemand diesen Krach ausmachen?«

»Du klingst wie mein Vater«, frotzelte Heiko. »Zieh dir was an, heute ist die Durchlaufprobe mit Jury. Du musst gut aussehen. Falls du das überhaupt schaffst.« Er ließ sich neben Florian auf das Sofa fallen.

»Noch zehn Minuten!« Jason verschwand im Badezimmer.

»Aber nicht länger!«, rief Magnus ihm hinterher. »Ich soll euch in einer halben Stunde im Studio abliefern. Erste Maske Florian 14.30 Uhr.«

»Das ist viel zu viel Zeit zwischen Ankunft und Garderobe«, meinte Florian. »Ich bin jetzt schon fertig. Was mache ich bis dahin? Ein Zweitstudium absolvieren?«

»Was du machst, weiß ich nicht«, meinte Jojo, der eben mit nassen Haaren die Treppe hinunterpolterte. Die letzten vier Stufen übersprang er und landete weich in der Hocke. »Aber ich werde mir beim Catering den Bauch vollschlagen. Das bisschen Müsli zum Frühstück …«

»Angeber«, brummte Florian. »Du bist doch nur ein Opfer der Selbstoptimierungsmaschinerie.«

»Ach was«, spottete Maja. »Er sieht einfach besser aus, Florian. Nimm es mir nicht übel.«

Florian schwieg gekränkt.

»Wenn jemand gut aussieht, dann ich!«, rief Sascha aus dem Flur. »Was ist Prinzessin?« Er tätschelte Melissa den Hintern. »Hast du deine Sachen zusammen? Heute mit großer Garderobe.«

»Finger weg«, fauchte sie.

»Ist ja gut, ist ja gut!« Sascha hob die Hände und machte ein unschuldiges Gesicht. »Dein Papa hat es nicht gesehen.«

»Darum geht's nicht, Blödmann.«

»Ich finde, du stellst dich an.«

»Lass sie in Ruhe«, sagten Heiko, Jojo und Maja wie auf einen geheimen Einsatz hin. Magnus warf einen Blick auf die Uhr und deutete auf den Stapel Taschen. »Kommt, wir laden eure Sachen schon in den Transit. Wo ist Milan?«

»Am Start!« Milan sprintete die Treppe runter, eine Tasche über der Schulter. »Hat jemand von euch meine Noten gesehen? Ich hab zur Not noch eine Kopie bei der Band, aber das Original ist weg.«

»Frag mal Sascha« knurrte Florian. »Vielleicht wollte er mal gucken, wie man einen guten Song arrangiert.«

Sascha lief rot an und ging mit geballten Fäusten auf Florian zu. »Du verdammter …«

»Stopp!« Heiko stand auf und baute sich vor Sascha auf. Er sah bedrohlich aus.

»Für heute hast du genug abgeliefert«, knurrte Heiko Sascha an. Der wich zurück. Heiko wandte sich an Florian und sagte etwas freundlicher: »Und du provozier ihn nicht dauernd. Auch wenn er es verdient hat.«

Die angespannte Stimmung hing noch in der Luft, während sie die Taschen der Kandidaten in den Transit luden. Sie wich auch während der ganzen Fahrt zum Studio nicht. Magnus schärfte ihnen ein, sich während der Durchlaufprobe in der Lounge aufzuhalten. »Klar, Meister. Wir werden brav sein. Wir wollen keinen Krach mit Lisa«, sagte Milan.

Magnus wendete den Transit und fuhr über die Stadtautobahn Richtung Altstadt, wo das Maritim-Hotel lag. Er war gespannt auf die berühmte Jamila. Am Breslauer Platz, der Rückseite des Kölner Hauptbahnhofs, bildete sich vor dem Kreisverkehr ein Rückstau, als eine größere Reisegruppe mit Rollkoffern den Zebrastreifen überquerte. Magnus sah den einfahrenden Zügen zu und lauschte dem Quietschen der Bremsen. Wann war er das letzte Mal mit Eliza weggewesen? Vor zwei Jahren hatten sie gemeinsam seinen Bruder und seine Familie am Bodensee besucht. Magnus nahm sich vor, Eliza mit einem Kurztrip zu überraschen. Der Wagen hinter ihm hupte in seine Träumereien hinein, es ging weiter, durch den Rheinufertunnel. Magnus parkte den Transit schließlich direkt vor dem Haupteingang des Maritim und hoffte, dass ihn niemand für die kurze Zeit von hier vertrieb. Als Jamila nach wenigen Minuten durch den Haupteingang nach draußen trat, hielt er den Atem an. Er hatte schon viele schöne Frauen gesehen, aber Jamila war überirdisch. Die Internetbilder gaben nicht mal einen Bruchteil ihrer Ausstrahlung wieder. Eine klassische dunkle Schönheit mit hohen Wangenknochen, schrägen Augen in einem irritierend hellen Braun, langen Beinen und einem sensationellen Hüftschwung. Ihre Haare waren zu Rasta-Zöpfchen geflochten und kunstvoll hochgesteckt. Um den langen Hals trug sie mehrere Goldreifen, die wunderbar zu ihrem rot-gelben Gewand passten, das einem Sari ähnelte. Sie kam direkt auf ihn zu, reichte ihm die beringte Hand mit einer Geste, als erwarte sie einen Handkuss, und begrüßte ihn mit einem warmen Lächeln in völlig akzentfreiem Deutsch. Magnus verschlug es kurzfristig die Sprache, doch sie schien dergleichen gewöhnt zu sein, stieg unbekümmert ins Auto und begann zu plaudern. Augenblicklich füllte sich der Wagen mit dem Duft von Sandelholz und Zedern.

»So ein tolles Hotel. Danke, dass du mich abholst, sag bitte Jamila zu mir. Ich liebe das Maritim. Sie machen das beste Frühstück überhaupt und mein Zimmer hat Aussicht auf den Fluss. Köln ist eine schöne Stadt. Ich freue mich richtig auf den Job. Wohnst du hier? Wie heißt du? Ich kenne dich noch nicht. Nur das Auto habe ich wiedererkannt.«

Magnus schaffte es so eben seinen Namen zu sagen.

»Magnus.« Sie ließ sich den Namen auf der Zunge zergehen wie eine Süßigkeit. »Schön. Was bedeutet er?«

»Der Große, der Erhabene«, sagte Magnus verlegen. Zum Glück forderte der Verkehr auf der Rheinuferstraße gerade seine Aufmerksamkeit. Auf Höhe der Zoobrücke ordnete er sich links ein, um auf die Stadtautobahn zu kommen.

»Das ist gut, dann meinen es die Eltern gut mit dir. Jamila bedeutet ›Die Schöne‹.«

»Der Name passt zu dir.« Er konnte wieder sprechen. Sie lachte, kein bisschen verlegen. »Du bist sehr nett, danke. Ist der grässliche Mann schon da? Du musst diesem Mädchen sagen, dass sie mich weit von ihm wegsetzen soll.«

Magnus hatte keinen Dunst, wovon sie sprach, welcher Mann, welches Mädchen? Aber Jamila war schon beim nächsten Thema.

»Im Hotel ist es abends immer so langweilig. Und die andere Frau von der Jury – langweilig. Gehen wir heute Abend aus? Versprichst du mir das?«

»Das kann ich nicht«, sagte Magnus mit gespieltem Bedauern in der Stimme. »Wir bekommen Besuch zum Abendessen.«

»Darf ich mitkommen? Bitte? Ich habe seit zwei Wochen nur im Hotel gegessen.«

Magnus bekam eine kurze Panikattacke bei dem Gedanken an Elizas Gesicht, wenn er Jamila als Überraschungsgast mit nach Hause brächte.

»Lieber nicht«, sagte er und entschied sich für eine Halbwahrheit. »Meine Frau ist nicht so für Überraschungsgäste.« Zumindest nicht für hübsche, weibliche, aber das brauchte er Jamila nicht auf die Nase zu binden. Die presste enttäuscht die Lippen zusammen. Er machte ihr ein Friedensangebot. »Was hältst du davon, wenn wir morgen Abend ausgehen?«

Sie klatschte vor Freude in die Hände wie ein Kind. »Abgemacht.«

Den Rest der Fahrt erzählte sie ihm von ihrem Vater aus Hannover und ihrer Mutter aus Mali, ihrer steilen Musikkarriere, ihren Brüdern, ihren Freunden, ihrem Exmann und sang laut zum Radio mit. Der Gesang war schöner als alles, was Magnus in den letzten Tagen gehört hatte, warm, kräftig, verspielt. Als sie auf dem Parkplatz der MMC-Studios ankamen, küsste sie ihn zart auf die Wange und flatterte wie ein großer, bunter Vogel davon zum Haupteingang. Magnus saß noch einen Moment lang wie betäubt hinter dem Lenkrad, eingehüllt in eine Wolke aus Sandelholz- und Zederndurft. Auf dem Weg ins Gebäude packte ihn eine innere Unruhe, für die er keine Erklärung fand.

Als Magnus das Studio betrat, war die Band noch beim Soundcheck. Die Bühne war komplett in blaues Licht getaucht. Magnus umrundete neugierig das Gestänge der Tribünen, um zu sehen, wo die Musiker ihr Equipment aufbewahrten. Er fand einen schmucklosen Lagerraum hinter der Requisite. An den Wänden stapelten sich Instrumentenkoffer, Kisten für Beleuchtungsteile und Notenständer. Mitten im Raum stand ein uraltes, rot-weiß gestrichenes Fahrrad mit Hänger und Dach, mit dem jemand in den 50er-Jahren vielleicht etwas ausgeliefert hatte. Abseits saß ein älterer, langhaariger Bühnenhelfer in schwarzer Arbeitskleidung auf einer alten Truhe und rauchte eine Zigarette, die er schnell verschwinden ließ, als er Magnus sah. Er stutzte kurz, dann verzog sich sein verlebtes Gesicht zu einem Lächeln.

»Meister? Ich fasse es nicht! Was tust du hier?«

»Rudi?« Magnus hatte eine Sekunde länger gebraucht, um ihn einzuordnen. Rudi gehörte zu der Gruppe treuer Fans, die in den 90ern mit Magnus' Band durch die Clubs gezogen war und immer beim Auf- und Abbau geholfen hatten.

»Ich arbeite für Benno.« Magnus senkte die Stimme. »Das bleibt hier aber unter uns, ok?«

»So schlägt sich jeder auf seine Art durch«, seufzte Rudi. »Du als Privatschnüffler. Benno war einer der besten Drummer von Köln und jetzt verkauft er sich an die Bonzen. Was sollst du denn rausfinden? Vielleicht kann ich ja helfen.«

»Im Grunde muss ich prüfen, wer Zugang zum Produktionsbüro hat.«

Rudi starrte ihn verständnislos an. »Na, jeder! Zumindest jeder mit einer Zugangsberechtigung. Tagesticket, Firmenausweis, egal.«

»Genau das ist das Problem. Es sind zu viele.«

»Aber die meisten wollen nicht in das Büro. Was sollen wir da? Wir kommen da nur vorbei, wenn wir zum Catering gehen.«

In Magnus' Gehirn verbanden sich zwei Synapsen miteinander, leuchteten kurz auf – und behielten ihr Geheimnis für sich.

»Deine Tochter habe ich auch schon gesehen. War mir nicht ganz sicher. Mann, die ist echt hübsch geworden.«

»Ja, sie sieht ihrer Mutter ähnlich«, witzelte Magnus. Das stimmte nicht ganz. Mund und Kinn waren eindeutig dem Vater zuzuordnen. Plötzlich wusste er auch wieder, woher seine innere Unruhe kam. »Ok, Rudi, wenn dir irgendetwas auffällt … ich muss weiter. Wir sehen uns später!« Er ließ einen verdutzten Rudi zurück, der ihm mit offenem Mund hinterherblickte.

Magnus eilte zurück zur Seitentür, die zu den Büroräumen führte. Das Geplänkel über Vater und Tochter hatte ihn an seinen zweiten, inoffiziellen Auftrag erinnert: ein Auge auf Melissa zu haben. Er wusste zwar nicht, warum

Matthias so überbesorgt war, aber der Teil von ihm, der Vater einer Tochter war, akzeptierte das. Im Gang kam ihm ein attraktiver, dunkelhaariger Bartträger entgegen, dessen Gesicht ihm bekannt vorkam. Der Mann lächelte ihn freundlich an. Noch bevor Magnus wusste, woher er ihn kennen könnte, ging die Tür zur Maske auf und Rebecca stürzte mit einer Flasche Haarspray hinter dem Mann her.

»Daniel, warte! Da hinten sitzt eine Strähne noch nicht richtig.« Sie versprühte großzügig einen parfümierten Nebel auf den Hinterkopf des Mannes. Endlich klickte es in Magnus' Gehirn. Das war Daniel Hörmann, der Moderator, bekannt aus Film und Fernsehen, zumindest für regelmäßige Zuschauer von Talent- und Quizshows. Magnus beeilte sich, in die Kandidatenlounge zu kommen. Heiko, Sascha und Jojo saßen an der Kaffeebar und tauschten sich leise aus. Maja lag mehr als sie saß quer auf einem Cocktailsessel, ließ die Beine über die Lehne baumeln und tippte Nachrichten in ihr Handy ein. Melissa saß neben Jason auf dem roten Sofa und kaute an ihren Fingernägeln. Sie war kreidebleich. Magnus atmete auf, sie war nervös, aber zumindest hier. Er hatte sich umsonst Sorgen gemacht. Erst auf den zweiten Blick in die Runde fiel ihm auf, dass Florian fehlte. Magnus wandte sich an Milan, der etwas am Rand saß und auf der Gitarre zupfte.

»Weißt du, wo Florian ist?«

Milan unterbrach sein Spiel. »Der war noch überhaupt nicht hier. Wieso?«

»Weil er in zehn Minuten in die Maske muss.«

»Er ist bestimmt kotzen«, meinte Heiko. Leises Gelächter im Raum.

Magnus ließ sich nur halb beruhigt auf einem Hocker neben ihnen nieder. Was sollte er jetzt machen? Die Männer nahmen ihr Gespräch wieder auf.

»Das hat er echt gesagt?«, fragte Jojo. »Glaube ich nicht.«

»Das wäre nicht das erste Mal«, erwiderte Heiko. »Denk mal an Helene Fischer.«

»Die wollte ursprünglich keine Schlager singen«, stellte Jojo fest.

»Jedenfalls macht sie eine Schweinekohle damit«, sagte Sascha. »Wenn ich so ein Angebot bekäme, würde ich das sofort machen.«

»Man verrät doch seine eigene Musik damit!« Jojo war empört.

»Martin Mann hat unserer Prinzessin einen Deal angeboten«, sagte Heiko zu Magnus. »Aber sie soll Schlager singen.«

»Redet ihr über mich?«, rief Melissa. »Ich bin im Raum, Leute.«

»Er mag sie eben«, meinte Sascha, Melissas Einwurf ignorierend. »Jeder aus der Jury hat seine Lieblinge, ist doch normal.«

»Ich finde, Martin Mann ist sehr sachlich«, meinte Jojo.

Alle nickten, nur Maja zog die Augenbrauen hoch, ohne vom Display ihres Handys hochzublicken.

»Seid ihr startklar?« Lisa steckte den Kopf in die Tür. Sie fixierte Magnus mit den Augen. »Wo ist Florian? Er soll seit fünf Minuten in der Maske sein. Verliert er wieder die Nerven?« Sie trommelte mit den Fingern gegen den Türrahmen. »Die Anmoderation beginnt in 20 Minuten. Und was ist mit dir los?«, wandte sie sich an Melissa.

»Du bist weiß wie eine Wand … ja, ich komme!« Das Letzte brüllte sie in ihr Headset.

»Lampenfieber«, sagte Melissa leise, aber Lisa war schon weg.

»Ich gehe ihn suchen.« Magnus sprang auf und eilte hinter Lisa her durch den Flur zurück ins Studio. Er fragte jeden, den er traf, ob er Florian gesehen hätte, aber außer Achselzucken und Kopfschütteln erhielt er keine Antworten. Er suchte systematisch auf den Toiletten, in der Requisite, in der Garderobe, in der Maske, im Catering-Raum, warf einen Blick in jedes Büro, überlegte sogar kurz, ob er in den ersten Stock zur Regie gehen sollte, entschied sich dann anders. Er suchte die Feuertreppen ab, die rechts und links in den Ecken des Studios hinaufführten, bis ihn der Beleuchtungsmeister zurückpfiff. Magnus verließ das Studio, suchte in den Gängen der Mall, lief am Empfang vorbei nach draußen, wollte wieder zurück und stellte fest, dass er seinen Ausweis nicht dabei hatte. Der Mann an der Security kannte Magnus nicht, das Personal hatte gewechselt. Nach einem peinlichen Anruf im Redaktionsbüro ließ man ihn hinein. Magnus hoffte, dass Florian mittlerweile zurück in der Kandidatenlounge war. Er war es nicht. Er begann seine Runde von vorne, bis ihn einer der Kameramänner grob am Arm packte.

»Bist du irre? In zehn Minuten startet die Anmoderation.« Er wies auf die Bühne. Im Zentrum stand Daniel Hörmann und besprach mit weit ausladenden Armbewegungen etwas mit Lisa. Magnus warf einen kurzen Blick auf die roten Jurysessel mit den hohen Lehnen, in denen Jamila, das blonde Schlagersternchen und der Gitarrist schon Platz genommen hatten. Martin Mann fehlte noch. Auf den drei Monitoren über der Bühne liefen Bilder einer lachenden Melissa mit wehendem Haar, im Hintergrund das Meer. Vermutlich vor Mallorca. Dann flammte das rot-schwarze Logo der Show auf: »The Sexiest Song Alive – Das Finale!«

»Florian ist weg«, sagte Magnus zu dem Kameramann. War das der unhöfliche Piet aus dem Dossier seiner Klientin?

»Das Weichei mit Bart? Der ist immer vorher weg und noch jedes Mal wieder aufgetaucht. Verzieh dich.« Magnus gab sich geschlagen. Er konnte schlecht den Ablauf stören, während die Show lief. Auf seinem Rückweg kam er zum zweiten Mal an der Maske vorbei, die Tür stand halb offen. Rebecca zupfte an einer der Perücken auf einem Styropor-Kopf herum, Clara stand daneben und verfolgte aufmerksam jede ihrer Handbewegungen. Magnus winkte Clara zu sich. Sie verdrehte die Augen, kam aber zur Tür. »Er ist noch nicht da. Er ist immer zu spät.« Plötzlich kam Magnus sich albern vor. Für die Crew und die Kandidaten war alles scheinbar normal. Trotzdem blieb das Gefühl, dass etwas nicht stimmte, wie ein Klotz in seinem Magen liegen.

»Ich muss jetzt arbeiten.« Seine Tochter schloss sanft, aber bestimmt die Tür vor seiner Nase. Magnus stand einen Moment lang wie ein Idiot davor.

»Was tust du hier?« Maria von der Weide tippte ihm auf die Schulter. »Bleib bei den Kandidaten.«

»Florian ist abgetaucht«, antwortete Magnus und ärgerte sich im gleichen Moment über seinen Rechtfertigungsversuch. »Lisa hat gesagt, ich soll …«

»Lisa macht ihren Job. Mach du deinen.« Sie drehte sich auf dem Absatz um und verschwand im Redaktionsbüro. Magnus kochte innerlich. Wenn er unter der Regie dieser Zicke mehr als zwei Tage arbeiten müsste, würde er gewalttätig werden. Die konnte ihn mal kreuzweise. Zeit für einen Kaffee. Er marschierte zum Catering-Raum. Zu seiner Überraschung war der gut besucht. Das gesamte Team aus Produktion und Redaktion saß vor dem großen Monitor und verfolgte die Bilder aus dem Mallorca-Camp. Nur Jana und Maria von der Weide fehlten. Auf dem Bildschirm erklärte ein sehr entspannter Sascha im Interview, warum er die besten Chancen auf einen Sieg im Finale hätte. Das wurde mit viel Gelächter aus dem Auditorium quittiert.

»Die besten Chancen für Shampoo-Werbung!«, meinte Feli Hillmann.

»Nein, für Jeans«, flachste die hübsche Schwarze aus dem Redaktionsbüro. »Der Hintern ist ok.« Allgemeine Heiterkeit.

»Gleich kommen noch 30 Sekunden Werbung«, sagte jemand. Magnus holte sich unbeachtet einen Kaffee und verzog sich. Er wollte weder Fragen beantworten noch daran erinnert werden, dass er mit den Kandidaten Händchen halten sollte. Er schlich über die Seitentür zurück ins Studio, nahm eine der Treppen hinauf zu den Zuschauertribünen, stieg wieder hinab bis in die zweite Reihe und setzte sich an den Rand. Lisa stand am äußersten rechten Rand der Bühne und sah für einen kurzen Moment irritiert in seine Richtung. Sie wirkte nervös. Sie sprach leise etwas in ihr Headset, lauschte konzentriert und fuhr sich dann mit der Handkante über den Kehlkopf. Es sah aus, als ob sie jemandem den Tod an den Hals gewünscht hätte. Dann wurde sie laut.

»Wo ist er hin? Noch zwei Minuten! Das ist unprofessionell!«

Magnus verstand die Aufregung erst, als er den Hals reckte und die Plätze der Jury ins Visier nahm, die links von ihm aufgebaut waren. Amelie, das Schlagersternchen, lehnte mit gelangweiltem Gesichtsausdruck in ihrem Sessel und feilte sich die Nägel. Der Gitarrist beugte sich hinüber zu Jamila und flüsterte ihr etwas ins Ohr, worauf sie in ein helles Gelächter ausbrach. Der Sessel rechts außen war immer noch leer. Martin Mann verpasste seinen Einsatz.

»Du bist doch Musiker, oder?« Magnus fuhr zusammen, Lisa stand direkt neben ihm auf der Treppe. Er hatte sie nicht herankommen sehen. »Der Herr Produzent hat das Timing vergessen.« Sie deutete mit der Hand auf den leeren Jurysessel und sprach in ihr Headset. »Ich treibe gerade ein Double auf.«

Sie wandte sich an Magnus. »Könntest du kurz seinen Platz einnehmen? Wahrscheinlich ist er …« Lisa deutete mit der Hand ein Glas an, das sie zum Mund führte.

Magnus war perplex, stand aber auf. »Was muss ich tun?«

»Warte.« Sie lief quer über die Bühne zurück und verschwand hinter den Vorhängen. Am Set war Unruhe entstanden. Die Kameraleute sprachen in ihre Headsets, die Kabelträger tuschelten miteinander. Aus der Regie kam eine Lautsprecheransage. »15.00 Uhr.« Jamila und der Gitarrist sprachen leise miteinander, beunruhigt wirkten sie nicht. Das Schlagersternchen gähnte. Lisa kam mit wehenden Haaren zurückgelaufen. »Komm mit.« Sie führte Magnus zu den Sesseln der Jury.

»Das ist Magnus Meister, unser Redaktionsassistent. Er vertritt Martin für ein paar Minuten.«

»Mein Fahrer!« Jamila strahlte ihn an. »Endlich geht es weiter. Weißt du, was du tun musst?«

»Ich dachte, ihr helft ihm ein bisschen.« Lisa klang verzweifelt. »Er gibt sein Votum zuletzt ab. Ich muss ihn noch verkabeln. Sekunde! Ja, jetzt!« Die letzten Worte schrie sie ins Headset.

Der Gitarrist winkte Magnus zu. »Welcome. Ich bin Andreas. Hast du Ahnung von Musik?«

Magnus zögerte, dann nickte er. »Meine aktive Phase ist aber schon ein paar Jahre her. Bandgitarrist und Leadsänger hier in Köln.«

»Name? Vielleicht kenne ich euch noch.«

»›Hauptgewinn‹.«

Der Gitarrist pfiff durch die Zähne. »Hey, nicht übel. Du bist auf jeden Fall qualifizierter als 25 Prozent der Jury.« Er warf einen Seitenblick auf Amelie rechts neben ihm, die ihn ignorierte. Sie war dazu übergegangen, imaginäre Fussel von ihrem tief ausgeschnittenen, blauen Kleid zu zupfen. Lisa kam zurück, drückte Magnus eine kleine Ohrmuschel in die Hand und begann ihn zu verkabeln. »Halt still. So müsste es gehen. Na also. Fertig! Setz dich. Hier ist dein Text.« Sie reichte ihm ein kleines Klemmbrett. Ihr Blick wanderte durchs Studio und zurück zu Magnus. »Du machst das schon.«

»Text?« Magnus zog die Augenbrauen hoch und sah Jamila an. Die lachte ihn aus. »Was dachtest du denn? Dein Votum steht schon fest. Du musst nur ablesen.«

Magnus sparte sich eine Antwort und blickte zum rechten Bühnenrand. Lisa hob die Hand. Das war das Startsignal, die Probe begann. Auf dem Monitor erschien das Logo der Show, Musik erfüllte den Raum. Applaus vom Band brandete auf, als Daniel Hörmann mit einem Lächeln und ausgebreiteten Armen die Bühne betrat.

»Hier sind wir! Heute aus Köln! Willkommen, willkommen, willkommen! Das Finale! Heute! Hier! The sexiest song alive!«

Ein mehrstimmiger Schrei zerriss die Atmosphäre. Magnus nahm im Augenwinkel flüchtig eine schnelle Bewegung wahr. Seine Ohren meldeten den Aufprall von etwas Schwerem, Dumpfen, begleitet von Applaus. Eine leere Wodkaflasche rollte langsam auf die Sessel der Jury zu, kreiselte einmal um sich selbst und blieb liegen. Der Flaschenhals zeigte auf Magnus. Der sah zuerst Jamilas schönes Profil mit aufgerissenen Augen und den Händen vor dem Mund. Seine Augen folgten ihrem Blick. Mitten auf der Bühne lag Martin Mann auf dem Bauch, Beine und Arme weit von sich gestreckt. Der Kopf war zu der Seite gedreht, an der Daniel Hörmann mit offenen Armen stand und fassungslos auf den Boden starrte. Auf die schwarz glänzenden Budapester des Moderators floss ein dünnes, rotes Rinnsal zu. Dann stoppte der Applaus abrupt.

Innerhalb von Sekunden brach der Tumult los. Die Kameraleute und Jurymitglieder waren zuerst dort, gefolgt von Lisa und weiteren Mitarbeitern mit Headsets, die Magnus vorher nicht aufgefallen waren.

»Krankenwagen!« – »Ruft einen Krankenwagen!«

»Den brauchen wir nicht mehr«, sagte jemand neben

Magnus leise. Es war der Gitarrist. Mittlerweile hatte sich eine Traube von Menschen auf der Bühne versammelt. In diesem Moment sackte Daniel Hörmann in Zeitlupe zusammen. Einer der Techniker fing ihn auf. »Scheiße, der ist ohnmächtig.«

»Weg da, hier gibt es nichts zu sehen! Lasst die Ersthelfer durch!« Maria von der Weides Stimme zerschnitt das allgemeine Raunen. Zögernd bildete sich eine Gasse, aber niemand verließ die Bühne. Jemand fasste Magnus sanft am Arm. Es war seine Klientin. »Sammle die Kandidaten ein und bring sie von hier weg. Heute wird es keine Probe mehr geben.«

Magnus nickte. Die Ersthelfer kümmerten sich um den kollabierten Moderator. Keiner wagte es, sich dem Toten zu nähern. Als Magnus in Richtung der Kandidatenlounge eilte, kamen ihm Sanitäter entgegen. Magnus wies ihnen kurz den Weg und eilte weiter zur Maske. Er öffnete die Tür. Rebecca, Clara, Florian und Melissa wandten ihm gleichzeitig das Gesicht zu.

»Was ist da draußen los?«, fragte Rebecca. »Florian muss in fünf Minuten raus.« Sie hatten noch nichts mitbekommen, der Raum besaß als einer der wenigen keinen Monitor.

»Martin Mann ist tot. Er ist gestürzt«, sagte Magnus. »Heute wird es keine Probe mehr geben«, wiederholte er Annas Worte. »Ich fahre euch jetzt nach Ehrenfeld. Willst du mitkommen?«, wandte er sich an Clara. Er wollte sie instinktiv weit fortbringen von diesem Ort. Die vier starrten ihn mit fassungslosen Gesichtern an. Keiner rührte sich.

»Gestürzt?« Florian fasste sich als Erster wieder.

»Aber … tot?« Aus Claras Gesicht war die Farbe verschwunden.

»Wie denn gestürzt?«, fragte Rebecca. »Von der Treppe? Das verstehe ich nicht.«

Magnus verstand es selbst nicht. »Es sah so aus, als ob er von oben aus dem Gestänge gefallen wäre. Er ist mitten auf der Bühne gelandet.«

Rebecca riss die Augen auf. »Aus der Beleuchtung?«

Magnus nickte. »Ich glaube schon.«

»Da oben ist der Catwalk«, sagte Melissa. »Mir ist schlecht.«

»Was ist das?«, fragte Magnus.

»Ein Gang quer durch die Lichttraversen. Man kann die Bühne von oben sehen«, sagte Rebecca.

»War er betrunken?«, wollte Florian wissen.

»Wie kommst du darauf?« Magnus dachte an die leere Wodkaflasche.

»Nur so.« Florian hob die Schultern. »Das würde mich nicht wundern.«

»Ach, hör doch auf!« Melissa war auf dem Platz vor dem Spiegel zusammengesackt und weinte leise. Rebecca legte ihr sanft eine Hand auf die Schulter, fing Magnus' Blick ein und machte ihm mit dem Kopf ein Zeichen Richtung Tür. Er verstand.

»Kommt«, sagte er, »wir fahren nach Ehrenfeld.«

»Ich bleibe hier«, sagte Clara, »bei Rebecca.«

Die nickte. »Ich muss vor Ort sein. Die Regie setzt bestimmt gleich eine Besprechung an.«

Melissa und Florian folgten Magnus in den Gang. Sie mussten sich mühsam einen Weg durch aufgescheuchte

Mitarbeiter bahnen. Magnus wusste zwar, dass mindestens 80 Leute hier arbeiteten, aber er hatte noch nie alle gleichzeitig zusammen gesehen. Überall standen Grüppchen herum und flüsterten. Vor dem großen Konferenzzimmer, in dem sich Magnus gestern noch mit seiner Klientin unterhalten hatte, hatte sich eine Traube Menschen gebildet.

»In fünf Minuten große Besprechung! Produktion, Redaktion, Regie!« Maria von der Weide trommelte mit energischer Stimme die Belegschaft zusammen. Die zweite größere Ansammlung fand sich im Catering-Raum. Die Monitore zeigten das Logo der Show als Standbild an. Merkwürdigerweise war die Stimmung nicht gedrückt, sondern eher aufgeregt, wie kurz vor einem großen Ereignis.

»Wie die Geier, nicht wahr?« Lisa stand plötzlich neben ihm. »Ich habe jetzt den undankbaren Job, die Ehefrau zu verständigen«, raunte sie ihm zu. »Sie hasst mich. Aber noch schlimmer ist es, wenn sie es durch die Polizei erfährt.«

Bevor Magnus eine Frage stellen konnte, war sie verschwunden.

*

Magnus schaffte es, die übrigen Kandidaten zu überreden, sich nach Ehrenfeld fahren zu lassen. Für einen Gegenvorschlag war die Gruppe zu betäubt. Sie hatten alle die Anmoderation auf dem Bildschirm verfolgt und noch keine Zeit gehabt, das Gesehene zu verarbeiten. Draußen auf dem Parkplatz schien die Sonne. Sie blinzelten, um sich an das Licht zu gewöhnen, und blieben stehen, als sie ein Polizeifahrzeug und den Rettungswagen sahen.

»Ich glaube es einfach nicht«, meinte Milan. »Vor einer Stunde habe ich noch mit ihm gesprochen.«

»War er betrunken?« Heiko stellte die gleiche Frage wie Florian eben.

»Mir ist nichts aufgefallen, aber dem merkst du das auch nicht an«, erwiderte Milan nachdenklich. »Könnt ihr euch noch an den letzten Tag auf Mallorca erinnern? Der konnte nach dem Wodka-Abend noch gerade stehen.«

»Was wollte er denn von dir?«, wollte Maja wissen. »Sonst sucht er ja nicht gerade deine Nähe.«

Milan wurde rot. »Nichts Besonderes.«

»Hast du gehört, wann es mit der Probe weitergeht?«, wandte sich Sascha an Magnus, »ich meine, die werden doch nicht die ganze Show abblasen? Übermorgen ist Finale!«

»Das fasse ich jetzt nicht«, schimpfte Maja. Die übrigen starrten Sascha an, Magnus eingeschlossen. »Das ist ein Todesfall, du herzloser Idiot. Geht das nicht in deinen Schädel?«

»Da ist kein Platz drin für alles außerhalb seiner Karriere.« Jojo warf Sascha einen verächtlichen Blick zu. »Wo steht unser Auto? Ich will weg hier.«

»Da, wo es immer steht«, sagte Magnus. »Kommt jetzt.«

Die Glastüren des Haupteingangs öffneten sich und gaben den Weg nach draußen frei für die Sanitäter. Sie trugen eine Bahre, die mit einer grauen Plastikplane abgedeckt war. Die Form eines menschlichen Körpers zeichnete sich darunter ab. Melissa begann wieder zu schluchzen. Maja nahm sie behutsam in die Arme und steuerte sie zum Transit. Der Rest folgte ihnen mit gesenkten Köpfen. Bis sie die Stadtautobahn in Ehrenfeld verließen, sagte niemand etwas. Magnus quälte sich durch den allmählich einsetzenden Berufsverkehr auf dem Parkgürtel. Maja und Melissa saßen vorne neben ihm. Maja hielt sie immer noch im Arm. »Willst du deinen Vater anrufen? Bevor er es aus der Presse erfährt …«

»Presse? Wieso?« Melissa wirkte erschrocken.

»Was glaubst du denn?«, schaltete Florian sich von hinten ein. »Wetten, in einer halben Stunde ist es im Netz? Irgendwer plappert doch immer.«

»Shit happens!«, rief Jason von hinten und hielt sein Handy hoch. »Guckt selbst: Tragischer Tod bei Castingshow.«

»Das ging schnell«, staunte Florian.

Magnus registrierte im Rückspiegel, wie alle ihre Handys zückten und die Nachricht suchten.

»Was ist daran tragisch?«, meinte Sascha. »Wodka-Overkill und Exitus.«

»Kann jemand dem Typ mal den Saft abdrehen?«, fragte Heiko. »Ich bekomme Ohrenkrebs von dem Scheiß.«

Magnus beschäftigte etwas anderes: Wer gab 20 Minuten nach einem Todesfall Infos an die Presse weiter? Musste man sich nicht erst auf eine gemeinsame Erklärung einigen? Zum Beispiel im Rahmen einer Konferenz? Die hatte doch eben erst begonnen, als sie zum Parkplatz gegangen waren. Handelte es sich möglicherweise um die gleiche undichte Stelle, die seiner Klientin zusetzte?

»Papa?« Melissa telefonierte. »Neben mir, wieso?« Sie sah zu Magnus herüber. »Wir fahren nach Hause. Erzähle ich dir später. Meinst du wirklich ... na ja, meinetwegen. Bis gleich.«

»Weiß er es schon?«, fragte Maja.

Melissa schüttelte den Kopf. »Aber er will kommen.«

»Wie wäre es, wenn du ihm sagst, du kämest alleine klar?«, meinte Jojo. »Vielleicht muss er es nur mal kapieren.«

»Das ist der springende Punkt«, meinte Sascha. »Sie will ja, dass er kommt.«

»Arschloch«, Melissa sagte es so leise, dass nur Maja und Magnus es hören konnten.

»Hey Leute«, sagte Jason von hinten, »es tut mir leid, wenn das jetzt respektlos klingt, aber ich habe einen Riesenhunger. Soll ich uns Pizza bestellen?«

»Mir ist schlecht«, sagte Melissa.

»Halt schnell an!« – »Sie kotzt innerhalb von einer Minute!« – »Stopp und Tür auf!« Die Kommentare aus den hinteren Reihen waren wenig zartfühlend. Magnus schaffte es mit Ach und Krach rechts an den Bordstein zu fahren. Melissa öffnete die Tür und erbrach sich in den Rinnstein.

»Jemand Pizza?«, fragte Heiko. Leises Gelächter.

»Tut mir leid«, sagte Melissa, als sie wieder einstieg.

»Das hätte jedem passieren können, nach dieser Geschichte«, tröstete Maja sie und reichte ihr ein Taschentuch.

»Aber es passiert nur mir, stimmt's?« Melissa warf Maja einen Blick zu, den Magnus schwer deuten konnte, und tupfte sich den Mund ab. Dann kramte sie in ihrem kleinen Rucksack nach einem Pfefferminzbonbon. Sie fand es und schwieg, bis Magnus den Transit hinter der Durchfahrt zu ihrem Quartier parkte. Aus dem Schatten vor der Haustür löste sich eine vertraute Gestalt. Matthias hatte schon auf sie gewartet.

»Wir sprechen uns noch«, knurrte er Magnus an. Dann zog er Melissa mit sich fort. Sie drehte sich um und winkte ihnen zu, halb belustigt, halb verzweifelt. »Bis später!«

»Meister, was hat der mit dir für ein Problem?«, fragte Milan.

Magnus gab sich entspannt, aber innerlich war ihm nicht wohl bei dem Gedanken, mit jemandem wie Matthias Streit zu haben. Er war nicht der Typ, der Argumente gelten ließ, wenn ihm etwas nicht passte.

»Kommst du mit rauf?« Heiko tippte ihm auf die Schulter. »Ich lad dich auf eine Pizza ein.«

Magnus war zwar der Appetit vergangen, wollte aber wissen, was die Kandidaten zu Martin Mann erzählen würden. Ein Prominenter, den sie kannten, starb spektakulär in ihrem direkten Umfeld – das musste sie doch beschäftigen? Maja verschwand direkt im Badezimmer und Jason telefonierte mit einem Pizzadienst. Alle anderen ließen sich auf der Dachterrasse nieder. Die Sonne schien Magnus warm auf den Rücken und er genoss die Gelegenheit, seinen Gedanken nachzuhängen. Den anderen ging es so ähnlich, die Redebeiträge beschränkten sich eine Weile auf Sätze wie »Gib mir mal den Flaschenöffner rüber« und »Rutsch mal ein Stück« und blieben dann ganz aus, bis die Pizza kam.

»Jetzt erzähl schon, Milan«, sagte Heiko. »Worüber hat Mann mit dir gesprochen?«

»Nein, echt nicht. Ich sage es euch nach dem Finale, ok?«

»Also hat es etwas mit dem Finale zu tun«, folgerte Sascha. »Oder hat er dir einen Vertrag angeboten?«

»Oder er hat sich zum Ergebnis geäußert.« Jojo dachte laut nach. »Das Juryvotum zählt 60 Prozent, also können sie den Ausgang entscheidend beeinflussen.«

»Ihr spinnt doch«, meinte Jojo. »Lasst ihn in Ruhe.«

»Dann ist ja alles wieder offen«, meinte Sascha. »Wer weiß, wer der Ersatzmann wird.«

»Ich verstehe nicht, wovon ihr redet«, schaltete sich Magnus ein. »Das Ende steht doch nicht fest, oder?«

Er erntete mitleidige Blicke, was Magnus an Jamilas Bemerkung erinnerte, dass das Votum schon feststand.

»Es wird zumindest nicht viele Überraschungen geben«, sagte Maja, die eben in Sportkleidung und mit einem Handtuch um den Kopf auf den Balkon trat. Magnus' Frage hatte sie gehört. »Heute ist der Tag für Ausnahmen. Hat jemand eine Zigarette?«

Magnus erbot sich, ihr eine zu drehen. Sie nahm an und schenkte ihm ein Lächeln, das Wärme in seinem Bauch auslöste. Woher kam sie ihm bloß so bekannt vor?

»Es ist wieder offen«, beharrte Sascha. »Wenn die Vertretung anders stimmt als Mann, ist alles möglich.«

»Ich gebe es nur ungern zu«, meinte Florian, »aber Sascha hat recht.«

»Seid ihr sicher, dass die Show überhaupt ausgestrahlt wird?«, fragte Magnus.

»Das klingt jetzt zynisch«, sagte Maja, »aber was Besseres als ein toter Promi kann dem Sender doch nicht passieren! Höchstens noch Sex in der Besenkammer.«

Alle lachten, und Florian verschluckte sich so heftig, dass er laut hustend vom Balkon flüchtete.

»Gib mir Tod, gib mir Sex, gib mir Drogen – und die Quoten gehen nach oben«, improvisierte Jojo einen kleinen Rap. Milan nahm den Faden auf. »Immer laut, immer drauf, hingeschaut – am besten das, was jeder glaubt.«

»Hol die Gitarre, Jason!«, rief Heiko. »Freestyle!«

Magnus staunte. Von Bestürzung oder Traurigkeit über den Tod des Produzenten keine Spur. Anscheinend gab es bei keinem der Kandidaten eine tiefere Bindung an Mann. Oder sie konnten gut schauspielern. Nach einem Blick auf die Uhr entschied er, zum Studio zurückzufahren. In der Küche traf er Florian, der ein Glas Wasser ex hinunterstürzte. Magnus versprach, sich wegen des Tagesablaufs morgen zu melden, aber Florian reagierte mit abwesendem Blick auf Magnus' Ansage. Magnus beeilte sich wegzukommen. Er wollte unbedingt wissen, wie sich die Dinge vor Ort entwickelt hatten. Er konnte immer noch nicht so richtig glauben, dass die Show wie geplant ablaufen sollte.

*

Als er den Transit an den Studios abstellte, fielen ihm als Erstes zwei weitere Polizeifahrzeuge auf. Der Rettungswagen war weg. Ihn beschlich ein ungutes Gefühl. Über der fast gleichgültigen Heiterkeit der Kandidaten hatte er verdrängt, dass der Todesfall alles andere als gewöhnlich war. Er war automatisch den Gedankengängen der Finalisten gefolgt, die wussten, dass Martin Mann sich häufiger betrank, und vermuteten, dass er von oben heruntergestürzt sein musste. Tragisch, aber ein Unfall. Die Anwesenheit der Polizei ließ andere

Schlüsse zu. Oder? Gehörte das zum regelmäßigen Prozedere? Er würde Miriam fragen. Dann erinnerte er sich, dass er Benno und Miriam heute zum Abendessen eingeladen hatte. In Gedanken versunken passierte er den Haupteingang.

»Herr Meister? Ihr Ausweis wurde hier abgegeben!« Das Mädchen an der Information winkte ihn zu sich heran. Der verlegte Besucherausweis war Magnus komplett entfallen, aber er war erleichtert, nicht jedes Mal die Redaktion anrufen zu müssen, wenn er die Security passierte. Mittlerweile war es 17 Uhr.

»Ich weiß aber nicht, ob man Sie hereinlässt«, sagte das Mädchen und deutete mit dem Finger in die Mall. »Die Polizei hat abgeriegelt.«

Vor dem Studioeingang war eine junge Polizistin postiert, die aufmerksam seinen Ausweis kontrollierte. Die Bezeichnung »Redaktionsassistenz« reichte aus. Sie winkte ihn durch, wies ihn aber an, die Bühne nicht zu betreten. Überflüssig, wie sich herausstellte. Die Bühne war komplett abgesperrt. Die Rotunde, die den digitalen farblichen Hintergrund für die Show bildete, war geschlossen, die Zugänge zu den Tribünen versperrt. Magnus ging unbehelligt durch die Seitentür in den Gang, an dem die Redaktions- und Produktionsbüros lagen. Es war gespenstisch ruhig. Er suchte zuerst nach Clara. Die Türen zu Maske und Garderobe waren verschlossen. Wo waren die Mitarbeiter? Wo war Clara?

»Wenn alles auf einen Unfall hindeutet, warum sperren Sie dann ab?« Die durchdringende Stimme von Maria von der Weide war mit einem Mal durch die geschlossene Tür zum Redaktionsbüro zu vernehmen. Die Antwort verstand Magnus nicht, aber die Reaktion. »Was heißt hier Vorschrift? Haben Sie eine Ahnung, was uns der Tag hier kostet? Sag es ihnen, Anna! Du kennst das Budget!«

Wieder Gemurmel. Die Tür wurde von innen aufgerissen. »Das fehlt mir gerade noch!« Maria von der Weide blieb mit hochrotem Kopf vor Magnus stehen, glotzte ihn an, als ob sie ihn noch nie gesehen hätte, und stürmte dann in die Richtung, in der das große Konferenzzimmer lag. Magnus warf einen vorsichtigen Blick in das Büro. Zwei betreten aussehende Polizisten in Zivil und eine sehr bleiche Anna Voss besetzten die Schreibtische, an denen sonst die Mitarbeiter des Redaktionsteams arbeiteten. Das Büro war heiß und stickig.

»Und wer sind Sie?«, fragte der ältere der beiden Polizisten Magnus mit genervtem Unterton. Vor ihm lag ein aufgeschlagenes schwarzes Notizheft. Er schwitzte in seinem grauen Sakko.

»Er arbeitet für mich.« Seine Klientin umriss den Grund für Magnus' Aufenthalt in knappen Worten. »Deswegen hat er eine Zugangsberechtigung als Redaktionsassistent. Er betreut die Finalisten«, beendete sie ihre Ausführungen.

»Wir müssen alle befragen, die Martin Mann kurz vor dem Unfall noch gesehen haben«, sagte der jüngere Polizist. Sein hellblaues Hemd zeigte Schweißränder unter den Achseln. Er stand auf, tauschte einen Blick mit dem Älteren und riss nach einem prüfenden Blick nach draußen ein Fenster auf. »Setzen Sie sich doch einen Moment. Sind Sie im Bilde, welcher der Kandidaten dafür in Frage kommt?«

Magnus ging schnell im Geiste den Tag ab dem Zeitpunkt seiner Ankunft im Studio durch. Heute Mittag hatte er sich nur kurz in der Kandidatenlounge aufgehalten. Er hatte mit Feli Hillmann im Catering-Raum geredet, dann die Finalisten in Ehrenfeld abgeholt, hier abgeliefert, Jamila abgeholt, kurz mit den Kandidaten gesprochen, Florian gesucht, kurz mit Clara gesprochen und dann auf den Zuschauerplätzen ein paar Minuten gesessen. Die beiden Finalisten, die im Hotel übernachteten, Diane und Rick, waren ihm heute noch nicht begegnet.

»Nein«, meinte er schließlich. »Bis auf zwei habe ich alle getroffen, aber nicht die ganze Zeit im Auge gehabt.« Er schilderte in groben Zügen seinen bisherigen Tagesablauf.

»Das heißt, Sie haben Martin Mann abgeholt, hier abgeliefert und seit diesem Zeitpunkt nicht mehr gesehen?« Der ältere Polizist schrieb etwas in sein Notizheft. Magnus bestätigte. Der jüngere rieb sich die Stirn und sah mit einem Mal sehr müde aus. »Die müssen wir alle noch einzeln befragen«, wandte er sich an seinen Kollegen, »oder was meinst du?«

Der nickte mit gerunzelter Stirn, ohne den Blick von seinen Notizen zu heben. »Wir brauchen die Adresse der Wohngemeinschaft.«

»Kein Problem«, sagte Anna Voss. Sie zögerte. »Wir haben heute schon einen Probentag verloren«, sagte sie. »Wir kooperieren gerne, aber – könnten Sie die Befragungen …«

»Wir erledigen das gleich«, sagte der Ältere und schlug sein Notizbuch zu. »Hier sind wir fertig. Reicht Ihnen das?«

Anna Voss wurde rot. »So meinte ich das nicht.«

»Ich denke, Sie meinen genau das. Ihre Kollegin«, der jüngere Polizist deutete zur Tür, durch die Maria von der Weide eben herausgerauscht war, »hat sich klar ausgedrückt.«

»Lass gut sein, Leo.« Der Ältere stand auf und fixierte Magnus. »Ich halte nicht viel von Privatdetektiven, aber wenn Ihnen etwas einfällt, was uns weiterhilft, melden Sie sich.« Er reichte Magnus eine Visitenkarte. Jürgen Holtmann war der Name, Dienstgrad Kriminalhauptkommissar, Dienststelle in Köln-Kalk, seine Telefondurchwahl.

»Zumindest sind Sie nicht der Budgetverantwortliche in dem Laden«, sagte Holtmann. Sein Blick streifte Anna Voss, und Magnus glaubte etwas wie Verachtung darin zu lesen.

»Was ist hier eigentlich los? Als ich gefahren bin, war noch keine Polizei vor Ort.« Magnus reichte seiner Klientin ein Glas Wasser, das er im Catering-Raum organisiert hatte. Die Gänge und Büros waren wie ausgestorben.

»Die Polizei hat ein paar Leute befragt und dann alle nach Hause geschickt. Maria ist ausgerastet. Die Verantwortlichen des Senders auch.«

»Aber warum ermittelt die Kripo überhaupt? Das war doch die Kripo, oder?«

Anna nickte und schüttelte dann den Kopf. »Ich weiß es nicht. Wir gehen alle von einem Unfall aus. Aber sie haben die Spurensicherung geholt.«

»Wo sind die? Ich habe niemanden gesehen.«

»Oben, beim Catwalk, in den Lichttraversen. Du hast wahrscheinlich nicht nach oben geguckt.«

Das stimmte. Er hatte es unbewusst sogar vermieden, den Blick zu heben. »Ich habe meine Tochter gesucht.«

»Sie ist zu Hause. Rebecca hat sie mitgenommen.«

Magnus fühlte sich augenblicklich erleichtert, dann runzelte er die Stirn. »Wen hat die Polizei denn befragt? Heute war doch volle Besetzung?«

Anna Voss überlegte. »Etliche, aber sie waren schnell fertig. Die Mitarbeiter, die den Sturz beobachtet haben. Das waren nur wenige, und sie können nicht viel gesehen haben. Es ging zu schnell. Zwei Tontechniker und die Leute an der Krankamera. Vielleicht den Beleuchtungsmeister, aber das weiß ich nicht. Ich war die ganze Zeit im Büro und habe versucht die Produktion zu retten.«

Magnus dachte mit Grauen an die wenigen Sekunden, die er den Produzenten auf der Bühne hatte liegen sehen. Dieses Bild teilte er im Kopf mit allen, die auf der Bühne waren oder vor dem Monitor gesessen hatten. Aber kaum jemand konnte den Sturz beobachtet haben. Warum war Martin Mann überhaupt da oben gewesen?

»Ich glaube, sie haben versucht herauszufinden, wer mit Martin heute vor der Probe gesprochen hat«, fuhr sie fort, als ob sie seine Gedanken gelesen hätte. »Kaum jemand hat ihn gesehen. Ich selbst zum Beispiel nur für eine Minute, kurz nach halb elf, um ihm den Ablauf zu geben. Maria gar nicht, Lisa nur kurz. Wir vermuten …« Sie stockte.

»Er war angetrunken, oder?«

»Das hast du mitbekommen?«

»Ich habe eine Wodkaflasche gesehen.« Er verschwieg, wo er die Flasche gesehen hatte.

Anna nickte und schaute aus dem Fenster. Magnus folgte ihrem Blick und beobachtete eine Meise, die sich auf einem Zweig niedergelassen hatte und nach Insekten pickte. Draußen endete ein schöner Frühsommertag. »Wir vermuten, dass er sich deswegen zurückgezogen hat«, sagte Anna. »Das Problem war bekannt, aber er hatte sich meistens im Griff. Ein kontrollierter Trinker, falls so was möglich ist.«

»Aber er hatte sich nicht immer im Griff?«

Das Telefon, das bisher geschwiegen hatte, begann zu klingeln. Anna sah auf die Nummer im Display. »Das ist Maria. Ich muss drangehen.« Sie wandte sich von ihm ab. »Ja? – Oh, bitte nicht jetzt schon. – Hat sie schon mit der Polizei gesprochen? – Warum ich? – Ach so. Na gut, schick sie rüber. Nein, um Himmels willen, schick sie hierhin. Ist Lisa bei euch? Gut.« Sie legte auf und ließ den Kopf auf die Tischplatte sinken. »Das auch noch«, verstand Magnus.

Magnus stand auf. »Du bekommst Besuch?«

Anna richtete sich wieder auf. Sie sah auf einmal sehr, sehr müde aus. »Elena ist aus Frankfurt gekommen. Ich hatte gehofft, wir haben noch eine Gnadenfrist.« Sie registrierte Magnus' verständnislosen Gesichtsausdruck. »Seine Frau. Glaub mir, darauf könnte ich sehr gut verzichten.«

Die Tür wurde aufgerissen und flog mit einem Krachen gegen die Wand. »Wo ist sie?« Eine Frau stürmte mit wehendem Sommermantel in den Raum und pflanzte sich vor Anna auf. Das Büro wirkte sofort zu klein. Ihr Blick hatte Magnus nur flüchtig gestreift. Er beobachtete sie im Profil. Sie sah toll aus, aber ihre schmale Nase hatte etwas von einem Raubvogel. Sie wandte den Kopf ruckartig zu Magnus. Ihre fast gelben Augen nagelten ihn an der Wand fest. Ihr entging bestimmt nichts. »Und wer ist das?« Sie rollte das »R«. Stimmt, sie war gebürtige Russin. Magnus erinnerte sich an einen Artikel im Internet, den er bei seiner Recherche über die Castingshow gelesen hatte. Anna stand auf und wollte sie umarmen.

»Ein neuer Kollege. Elena, es tut mir so leid. Wir können es alle nicht fassen, dass Martin …«

Die Raubvogel-Frau wehrte die Umarmung ab. »Nimm seinen Namen nicht in den Mund. Ihr verlogene Bande. Ihr seid schuld. Wo ist die Bitch?«

Anna ließ sich wieder auf den Stuhl fallen. »Setz dich doch. Ich verstehe ja, dass du aufgebracht und traurig bist …«

»Spar dir das Gewäsch. Mir kannst du nichts vormachen. Du denkst doch nur an deine Quote. Zum letzten Mal: Wo?«

In Annas Miene verlor sich jeder Ausdruck von Mitgefühl. Magnus hatte den Eindruck, er sähe zum ersten Mal ihr echtes Gesicht.

»Gut, du willst es nicht anders. Er hat getrunken und ist gestürzt. Lisa hat damit nichts zu tun.«

»Das glaube ich nicht. Er trinkt nicht mehr. Dann hat ihn jemand verführt. Sie hat ihn verführt.«

»Herrgott, Elena, mach die Augen auf. Dein Mann war kein Heiliger. Niemand musste ihn verführen. Und Lisa bestimmt nicht. Sie trinkt nicht mal.«

»Na und? Die Polizei glaubt auch nicht an einen Unfall. Oder warum sind die hier?«

»Reine Routine. Lisa war unten an der Bühne, als es passiert ist. Sie hat nichts damit zu tun.«

»Du schützt sie. Du irrst dich. Sie ist böse, böse, böse …« Sie schlug die Hände vor das Gesicht und begann zu weinen. Anna nutzte ihre Chance und nahm sie in den Arm. Die frischgebackene Witwe wehrte sich nicht mehr und ließ sich zu einem Stuhl führen. Anna sprach beruhigend auf sie ein. Sie gab Magnus mit einer Kopfbewegung zu verstehen, dass er gehen sollte. Das hatte er ohnehin gerade vor.

*

Magnus eilte zur Kandidatenlounge. Dort lag noch seine Umhängetasche mit dem Notizbuch, das er heute nicht benutzt hatte. Die Gänge waren wie ausgestorben, aber von links kamen laute Stimmen. Die Tür zum Konferenzzimmer stand einen Spalt offen und Magnus erkannte die Stimme der Redakteurin.

»Und wenn wir eine Woche verschieben? Was spricht gegen den nächsten Freitag?«

»Der Sendeplatz ist belegt, tut mir leid, Maria. Wir ziehen durch.«

Die Männerstimme, hell und schneidend, kannte Magnus nicht. Das musste jemand vom Sender sein.

»Euch ist schon klar, wie die Presse reagieren wird?« Das war wieder Maria von der Weide. »Toter Promi, unklare Todesursache, gestresste Kandidaten – der Imageschaden für STV ist vorprogrammiert!«

»Da bin ich anderer Meinung«, sagte eine angenehme Frauenstimme, die Magnus vertraut vorkam. Lisa? »Die Presse denkt das, womit wir sie füttern. Da bin ich einer Meinung mit Anna.« Es war Lisa.

»Schön, dass du sie so engagiert vertrittst«, sagte Maria von der Weide mit einer Stimmlage, die vor Ironie nur so troff. »Und womit wollt ihr sie beeinflussen? Die sind doch nicht blöd. Ihr habt die ersten Berichte gelesen.«

»Zunächst einmal muss dieses Gerede von der unklaren Todesursache vom Tisch«, antwortete eine andere, dunklere Männerstimme mit Schärfe. »Schlimme Sache, aber ein Unfall. Die Ermittlungsergebnisse der Polizei erfährt vor der Ausstrahlung ohnehin niemand, also wo ist das Problem?«

Ein paar Atemzüge lang sagte niemand etwas.

»Wie weit seid ihr mit der Suche nach Ersatz für die Jury?«

»Wir haben zwei mögliche Zusagen. Das hängt davon ab, ob wir die Presse beruhigen können«, meinte Lisa.

»Ich verlasse mich auf euch.« Die dunkle Stimme.

»Das ist doch Wahnsinn«, sagte die Redakteurin leise. »Die werden uns zum Frühstück verspeisen.«

»Herrgott, Maria, dann sorge dafür, dass sie den Happen wieder ausspucken«, antwortete die helle Männerstimme. »Ich denke, das war vorläufig alles. Informiert Anna über die Entscheidung.« Magnus hörte Stühle rücken und beeilte sich wegzukommen.

Auf dem Heimweg im Volvo dachte er über das Gehörte nach. Der freundliche Frühsommerabend wollte nicht so recht zu seiner Stimmung passen. Was für ein zynisches Geschäft. Jemand tot – egal. Ersatz her, weitermachen. Und was spielte Lisa für eine Rolle dabei? Sollte nicht Anna als Produktionsleiterin die Verhandlungen mit dem Sender führen? Magnus dachte an die Vorwürfe der Witwe, dass es immer nur um Quote ginge. Ok, die

Raubvogel-Frau war sicher extrem neben der Spur gewesen, aber in diesem Punkt schien sie recht zu haben. Und was hatte sie gegen Lisa? Die sollte ihren Mann zum Trinken verführt haben? Was für ein Blödsinn. Niemand, der trank, brauchte dafür Ermunterung. Magnus erinnerte sich an den schwachen Alkoholgeruch, als Martin Mann heute Morgen ins Auto gestiegen war. Und was meinte die Witwe mit »böse, böse, böse«? Nur ein Gefühlsüberschwang oder gab es einen wahren Kern dahinter? Er konnte sich nicht vorstellen, dass die freundliche Lisa in jemandem so negative Gefühle weckte. Das klang nach einer längeren Vorgeschichte. Für den Toten empfand er gemischte Gefühle. Er erinnerte sich an seinen ersten Eindruck am Flughafen: teuer gekleidet, eine Aura von Macht, eher unsympathisch. Aber dieser Eindruck war schon verwässert gewesen: Als Juror im Fernsehen wirkte Martin Mann sehr fair und respektvoll den Kandidaten gegenüber. Außerdem hatte er Magnus Komplimente für die alte Band gemacht und angeboten, sich einen neuen Song anzuhören. Das war doch nett von ihm, oder? Wie auch immer, so einen Tod hatte niemand verdient. Ihm wurde bewusst, dass er mit seinem eigentlichen Auftrag keinen Schritt weitergekommen war. Er gestand sich zu, dass das unter diesen Umständen kein Wunder war. Vielleicht lag es auch an seinem mangelnden Talent für Undercover-Aktionen. Er würde sich den Auftrag vom Hals schaffen. Immerhin, für heute und gestern bekam er Geld von Benno und hatte interessante Eindrücke von der Branche gewonnen. Mehr, als ihm lieb war. Er parkte den Wagen zu Hause neben einer alten Litfaßsäule und ging die paar Schritte zum Park zu Fuß. Bevor er Eliza,

Benno und Miriam gegenübertrat, wollte er den Tag so gut wie möglich hinter sich lassen.

*

An der Haustür schlug ihm Gelächter und der Duft nach Parmesan entgegen. Sein Magen knurrte erwartungsvoll, völlig unbeeindruckt davon, dass er vor höchstens drei Stunden bei den Kandidaten eine Pizza verschlungen hatte.

»Meister! Unser Mann an der Quelle! Wir sterben vor Neugier! Was ist los im Fernseh-Universum?« Benno, der Eliza half, die Gläser zu befüllen, schlug ihm herzhaft auf die Schulter und brachte damit das fragile Gleichgewicht eines Tabletts zum Schwanken.

»Vorsichtig, Schatz! Lass ihn doch erst mal reinkommen. Magnus, du siehst aus, als ob du einen Abend mit Freunden brauchst.« Miriam erhob sich schwerfällig vom Esstisch, damit sie Magnus umarmen konnte. Ihre normalerweise zierliche Erscheinung war durch die Schwangerschaft aus dem Leim gegangen, seit Magnus sie zuletzt gesehen hatte. Sie trug eine Art Zelt in himmelblau. Ihr Kopf mit den hellblonden, feinen Haaren wirkte im Verhältnis zum Körper winzig.

»Bleib doch sitzen. Hey, du siehst blendend aus. Und du bist nach vorne gewachsen«, witzelte Magnus, als er sie vorsichtig umarmte. »Wann ist es so weit?«

»Ausgerechnet ist sie für den 1. Juli. Das fühlt sich noch wie eine Ewigkeit an. Ich kann mich kaum noch bewegen.«

»Außerdem schnarcht sie, weil sie nur noch auf dem

Rücken schlafen kann«, stöhnte Benno und stellte ein Glas Wasser vor Miriam ab. Magnus schlenderte zur Küchenzeile, gab Eliza einen Kuss und linste in den Backofen.

»Miriam hat sich Pizza gewünscht«, sagte sie leise und hob die Schultern. »Ich weiß, die hatten wir erst gestern.«

»Macht nichts. Pizza ist nie ein Fehler.« Er verschwieg, dass er schon eine Pizza Vorsprung hatte.

»Komm endlich an den Tisch, ich will alles wissen, alles«, rief Benno.

»So viel habe ich gar nicht mitbekommen«, meinte Magnus und versuchte das Bild des Toten vor ihm auf der Bühne aus dem Kopf zu verscheuchen.

»Du siehst aber aus, als hättest du ein Gespenst gesehen«, sagte Eliza und sah ihm prüfend ins Gesicht.

»Wir reden erst beim Nachtisch darüber«, forderte Miriam. »Ich bin ab morgen im Mutterschutz und will beim Essen nicht über Polizeiarbeit reden.«

»Dann wisst ihr schon Bescheid?«, fragte Magnus.

»Nur aus der Lügenpresse«, witzelte Benno und wurde dann ernst. »Das konnte keiner ahnen, dass du wieder über eine Leiche fällst. Bis der Nachtisch da ist, kannst du mir von der anderen Geschichte erzählen. Ist das in Ordnung, Frau?«, vergewisserte er sich mit einem Seitenblick auf Miriam. Die nickte. Eliza verteilte Salat auf kleine Teller und nahm Platz. »Ihr meint die Geschichte mit den unerlaubten Mitteilungen an die Presse?«

»Ehrlich gesagt«, meinte Magnus mit vollem Mund, »die Ermittlung ist zum Scheitern verurteilt.« Er berichtete kurz davon, dass jeder, der am Produktionsbüro vorbeikäme, Zugang zum Rechner von Anna Voss hätte. Er erwähnte, dass das Passwort gut lesbar am Rechner geklebt hätte. »Der Catering-Raum liegt am Ende des Ganges. Jeder kommt im Laufe des Tages da lang und holt sich etwas zu trinken oder zu essen.«

»Jetzt verstehe ich, was du meinst«, sagte Miriam und verzog das Gesicht, als sie sich im Stuhl etwas mehr aufrichtete. »Kannst du über die Mitarbeiter der IT den Kreis nicht eingrenzen? Um welche Uhrzeit wurden die Mails verschickt?«

»Frau, man merkt, dass du dein Geld bei der Polizei verdienst«, sagte Benno mit einem anerkennenden Seitenblick. »Hast du das schon gecheckt, Meister?«

Magnus schüttelte den Kopf. »Anna hat mir dazu nichts gesagt. Aber da hätte ich dran denken können, stimmt. Undercover liegt mir nicht.«

»Anna?« Eliza hob den Kopf. »Duzt ihr euch?«

»Beim Fernsehen duzen sich alle«, meinte Benno leichthin. »Stimmt doch, Meister?«

Magnus nickte. »Jeder duzt jeden. Und immer Küsschen rechts, Küsschen links.« Alle lachten, auch Eliza. »Die Idee ist gut, Miriam. Jemand soll ihren Rechner mal prüfen. Man müsste im Verlauf eine Uhrzeit feststellen können.«

»Das hilft dir nur, wenn zu der Uhrzeit kaum jemand im Haus ist«, dachte Miriam laut nach. »Sonst ist der Personenkreis immer noch zu groß.«

»Rund 80 Mitarbeiter«, sagte Magnus düster.

»Aber nicht jeder hat ein Motiv, deiner Klientin zu schaden«, meinte Eliza. »Oder ist das vielleicht gar nicht persönlich gemeint?«

»Sie befürchtet schon«, sagte Benno. »Ihr Ruf in der Branche steht auf dem Spiel.«

Miriam nickte. »In diese Richtung würde ich die Befragung lenken. Was haben die Mitarbeiter gegen sie? Fühlt sich jemand benachteiligt, unzufrieden mit dem Job, irgendetwas in der Vergangenheit, an das sie selbst keinen Gedanken mehr verschwendet, aber der Betroffene schon?«

»Ich gebe mein Bestes«, brummte Magnus. »Aber ich kann nur indirekt ermitteln, nicht offen. Außerdem hat mir die Redakteurin die Betreuung der Kandidaten aufs Auge gedrückt. Ehrlich gesagt, wollte ich heute das Handtuch werfen.«

Benno und Miriam tauschten einen kurzen Blick, dann wandte sich das Gespräch anderen Themen zu. Während sie zwei Pizzableche leer aßen, erzählte Eliza vom Kreuzbandriss ihrer Schwester, Miriam ließ sich über ihre Schlafprobleme und Rückenschmerzen aus, Benno jammerte über seine Gewichtszunahme, wobei er genüsslich den letzten Rand Pizza aufknabberte, und Magnus erzählte von den musikalischen Ambitionen seiner Finalkandidaten. Als Eliza zum Dessert kleine Gläser mit Erdbeer-Rhabarber-Kompott verteilte, hielt Benno es nicht länger aus.

»Jetzt aber. Erzähl uns alles. Was ist mit Martin Mann passiert? In der Presse hieß es, er sei gestürzt und habe sich das Genick gebrochen.«

»Es sah zumindest so aus.« Magnus ließ den Löffel sinken. »Einfach schrecklich.« Er berichtete, was er von seinem Platz im Jurysessel aus gesehen hatte. Schweigen senkte sich über den Tisch.

»Die Todesursache scheint eindeutig zu sein«, meinte Miriam nach einer Weile. »Mann war stark angetrunken, hat das Gleichgewicht verloren und starb an den Folgen des Sturzes.«

»Woher bist du so gut informiert?«, fragte Magnus verblüfft.

»Weil ich heute noch offiziell zuständig war«, sagte Miriam. »Mein Mutterschutz beginnt erst morgen. Die Kollegen vor Ort haben mir bisher nichts berichtet, was eine weitergehende Ermittlung rechtfertigen würde.«

»Das wird die Verantwortlichen beim Sender freuen«, meinte Magnus trocken. Er gab kurz das Gespräch wieder, das er eben vor der Tür des Konferenzzimmers belauscht hatte.

Eliza war entsetzt. »Himmel, ist das geschmacklos. Es geht nur um die Einschaltquote, oder? Die Angehörigen tun mir leid. War er verheiratet?«

Magnus nickte. »Eine Frau und zwei Kinder, aus erster Ehe. Die Witwe habe ich eben kennengelernt, sie war total aufgelöst.«

»Kein Wunder«, meinte Eliza. »Oh Gott, ich kann mir das gar nicht vorstellen.«

»Sie hat eine Mitarbeiterin beschuldigt, ihn verführt zu haben.«

Miriam wurde hellhörig. »Ach ja? Wen denn?« Sie hob die Hand. »Nein halt, sag mir das später. Hier am Tisch wird ohnehin zu viel getratscht. Auch wenn ich im Mutterschutz bin, immerhin ist es eine Ermittlung.«

»Gibt es eine Obduktion?«, wandte Benno sich an Miriam. »Wenn er betrunken war …«

»Nicht unbedingt.« Sie zögerte. »Wir haben bisher weder von meinen Kollegen bei der Kripo noch von der Spurensicherung einen klaren Hinweis auf Fremdverschulden.«

»War denn jemand in seiner Nähe?«, wollte Eliza wissen. »Er ist doch von oben heruntergefallen?«

Miriam zuckte mit den Achseln. »Da ich nichts weiß, kann ich nichts sagen. Ab morgen übernimmt mein Kollege.«

»Wer denn?«, fragte Benno. »Der Idiot? Eliza, gibt es noch Kompott? Das ist einfach köstlich.«

»Nenn ihn bitte nicht so«, sagte Miriam. »Wenn es beim bisherigen Ermittlungsstand bleibt, können wir die Akten bald schließen.«

»Du sagst doch immer, dass er ein Idiot ist«, murrte Benno. Er machte sich über das übrig gebliebene Kompott her.

Miriam lachte. »Sagen wir mal … ein bisschen eindimensional.«

»Er will deinen Job«, stellte Benno fest.

»Keine Chance«, sagte Miriam selbstbewusst. »In einem Jahr bin ich zurück.«

Magnus glaubte ihr aufs Wort. Er hatte Miriam immer schon für ihre Zielstrebigkeit bewundert. Das beste Abitur ihres Jahrgangs, die besten Abschlussnoten auf der Polizeiakademie, eine Blitzkarriere bei der Kripo und seit fünf Jahren Leiterin einer Mordkommission mit hervorragenden Ermittlungsergebnissen. Er tauschte einen kurzen Blick mit Benno. Zeit für eine Zigarette.

»Wir sind dann mal rauchen.« Benno ging hinter ihm her auf die Terrasse. Vor Elizas Rosensträuchern blieb er bewundernd stehen. »Die sind aber schön. Eliza hat es drauf, Mann«, sagte er. »Garten, Familie, sie kocht fantastisch … und tolle Bilder macht sie auch. Außerdem ist sie die Beste für dich. Wann machst du ihr endlich einen Antrag?«

Das kam aus dem Hinterhalt. Magnus wusste selbst nicht so recht, warum er das Thema weiträumig umschiffte. »Es hat sich noch nicht ergeben«, brummte er. Er drehte mit äußerster Konzentration seine Zigarette. Leider kannte Benno ihn zu gut, um ihm Ausweichmanöver durchgehen zu lassen. »Bleib dran, Meister. Frauen wollen irgendwann Klarheit.«

»Das sagt der Richtige! Wenn Miriam nicht schwanger wäre…« »Würde ich sie auch heiraten«, sagte Benno. »Sie ist es einfach.«

»Wann bist du so konservativ geworden?«

Benno sparte sich die Antwort und brachte seine E-Zigarette in Gang. Nach einer Pause, in der sie schweigend rauchten, meinte Benno: »Mir hätte eine Doppelhochzeit gut gefallen.«

Magnus war baff. »Darum geht es dir?« Er begann zu lachen. »Wann soll die stattfinden?«

»In einem Jahr«, sagte Benno ernsthaft. »Dann ist die Kleine aus dem Gröbsten raus und Miriam muss noch nicht wieder arbeiten.«

»Ich fasse es nicht.« Magnus musste immer noch lachen. »Aus dem Gröbsten raus? Wovon träumst du nachts?«

»Oh, ihr seid gut drauf.« Miriam steckte den Kopf zur Terrassentür raus. »Wir kommen jetzt auch raus. Puh, hier stinkt es. Magnus, kann ich dich mal kurz alleine sprechen?«

Sie ging voraus an das andere Ende des Gartens, an dem ein winziger Mosaiktisch mit zwei Stühlen stand. Schwerfällig ließ sie sich nieder. »Um es kurz zu machen«, sagte sie, »ich habe ein ganz schlechtes Gefühl bei der Sache.«

Magnus war gedanklich noch bei einer Doppelhochzeit und brauchte einige Sekunden, bis er begriff, dass sie nicht Benno meinte.

»Ganz eindeutig waren die Ergebnisse der Spurensicherung und Zeugenaussagen nicht«, fuhr sie fort. »Oben in der Beleuchtung … wie heißt dieser Steg?«

»Der Catwalk? Der führt quer durch die Lichttraversen. Das Gestänge, an dem die Beleuchtung befestigt wird.«

»Du kennst dich schon gut aus«, meinte sie. »Du weißt, dass ich nicht darüber reden darf, aber ich bin in der Zwickmühle. Es gab dort Spuren, die auf andere Personen hindeuten. Ich habe gerade eine E-Mail von der Spusi bekommen.«

»Warum erzählst du mir das?«

Miriam rieb sich an der Nase, offensichtlich verlegen. »Der Kollege, der mich vertreten wird, hat noch nicht genug Erfahrung.«

»Der Idiot?«

»Ich will nicht, dass er mir meine Ermittlung von vorneherein in den Sand setzt«, sagte sie bestimmt. »Er ist schon auf dem besten Weg dahin.«

Magnus lächelte. Miriam hatte »meine Ermittlung« gesagt. Das klang nicht, als ob sie sich schon in den Mutterschutz verabschiedet hätte.

»Du glaubst, er übersieht etwas?«

»Vielleicht sehe ich Gespenster«, sagte sie, »aber als Erstes hat er sich mit den Kripobeamten zerstritten, die heute die Befragung geleitet haben. Er hält es nicht für wichtig, die Kandidaten zu befragen.«

»Sie sind doch mögliche Zeugen, oder nicht?«

»Eben. Zumindest muss geklärt werden, ob sie etwas wissen.«

»Und wie soll ich dir helfen?«

»Benno sagt, du bist noch ein oder zwei Tage vor Ort.«

»Aha?« Das war Magnus neu. »Du hast es gehört, die Geschichte ist völlig aussichtslos. Ich will das Mandat morgen früh aufkündigen.«

»Benno hat deine Klientin überzeugt, dass du eine heiße Spur hast.«

»Wie bitte?« Magnus warf seinem Freund quer durch den Garten einen Blick zu, der ihn töten sollte. Der tat, als sei er mit Eliza ins Gespräch vertieft und ließ den Pfeil abprallen.

»Sei nicht sauer auf ihn, ich habe ihn darum gebeten.«

Magnus sah sie finster an, aber er schaffte es nicht, ihr böse zu sein. Miriam betrachtete interessiert das Muster auf der Tischplatte und wartete.

»Ok. Was soll ich tun?«

Sie hob den Blick und lächelte. »Halte einfach Augen und Ohren offen für mich. Du kennst das Team, du kennst die Kandidaten, du bist mit den Örtlichkeiten vertraut.«

»Und dein Kollege darf das nicht wissen?«

»Auf keinen Fall, er hat keine Ahnung.« Panik klang in ihrer Stimme durch. »Wenn dir etwas auffällt oder du etwas beobachtest: Bitte an mich direkt melden. Oder ruf Jürgen Holtmann an, der leitet es an mich weiter. Er ist ein alter Freund von mir. Er sagt, du hast seine Karte.«

»Wie heißt er denn?«

»Wer?«

»Der, dem ich aus dem Weg gehen soll.«

»Bastian Keller. Wenn ich mich irren sollte, wirst du ihn gar nicht kennenlernen. Aber wie gesagt – ich habe ein komisches Gefühl.«

»Ich allmählich auch.« Er drückte seine Zigarette aus und stand auf.

»Magnus?« Miriam hielt seine Hand fest. »Danke.«

Ihre Gäste verabschiedeten sich recht früh, Miriam fielen die Augen schon zu. Magnus holte für sich und Eliza eine Fleece-Jacke aus dem Flur und sie ließen sich für ein letztes Glas Wein auf der Terrasse nieder. Der süße Duft des dunkelvioletten Flieders, den Eliza beim Einzug hier angepflanzt hatte, hing schwer in der Luft.

»Was wollte Miriam von dir?«

Magnus erzählte ihr eine geschönte Kurzversion.

»Sie will dich in eine laufende Mordermittlung verwickeln? Das gefällt mir nicht.«

»Von Mord war bisher keine Rede«, sagte Magnus und gähnte. Der Tag saß ihm in den Knochen.

»Wenn Miriam ein schlechtes Gefühl hat, gibt es dafür einen Grund.«

Magnus gab ihr im Geheimen recht. Miriam agierte selten rein aus dem Bauch heraus.

»Was spricht dagegen, sich mal umzuhören?«

Eliza schwieg und dachte nach. »Sei vorsichtig. Du weißt nicht, wie jemand reagiert, der sich plötzlich in die Enge gedrängt fühlt.«

Daran hatte Magnus noch keinen Gedanken verschwendet. Er zog Eliza an sich und strich ihr über die Haare. »Sieh es mal so Schatz: Das sind 800 Euro für vier Tage. Und du kannst in Ruhe zu Hause arbeiten, ohne dass ich dir auf die Nerven gehe.«

Sie nickte, wirkte aber nicht überzeugt. »Was ist mit Clara?«

»Sie kann auf sich selbst aufpassen«, sagte Magnus. Er hoffte es zumindest. »Das Praktikum macht ihr einen Heidenspaß. Ich werde den Teufel tun, ihr das zu verbieten.« Magnus stand auf, streckte sich und reichte ihr die Hand. »Was ist jetzt, Weib, kommst du mit ins Bett?«

DONNERSTAG, 17. MAI

Nach einer unruhigen Nacht fühlte Magnus sich morgens noch etwas benommen. Eine ausgiebige Dusche und ein kleines Frühstück vertrieben den Nebel in seinem Kopf und er machte sich daran, seine bisherigen Notizen zu ordnen und neue Fragen aufzuschreiben, die ihm in den Sinn gekommen waren. Er rief Maria von der Weide um halb neun an, um seine Aufgaben für den Tag zu erfragen. Sie klang ungewohnt freundlich.

»Es wäre nett, wenn du die Kandidaten um 12 Uhr abholen könntest. Und Jamila hat nach dir gefragt. Bei der hast du einen Stein im Brett.« Sie lachte. »Ich habe ihr gesagt, sie soll sich ein Taxi nehmen. Dann musst du nicht hetzen.«

Magnus war verblüfft über so viel Entgegenkommen. »Das heißt, wir ziehen die Probe heute so durch wie gestern geplant?«

»Wir müssen es diesmal mit einer Ablaufprobe schaffen«, sagte sie. »Es geht nicht anders. Wir hatten schon Schlimmeres.«

Schlimmeres als einen Toten auf der Bühne?

»Ist die Polizei im Haus?«

»Nein, warum?« Ihre Stimme klang wieder reserviert. »Es ist doch alles geklärt. Bis später.«

Magnus fragte sich nach dem Gespräch, in welcher Blase die Leute lebten. Was war denn geklärt? Jemand fiel tot und betrunken auf die Bühne und sie hatten nichts anderes im Kopf, als Ersatz zu suchen. Keine Spur von Bedauern oder Mitgefühl. Oder lag es am Opfer selbst? War er so unbeliebt, dass ihm keiner eine Träne nachweinte? Magnus wollte das nicht glauben. Die Alternative war aber nicht viel besser: »The Show must go on« war scheinbar mehr als eine Redewendung. Vielleicht betraf das nur die Verantwortlichen für die Produktion. Magnus hatte schließlich noch keine Gelegenheit gehabt, mit anderen zu sprechen. Er dachte an das entsetzte Gesicht von Jamila, als er neben ihr in der Jury gesessen hatte. Die Kandidaten schienen dagegen nicht allzu betroffen zu sein. Oder wie sollte er sich erklären, dass sie gestern schon wieder fröhlich auf der Dachterrasse musiziert hatten? Er selbst kannte Martin Mann nur von zwei Autofahrten und empfand mehr Mitgefühl für den Toten als alle Beteiligten zusammen. Drei Dinge nahm er sich für heute vor: Er würde versuchen herauszufinden, wer aus dem Team Martin Mann besser gekannt hatte. Oder wem etwas Ungewöhnliches aufgefallen war. Schließlich war er von Anfang an als Jurymitglied dabei gewesen. Wenn Miriam richtig lag, und die Kripobeamten hatten die Finalisten nicht mehr befragen können, würde er sich eben selbst unauffällig umhören. Sie mochten ihn und respektierten ihn als Musiker. Das würde helfen, hoffte er. Außerdem: Was war mit Lisa und der Witwe los? Er brauchte ein Klatsch und Tratsch aus der Produktion. Zweitens: Irgendwer musste ihn doch kurz vor seinem Tod gesehen haben. Bisher wusste er nur, dass Milan mit ihm gesprochen hatte. Wer noch? Drittens würde er sich um die angeblich heiße Spur kümmern müssen, die er in Sachen Anna Voss hatte. Zuerst jemanden vom IT-Service, der Rest war Improvisation. Damit würde er beginnen. In seine Pläne für den Tag hinein tönte das »Pling« einer neuen Nachricht. Clara fragte an, ob er sie zum Studio mitnehmen könne. Er antwortete, er würde in einer halben Stunde losfahren.

Sie erschien blass und nervös auf der Türschwelle. Ihre Haare waren noch feucht vom Duschen. »Warum fährst du heute so früh?«

»Du hast noch Zeit genug für ein Croissant.«

»Wo ist Eliza?«

»Schon bei einem Kunden, glaube ich.« Magnus stellte ihr hastig einen Teller auf den Tisch und schob ihr die Butter zu. Ohne Frühstück war mit Clara nicht gut Kirschen essen. Sie war ihm manchmal ähnlicher, als ihm lieb war.

»Mist. Weißt du, wann sie heute wiederkommt?«

»Nein. Schreib ihr doch eine Nachricht. Worum geht es denn?«

Clara schüttelte den Kopf. »Ein andermal.« Sie wirkte beunruhigt. Magnus hätte gerne gewusst, was ihr auf der Seele lag, aber er wusste, sie würde nichts sagen. Er verspürte einen Stich Eifersucht auf Eliza, dann rief er sich innerlich zur Ordnung. Er sollte froh und glücklich sein, dass die beiden so ein gutes Verhältnis pflegten.

»Wie geht es eigentlich Carolin?«, fragte er, als sie in den Volvo eingestiegen waren.

»Mama ist immer noch auf einer Fortbildung. Sie kommt erst am Wochenende zurück.«

Das bedeutete, Clara brauchte einen Erwachsenen zur Aussprache. Bestimmt ein Frauenthema. Magnus insistierte nicht weiter und konzentrierte sich auf den dichten Verkehr auf der Luxemburger Straße.

»Warum fährst du heute so früh?« Clara klappte den Spiegel über dem Beifahrersitz herunter. »Du hast mir nicht geantwortet. Hilfe, wie sehe ich denn aus?« Hastig begann sie in ihrer Handtasche zu kramen.

»Ich will heute mit einigen Leuten wegen meiner Ermittlung sprechen.« Magnus versuchte es mit einer Halbwahrheit. Dass er einen weiteren Auftrag von Miriam ausführte, musste Clara nicht wissen. Clara verteilte Make-up mit den Handflächen über ihr Gesicht. Eine Fingerspitze streifte den Rand ihres gelben T-Shirts am Ausschnitt. »Mist! Das geht nur mit Waschen raus«, jammerte sie. »Das Shirt hat Rebecca mir geliehen.«

»Wann seid ihr gestern nach Hause geschickt worden?«

»Keine Ahnung, ich habe nicht auf die Uhr geguckt. Vielleicht vier Uhr? Wir waren danach noch Kaffee trinken. Rebecca war total fertig deswegen.«

»Ich dachte, sie mochte Martin Mann nicht?«

»Na und? Deswegen muss er ja nicht tot rumliegen, oder?«

Magnus verkniff sich ein Grinsen. »Das stimmt natürlich. Was wollten die Polizisten denn von euch wissen?«

»Das, was sie alle gefragt haben. Ob wir ihn in der letzten halben Stunde vor der Probe gesehen hätten. Haben wir aber nicht. Danach durften wir gehen.«

Kein Wunder, dass die Befragungen schon abgeschlossen waren, als Magnus zurückkam. Aus Sicht der Polizei gab es zunächst keinen Anlass, weitergehende Fragen zu stellen. Er setzte Clara, die es sehr eilig hatte, am Haupteingang ab, parkte den Volvo, schnappte sich seine Tasche mit dem Notizbuch und folgte ihr.

Es war erst neun Uhr, aber alle Büros waren voll besetzt. Er schnappte Fetzen von Telefonaten auf, während er darauf wartete, mit Anna sprechen zu können.

»Was heißt das, er landet erst um drei Uhr? Dann beginnt die Probe! Ich versuche umzubuchen. Ja.« Das war Feli. Sie legte auf und wählte die nächste Nummer. Magnus vermutete, dass es um den Ersatz für Martin Mann ging. Jana winkte ihm flüchtig zu, auch sie sprach in den Hörer. »Er ist wieder fit, soweit ich weiß. – Nein, warum?«

»Schweigeminute? – Das halte ich für eine gute Idee.« Das war seine Klientin. »Damit zeigen wir, dass wir betroffen sind. – Das passt in den Ablauf. Wir machen das passend.« Anna lachte und legte auf. Magnus grüßte, griff in den Pappkarton auf ihrem Schreibtisch und nahm sich den Ablaufplan. Jemand hatte das Datum von gestern gegen das Datum von heute ausgetauscht. Statt »Martin Mann« stand »N.N.« auf dem Plan. So schnell ging das, dachte Magnus.

»Komm doch während der Probe mal kurz rein«, raunte Anna ihm zu. »Ich bin gespannt auf deinen Bericht.«

Magnus nickte, sie meinte die angebliche heiße Spur. Er würde sich etwas aus den Fingern saugen müssen. Das erinnerte ihn an eine seiner drei Tagesaufgaben. »Ich brauche einen Ansprechpartner bei eurem IT-Service«, sagte er leise. Anna schrieb ihm eine Durchwahl auf ein Post-It. Magnus rief dort vom Catering-Raum aus an und erklärte sein Anliegen. Der Mitarbeiter versprach zurückzurufen.

Auf dem Rückweg nach draußen wurde Magnus unfreiwillig Zeuge einer Szene zwischen Lisa und dem Kameramann mit der Glatze, der ihn gestern vor Probenbeginn weggescheucht hatte. Sie sprach leise und hastig auf ihn ein. Ihr hübsches Gesicht war blass, die Haare trug sie nachlässig zusammengebunden, und unter ihren geröteten Augen zeichneten sich dunkle Ringe ab. Die böse, böse Lisa sah ziemlich mitgenommen aus. Wer könnte ihm etwas über Lisa erzählen? Die Witwe selbst konnte er schlecht befragen. Ob seine Klientin in diesem Punkt gesprächig war? Magnus bezweifelte es. In diesem Moment brach Lisa in Tränen aus. Der Kameramann sprach beruhigend auf sie ein und nahm sie dann fest in die Arme, bis das Weinen verebbte. Der unhöfliche Piet hatte vielleicht auch weichere Seiten. Er warf Magnus einen Blick zu, den er nicht deuten konnte. Der nahm sich vor, die Ohren offen zu halten. Irgendetwas war da im Busch. Magnus wandte sich zum Ausgang. Zeit, den nächsten Auftrag zu erledigen. Er startete den Motor und fuhr nach Ehrenfeld.

Auf sein Klingeln reagierte niemand. Auch nicht auf das zweite, dritte und vierte. Magnus checkte die Uhrzeit auf seinem Handy: Viertel vor zehn. Wahrscheinlich waren alle noch im Tiefschlaf, damit beschäftigt, ihre Eindrücke von gestern im Traum zu verarbeiten. Vor dem fünften Klingeln bewog ihn ein keuchendes Geräusch, sich umzusehen.

»Du bist früh dran«, sagte Jojo und versuchte seinen Atem unter Kontrolle zu bringen. Er trug Trainingskleidung, ein Schweißband in den Farben von Jamaika und die teuersten Laufschuhe, die im Handel zu finden waren.

»Verdammt sportlich«, meinte Magnus.

»Das war schon besser«, japste Jojo. »Im letzten Jahr war ich nach dem Endspurt nicht so außer Puste. Aber irgendwann muss man sich entscheiden: Sport oder Musik.« Er klimperte mit den Schlüsseln. »Zumindest hilft eine gute Lungenkapazität beim Singen.«

Oben war es still, nur hinter einer Tür auf der Galerie erklang ein leiser Gitarrenlauf, den Magnus kannte. Es war der Flamenco, den Milan als Letztes mit ihm geübt hatte. Also waren schon zwei wach. Jojo verschwand in der Dusche, nachdem er Magnus gezeigt hatte, wie er sich an der kompliziert aussehenden Kaffeemaschine einen Cappuccino zubereiten konnte. Er schlenderte auf die Dachterrasse, trat zum Geländer und ließ seinen Blick über die Dächer von Ehrenfeld schweifen. Es war noch kühl, aber der Tag versprach ähnlich schön zu werden wie der gestrige. Magnus maß mit den Augen die Silhouette des Fernsehturms ab, der circa einen Kilometer Luftlinie entfernt lag. Auf einem angebauten Balkon zwei Stockwerke tiefer beobachtete er eine mollige Frau, die ein Katzenklo saubermachte. Der Balkon war mit einer Art Gitter eingefasst.

»Sie hält sich zwei Nacktkatzen.« Jojo stand mit einem Glas, in dem ein grünliches Getränk schimmerte, barfuß neben ihm, ein Handtuch um den Nacken gelegt. Magnus hatte ihn nicht kommen hören. Er roch nach einem herben Shampoo. »Willst du auch einen Smoothie? Schmeckt nicht schlecht, wenn einen der Koriandergeschmack nicht stört.«

»Nein danke«, wehrte Magnus ab. »Nacktkatzen?«

»Da, jetzt kannst du sie sehen.« Jojo deutete mit dem Zeigefinger in eine Ecke des Balkons. Magnus erkannte ein Tier, das einer Katze sehr ähnlich war, aber kein Fell hatte. Es tat ihm spontan leid.

»Eine Züchtung aus China« sagte Jojo. »Für Leute, die Katzenallergien haben, aber unbedingt Katzen halten wollen.«

»Was für ein Schwachsinn.«

»Du sagst es«, meinte Jojo, leerte sein Glas mit einem Zug und verzog das Gesicht. »Und – was geht heute im Studio ab? Hast du die Übersicht?«

»Der Plan ist derselbe wie gestern«, sagte Magnus. »Die Probe wird durchgezogen.«

»Ziemlich herzlos, findest du nicht? Ich meine, natürlich will ich die Liveshow, wir alle wollen das, aber hey – jemand ist gestorben.«

»Gestern hatte ich den Eindruck, ihr kommt ganz gut damit klar«, sagte Magnus trocken und balancierte seine halb volle Tasse auf dem Geländer so aus, dass sie nicht herunterfiel.

»Der eine mehr, der andere weniger«, sagte Jojo und suchte nach den richtigen Worten. »Geschockt waren wir alle. Aber mal ehrlich, mir war der Typ egal. Ich bin für die Show der nette Quoten-Schwarze, so wie Heiko der Quoten-Opa ist, damit sie sagen können ›Seht ihr? Talente findet man überall.‹ Ich hatte von Martin Mann nichts zu erwarten, aber ich werde es auch ohne ihn schaffen.«

»Habe ich meinen Namen gehört?« Heiko trat auf die Terrasse und rieb sich den Schlaf aus den Augen. »Meister, was machst du schon hier?«

»Er findet, wir hätten zu cool auf den Unfall reagiert«, sagte Jojo.

»Stimmt ja auch«, gab Heiko zu. »Wir kommen dir wie eine Truppe Egomanen vor, stimmt's?«

Magnus zuckte die Achseln. »Schon klar, dass ihr unter Stress steht. Aber ich hatte einfach mehr Anteilnahme erwartet.«

»Tja, Fehlanzeige«, sagte Heiko. »Außer Sascha und Melissa wird ihn niemand von uns vermissen. Im Gegensatz zu dir hatten wir schon Gelegenheit, ihn kennenzulernen. Ein aalglatter Businesstyp, wenn du mich fragst.«

»Wie meinst du das?«, fragte Magnus.

»Vor einem Kaffee meine ich gar nichts.« Heiko drehte sich abrupt um und verschwand in Richtung Küche.

»Er meint, dass alles schon vorher abgesprochen ist«, sagte Jojo. »Wer weiterkommt und so. Letztlich ist das Votum des Produzenten ausschlaggebend. Du kennst die 60/40-Regel?«

Magnus nickte. »Zu 60 Prozent entscheidet die Jury, zu 40 Prozent das Publikumsvotum.«

»Jetzt stell dir vor, dass die Jury genauso eine Fake-Veranstaltung ist wie die Kandidatenbesetzung.«

Magnus brauchte einen Moment, um die Information zu verdauen. »Martin Mann hat alleine entschieden?«

»Du hast es begriffen«, sagte Heiko, der mit einem Kaffee zurückgekehrt war und die letzten Worte mitgehört hatte. Er ließ sich auf einen der Sitzhocker fallen und sah sich um. »Oh Mann, ist das hier ordentlich. Danke, Jojo.«

Magnus musste das Gehörte erst verarbeiten. Eine gigantische Maschinerie wurde in Gang gesetzt, um eine Show auf die Beine zu stellen, Kandidaten wurden gesucht, Castings anberaumt, alleine für das Camp auf Mallorca wurden Zigtausende Euro verpulvert, ein Studio gemietet, eine Produktionsfirma eingekauft und dann stand das Ergebnis schon fest? Das war um Längen zynischer, als Magnus angenommen hatte. Trotzdem: Das alleine machte Mann aber noch nicht zu einem aalglatten Typen, wie Heiko ihn genannt hatte. Der Produzent war sicher derjenige, der die Marktfähigkeit eines Songs am besten beurteilen konnte. Vom Ergebnis her betrachtet, konnte es sinnvoll sein, seinem Votum mehr Gewicht zu geben. Erschreckend fand Magnus eher die Täuschung des Publikums und der Öffentlichkeit, die keine Ahnung von diesen Vorgängen hatte.

»Wusstet ihr alle darüber Bescheid?«, wollte er wissen.

»Seit Mallorca – ja. Wir waren aber nicht so überrascht wie du«, sagte Heiko.

»Na ja, Milan und Jason sind hintenübergefallen«, widersprach Jojo. »Die anderen haben mehr Vorerfahrungen mit Castings und Wettbewerben gehabt. Bei jedem dämlichen Bandcontest an der Schule gibt es Absprachen.«

»Habt ihr Martin Mann kurz vor seinem Unfall noch gesehen?«, fragte Magnus. »Es kann sein, dass die Polizei euch fragen wird.«

Jojo und Heiko tauschten einen kurzen Blick. Dann schüttelten sie synchron den Kopf.

»Wir waren die ganze Zeit in der Lounge, seit du uns abgeliefert hast«, sagte Heiko. »Wir haben uns schon gewundert, warum uns keiner fragt.«

Magnus kannte den Grund, aber er konnte sich schlecht dazu äußern, dass ein oberflächlich arbeitender Kripobeamter Zeugen vergaß. Er war sich sicher, dass Heiko ihn anlog.

»Warum interessiert dich das?«, wollte Jojo wissen. »Hast du was mit der Polizei zu tun?«

Magnus schüttelte den Kopf, auf diese Frage war er vorbereitet. »Die Redakteurin hatte mich gestern gebeten, ein Auge auf euch zu haben. Das ging aber nicht, weil ich noch jemanden abholen musste.«

»Die schöne Jamila«, sagte Jojo. Über seine Augen legte sich ein Glanz.

»Wir haben dich alle beneidet«, sagte Heiko. »Sie hat nach dir gefragt, als du – keine Ahnung, wo du warst.«

»Als du Florian gesucht hast, war sie kurz da«, sagte Milan, der soeben dazukam. Er setzte sich, vorsichtig eine Schüssel mit Müsli balancierend, in die Hollywoodschaukel.

»Was ist das Grüne in deiner Pampe?«, fragte Heiko und wies mit dem Zeigefinger angewidert auf die Schüssel.

»Kiwisaft oder so. Du solltest auch mal umsteigen, deine ewigen Weizenbrötchen …« Er begann zu husten. »Leute, was ist das, Koriander mit Chili? Jojo, was hast du in den Smoothie gemixt?«

Heiko und Jojo bogen sich vor Lachen. Magnus grinste, froh, dass er den Drink nicht probiert hatte.

»Wenn euch Jamila so gut gefällt«, sagte er in die Runde, »habe ich gute Neuigkeiten für euch. Sie will heute Abend unbedingt ausgehen.«

»Wir kommen mit!« – »Super!« – »Ich weiß schon, wo wir die Runde anfangen können.« – »Das ist mal eine gute Nachricht.«

»Bist du sicher, dass sie nicht nur mit dir ausgehen will?«, fragte Heiko.

»Ich glaube, sie will einfach nicht alleine im Hotel sein«, antwortete Magnus. Ganz sicher war er sich nicht.

»Kein Problem für uns.« Jojo schlug sich in gespielter Ritterlichkeit vor die Brust. »Wir werden der Lady den Abend ihres Lebens bereiten.«

»Von welcher Lady sprecht ihr?« Maja blinzelte in die Sonne, stolperte fast über die Türschwelle und konnte sich im letzten Moment am Türrahmen abfangen. »Mist, ich bin noch nicht wach.«

»Wir treffen uns mit Jamila! Wir treffen uns mit Jamila!« Jojo drehte sich um die eigene Achse, improvisierte ein Tänzchen und begann zu rappen.

»She is the dark Queen of my heart
Sunshine in her eyes
I'll make a new start
She would never tell me lies«

Alle lachten und applaudierten.

»Der Meister hat's klargemacht«, sagte Heiko, Anerkennung in der Stimme.

»Ich gehe erst mal frühstücken, hier ist es mir zu voll«, meinte Maja und zog sich zurück. Die Türklingel läutete, dreimal kurz, dreimal lang.

»Nicht jetzt schon«, stöhnte Heiko. »Das verkrafte ich nicht vor elf Uhr.«

»Wir geben ihm einfach deinen Smoothie, Jojo«, grinste Milan.

»So was Gesundes trinkt der nicht«, meinte Jojo, steckte den Kopf durch die Tür und brüllte nach drinnen. »Melissa! Besuch!«

»Ich habe schon aufgemacht«, rief Maja aus dem Flur. »Ist die Dusche frei?« – »Ich gehe mir mal etwas anziehen.« – »Hat jemand mein Stimmgerät gesehen?«

Die Runde löste sich innerhalb von 30 Sekunden auf und Magnus fand sich zu seiner Überraschung mit einem Rest lauwarmen Cappuccinos alleine am Geländer der Dachterrasse wieder. Bevor er den Grund verstand, näherten sich schwere Schritte durch den Flur.

»Wo ist er? Ich habe dat Auto gesehen.« Matthias' kratzige, dunkle Stimme dröhnte durch die Wohnung. Maja antwortete leise, Magnus konnte nicht hören, was sie antwortete, aber freundlich klang es nicht.

»Komm mir nicht blöd, Mädchen. Das ist eine Sache unter Männern.«

Matthias warf einen Blick auf die Terrasse, sah Magnus, war mit zwei Schritten bei ihm am Geländer und pflanzte sich vor ihm auf. Unter den Tattoos an den Oberarmen spielten die Muskeln.

»Verstecken ist sinnlos.«

»Was willst du von mir?« Magnus war nicht im Mindesten eingeschüchtert. Mit solchen Typen war er aufgewachsen.

»Du hast jesagt, du passt auf sie auf.«

»Blödsinn, habe ich nicht. Wenn du rund um die Uhr einen Bodyguard für deine Tochter brauchst, musst du einen anstellen.«

Matthias stellte die Arme rechts und links neben Magnus auf das Geländer und kam mit dem Gesicht so nah an ihn heran, dass er die geplatzten Äderchen in seinen Augen hätte zählen können. Matthias stank nach Schweiß und Rauch. Die Umrandung des Geländers drückte Magnus ins Kreuz.

»Wir hatten eine Vereinbarung.«

»Nimm deine Pfoten da weg.«

»Sonst?«

»Könnte dir gleich was wehtun.«

»Papa! Was soll das?« Melissa tauchte im Türrahmen auf, die hellblauen Augen ungläubig aufgerissen. Magnus nahm wie ein Standbild ihren Anblick in sich auf. Die langen, dunkelblonden Locken waren zerzaust und über ihre rechte Wange zog sich eine Falte, der Abdruck eines Kissens vermutlich. Sie dürfte eben erst wach geworden sein. In ihrem hellblauen Schlafanzug mit aufgedruckten Zebras sah sie keinen Tag älter als zwölf aus.

»Geh rein, Mäuschen«, sagte Matthias ohne sich umzudrehen. »Wir haben eine Besprechung.«

»Lass ihn in Ruhe. Er ist in Ordnung.« Ihre klare Anweisung klang wie die einer erfahrenen Barfrau, die aufgebrachte Männer am Tresen beruhigt. Den Kontrast zu ihrer Erscheinung im Schlafanzug hätte Magnus in einer anderen Situation komisch gefunden.

»Das kannst du nicht wissen.« Matthias fixierte Magnus mit den Augen, aber der Griff seiner Arme auf das Geländer entspannte sich. Magnus nutzte den Vorteil, um einen Arm wegzuschlagen und sich mit einer halben Drehung aus der Position zu befreien. Seine Tasse flog dabei über das Geländer und zerschellte auf dem Asphalt des Hinterhofs. Matthias war überrascht und versuchte ihn wieder zu packen, aber Magnus hatte schon zu viel Abstand zwischen sich und ihn gebracht.

»Was ist hier los?« Sascha tauchte hinter Melissa auf, erfasste die Situation in Sekundenschnelle, schob Melissa zur Seite und trat unerschrocken auf Matthias zu. »Hör auf damit.«

Das war der erste vernünftige Satz, den Magnus von dem Jungen hörte. Matthias' Reaktion darauf überraschte ihn mehr als der Ausfall zuvor. »Irgendeiner muss sich ja kümmern«, sagte er, seine Stimme klang aber defensiv.

»Lass ihn in Ruhe. Lass uns in Ruhe. Sie kann auf sich selbst aufpassen.«

»Von wegen«, brummte Matthias, aber er trat den Rückzug an. Im Türrahmen drehte er sich um und drohte Magnus mit der Faust.

»Wir sind noch nicht fertig.« Sekunden später fiel die Haustür mit einem Krachen ins Schloss.

»Was war das?«, fragte Sascha und sah Magnus mit hochgezogenen Augenbrauen an.

»Du weißt doch, wie er ist«, meinte Melissa.

Sascha beachtete sie nicht. »Welches Problem hat er mit dir?«

Magnus zuckte die Achseln. »Ich denke nicht, dass ich das Problem bin.« Er sah keinen Anlass, Sascha von dem Gespräch mit Matthias am Vortag zu berichten. Er ärgerte sich über sich selbst, dass er Matthias gegenüber seinen guten Willen kundgetan hatte, ein Auge auf Melissa zu haben. Dem Typen reichte man den kleinen Finger und er renkte einem dafür den Arm aus. Er hätte es besser wissen müssen.

»Ich habe Hunger«, sagte Melissa. »Kann ich euch alleine lassen?«

Sie bekam keine Antwort und ging hinein.

»Du hast ihn gut im Griff«, sagte Magnus.

»Ich mag Melissa sehr«, antwortete Sascha. Seine Gesichtszüge entspannten sich. Er ließ sich auf einen der Sitzhocker fallen. »Matthias hat Paranoia, aber er ist im Grunde in Ordnung. Er weiß, dass ich sie auf jeden Fall beschützen würde. Das respektiert er. Hast du sie komisch angeguckt oder so?«

»Um Himmels willen, nein.« Magnus zögerte und entschloss sich dann doch zur Offenheit. »Er wollte, dass ich ein Auge auf sie habe.«

Sascha begann zu lachen. »Das versucht er bei jedem, den er mag. Du hast ihn enttäuscht.«

»Und wenn schon. Ich bin doch kein Kindergärtner«, knurrte Magnus.

»Es hat ihn hart getroffen, als die Redaktion ihm Hausverbot erteilt hat.« Sascha kratzte sich am frisch rasierten Kinn. »Seitdem schlägt er fast jeden Tag unter irgendeinem Vorwand hier auf.«

»Ist er weg? Ich habe Angst vor dem Kerl.« Florian betrat die Terrasse, blass und unausgeschlafen, nur mit einer Jeans und Flip-Flops bekleidet. Er trug ein Glas mit dem gefährlichen grünen Smoothie in der Hand und kniff die Augen zusammen. »Die Sonne ist zu grell.«

»Ich erzähle gerade, dass Matthias uns stalkt«, meinte Sascha. »Du siehst grauenhaft aus. Mach doch mal Sport. Du hast ja Hühnerbrüste.«

Florian ignorierte seine Provokation. »Er folgt uns auf Schritt und Tritt. Wir haben regelrechte Strategien entwickelt, um ungestört zu sein. Treffpunkt am Catwalk, 15.00 Uhr.«

Saschas Augen schickten eine Warnung zu Florian, aber Magnus hatte schon angebissen.

»Catwalk? Die Stelle, von der Martin Mann abgestürzt ist?«

»Wir haben Majewski bestochen, damit er ein Auge zudrückt«, sagte Florian. »Warum soll er das nicht wissen?«, fuhr er Sascha an. »Von uns war gestern niemand oben, oder?« Er nahm einen großen Schluck aus dem Glas.

»Wen habt ihr bestochen?«, fragte Magnus.

»Den Beleuchtungsmeister. Rainer Majewski«, sagte Sascha.

»Habt ihr Martin Mann gestern vor der Probe gesehen?«, fragte Magnus.

Sascha schüttelte den Kopf. »Nur ganz kurz im Catering-Raum, als ich mir einen Energy-Drink aus dem Kühlschrank geholt habe. Aber wir haben nicht miteinander gesprochen.«

Florian lief rot an und begann zu husten. »Zur Hölle – was ist das?« Er hielt das Glas mit einigem Abstand vor sich. »Jojo, ich bringe dich um!«

»Chili und Koriander«, belehrte Magnus ihn und grinste, dann wurde er wieder ernst. »Die Spurensicherung hat gestern oben alles auseinandergenommen«, sagte er. »Ihr solltet der Polizei sagen, dass das euer Treffpunkt war.«

»Scheiße«, sagte Sascha bestürzt. »Dann bekommt Majewski Ärger.«

Florian konnte nicht antworten, er war zu sehr damit beschäftigt, wieder Luft zu bekommen. Magnus machte sich eine Notiz im Kopf. Mit dem Beleuchtungsmeister würde er sprechen müssen. Er sagte den anderen, dass er unten auf sie warten würde, Abfahrt in 30 Minuten. Niemand protestierte. Das Letzte, was er mitbekam, bevor die Haustür sich schloss, waren Jojo und Heiko, die an die Zimmertüre von Jason hämmerten. Er hatte den halben Morgen verschlafen. Magnus eilte die Treppen hinunter und rief Miriam an.

»Jetzt verstehe ich die E-Mail von gestern«, sagte Miriam nach seinem Bericht. »Mit den Augen der Spurensicherung betrachtet, muss es da oben wie eine Müllkippe ausgesehen haben. Wenn sich die Kandidaten dort getroffen haben, ist das eine verdammt gute Erklärung dafür.«

»Normalerweise ist der Zugang nur für die Beleuchter erlaubt«, sagte Magnus, der sich an seinen ersten Rundgang mit Lisa erinnerte.

»Was ist da oben eigentlich so interessant?«, wollte Miriam wissen.

»Keine Ahnung. Ich werde es mir ansehen.«

»Bleib dran«, sagte sie. »Das hilft mir wirklich.«

*

Magnus brachte die Kandidaten zum Studio und lieferte sie mit ihrem Auftrittsgepäck in der Lounge ab. Am Redaktionsbüro schlich er mit eingezogenem Kopf vorbei, damit Maria von der Weide ihn nicht mit neuen Zusatzaufträgen belästigen konnte. Er brauchte heute freie Bahn für seine Pläne. Er warf einen Blick ins Produktionsbüro, wo er eine müde Jana vorfand.

»So, geschafft. Der Moderator ist wieder fit, den hat es echt umgehauen gestern.« Sie rieb sich die Augen. »Der Ersatzmann für die Jury kommt in einer Stunde, er fährt sozusagen mit dem Taxi direkt in die Maske. Und Elena ist vorübergehend kaltgestellt. Zum Glück ist es nur eine Probe.«

»Beeindruckend, wie schnell ihr den Laden wieder ins Laufen bringt«, sagte Magnus. »Was hältst du von einem Latte macchiato?«

Sie strahlte. »Wenn du ihn mir holst … ich muss am Telefon bleiben. Die anderen essen gerade. Marco ist wieder gesund. Er kann dir einige Aufgaben abnehmen heute. Jamila war ganz enttäuscht, dass sie nicht von dir abgeholt wird.«

Magnus grinste und verschwand in den Catering-Raum, um Kaffee und für sich ein Wasser zu holen. Nach kurzer Überlegung nahm er noch zwei Marzipanschnecken mit, die ihn von einem Tablett anlachten.

»Wow, du errätst meine geheimen Wünsche«, lachte Jana, als er zurückkam. »Eigentlich bin ich auf Diät … was soll's. Her damit.« Sie biss herzhaft in das Teilchen und schloss die Augen. »Hm, lecker. Das habe ich mir verdient. Am schlimmsten war die Witwe.«

»Verständlich, oder? Sie hat gerade ihren Mann verloren«, meinte Magnus mit vollem Mund.

»Sie hat sich wie eine Besessene aufgeführt und wollte Lisa an die Gurgel. Das ist doch nicht normal!«

Magnus dachte an Elenas gestrigen Auftritt. »Was hat sie denn gegen Lisa?«

»Sie hat ihn angeblich verführt. Totaler Unsinn, wenn du mich fragst. Man soll ja über Tote nichts Schlechtes sagen …«

»Aber?«

»Falls sie was miteinander hatten, was ich nicht weiß,

Martin Mann war nicht der Typ, der eine Gebrauchsanleitung zum Seitensprung brauchte.«

Das war eine interessante Info. »Woher weißt du das?«

Sie sah ihn an wie einen Zwölfjährigen, der noch an den Weihnachtsmann glaubt. »Liest du keine Zeitung? Mann hat noch nie etwas anbrennen lassen. Die Ehe war schon länger auf der Kippe. Natürlich wusste Elena Bescheid über seine Eskapaden.«

Magnus verzichtete auf eine Erklärung für sein mangelndes Interesse an Promi-Klatsch. »Hat er es noch bei anderen versucht? Bei dir zum Beispiel?«

Sie lachte, aber es klang etwas bitter. »Schau mich doch an. Ich bin nicht sein Typ.«

Magnus wusste nicht, was er darauf erwidern sollte, und verfluchte sein fehlendes Feingefühl. Er dachte, mit einer anderen Brille, einer netteren Frisur und vorteilhafterer Kleidung würde Jana nicht übel aussehen. Aus der unangenehmen Situation erlösten ihn Anna Voss und Feli Hillmann, die mit glänzenden Augen das Büro betraten.

»Wie hast du das gemacht, Jana?«, wollte Anna wissen.

»Sie hat mich sogar angelächelt! Zum ersten Mal!« Feli Hillmann schien fassungslos. »Verrat uns dein Geheimnis!«

Jana wurde rot vor Freude. »Das habe ich von euch gelernt! Gib dem Kunden, was er braucht. Und was braucht Elena am meisten? Na?«

»Aufmerksamkeit!«, sagten die drei im Chor und lachten.

»Schön, aber wie?«, fragte Feli.

Jana kicherte. »Ich habe sie zur Ablenkung mit Marco ins beste Eiscafé in der Altstadt geschickt. Dort warten sie, bis seine Exfrau und die Söhne ankommen.«

»Das erklärt alles«, sagte Anna. »Gut gemacht.«

Magnus verstand nur Bahnhof, bis Feli ihn erlöste. »Marco ist unsere Geheimwaffe bei Frauen. Ihm widersteht keine.«

»Ein Sahneschnittchen«, sagte Jana träumerisch.

»Und dabei einfühlsam und treu wie Gold«, seufzte Anna. Sie brachen in Gelächter aus.

»Lisa wird dir auf ewig dankbar sein«, meinte Feli. »Die Show kann beginnen.«

»Wofür soll ich dankbar sein?« Lisa steckte den Kopf zur Tür herein. Sie sah nicht viel besser aus als vor zwei Stunden. Ihre beigefarbene Bluse unterstrich eher ihre Blässe, als dass sie von ihr abgelenkt hätte.

»Jana hat dir Elena vom Hals geschafft. Ich konnte ihr angesichts der Umstände kaum Hausverbot erteilen.«

Lisa quittierte das mit einem matten Nicken in Janas Richtung. »Ich glaube, ich weiß, wer gestern die Presse so früh informiert hat«, sagte sie. »Da wollte sich jemand was dazuverdienen.« Jetzt erst registrierte sie Magnus' Anwesenheit. »Das muss aber unter uns bleiben.«

Magnus begriff und stand auf. »Ich gehe zu den Kandidaten in die Lounge«, sagte er, obwohl ihn die undichte Stelle brennend interessiert hätte. Er hörte noch Feli sagen, alle hätten die Verschwiegenheitserklärung unterzeichnet, dann schloss sich die Tür zu seinem Bedauern hinter ihm. Während er noch überlegte, was als Nächstes auf seinem Plan stand, vibrierte sein Handy. Der IT-Mitarbeiter, den er wegen der falschen E-Mail kontaktiert hatte, rief zurück.

»Die betreffende E-Mail mit der Meldung an die Presse ist am 7. Mai um 12.54 Uhr verschickt worden«, sagte er. »Ich hoffe, das hilft Ihnen weiter.«

Magnus bedankte sich. Das half leider kein bisschen weiter. Um 13 Uhr waren alle Mitarbeiter der Produktion und Redaktion anwesend, ebenso das restliche Team. Das half nicht, den Personenkreis einzugrenzen, wie er gehofft hatte. Er sah auf die Uhr. 13.15 Uhr. Mittagszeit. Ihm kam ein Gedanke. Um diese Zeit gingen Anna und ihre Kollegen oft zum Essen. Das bedeutete, jemand wusste das und hatte die Zeit der Abwesenheit genutzt, um an den Rechner zu gehen. Dreist, aber möglich. Das schloss zumindest die Mitarbeiter aus dem Produktionsbüro aus, oder? Nein, Blödsinn. Jemand hätte dableiben können, unter dem Vorwand, keinen Hunger zu haben. Jana zum Beispiel, die eben selbst gesagt hatte, sie mache Diät. Aber warum sollte Jana ihrer Chefin schaden? Er drehte sich im Kreis. So kam er nicht weiter. Von wegen heiße Spur. Fast hätte er eine Bitte von Miriam übersehen, ihn zurückzurufen. Sie ging sofort ans Telefon. Im Hintergrund war Kindergeschrei zu hören.

»Wo bist du?«, fragte Magnus.

»Wir lösen gerade einen Gutschein meiner Eltern ein und suchen bei Our-first-Baby einen Kinderwagen. Das ist schwieriger, als ich dachte.«

»Grüß ihn von mir!«, rief Benno im Hintergrund.

»Er hat es gehört, Schatz! – Grüße von Benno.«

»Was ist denn so dringend, dass du dafür deine Mutterpflichten vernachlässigst?«

»Magnus, ich habe eben von einer Kollegin den Arztbericht zugespielt bekommen. Es gibt eine, ich nenne es mal Unklarheit, bei den äußerlich sichtbaren Verletzungen des Opfers. Ich weiß nicht, was mein Kollege Keller daraus für Schlüsse zieht, ich persönlich hätte eine Obduktion empfohlen.«

»Geht das etwas präziser?«

»Wenn ich das richtig lese, gibt es eine relativ frische Verletzung am Hals, die vermutlich nicht vom Sturz herrührt. Das muss nichts bedeuten. Sicher ist das aber nicht.«

»Na prima. Was sagt dein Bauchgefühl?«

»Du meinst die Summe meiner Erfahrungen? Die sagt, da ist was faul.« Sie klang wirklich beunruhigt. »Magnus, wenn meine Vertretung nicht komplett dämlich ist, taucht er heute noch auf und hat Fragen.«

»Ändert das unseren Plan?«

»Kein bisschen, im Gegenteil. Beeil dich und halt mich auf dem Laufenden. Und …«, sie zögerte.

»Miriam? Lass es raus.«

»Geh ihm am besten aus dem Weg, ok?«

»Verstanden, Boss.«

Sie lachte, aber Magnus fühlte sich schlagartig beklommen, nachdem er das Gespräch beendet hatte. Wenn Miriam sagte, etwas sei faul oder nicht eindeutig, konnte man sich darauf verlassen. In seiner Übersetzung bedeutete das, Manns Abgang über den Catwalk hatte jemand nachgeholfen. Aus seinen Ermittlungen für Benno wusste er, dass nur ein starkes Motiv Menschen dazu brachte, gegen Gesetze zu verstoßen. Und sie mussten die Gelegenheit und die Fähigkeiten haben, danach zu handeln. Er würde Miriams Rat befolgen, den Kandidaten auf den Zahn zu fühlen, was sie von Martin Mann hielten und wer mit ihm gestern noch gesprochen hatte. Außer Sascha und Milan hatte ihn angeblich bisher niemand gesehen, aber das konnte nicht sein. Der Produzent war mit ihm morgens angekommen, halb elf, wenn er sich richtig erinnerte. Um drei Uhr, zum Start der Durchlaufprobe, war er tot. Was hatte er in der Zwischenzeit gemacht? Getrunken? Bestimmt, wenn er den Augenzeugen und sich selbst trauen konnte. Sich mit jemandem getroffen? Vielleicht. Und wo? Wo gab es hier einen Ort, an den man sich zurückziehen konnte, wenn man seine Ruhe haben wollte? Er selbst hatte noch keinen gesehen, aber das hieß nicht, dass er nicht existierte. Wer könnte das wissen? Jemand der sich gut hier auskannte und die Ungestörtheit schätzte. Natürlich, wie einfach. Er lächelte in sich hinein. Er wusste, wen er fragen konnte. Aber zuerst würde er sich den möglichen Tatort aus der Nähe anschauen. Er öffnete die Seitentür zum Studio und versuchte sich möglichst unsichtbar zu machen. Er hielt sich am Rand der Tribünen und schlug den Weg zu einer der Feuertreppen ein, die nach oben in die Lichttraversen führten. Die Band war mitten im Soundcheck, die Rotunde stand offen, dahinter der komplette Bandaufbau mit Piano, Keyboard, Schlagzeug, Gitarren, Bass und zwei Gesangsmikrofonen, an der Seite weitere Gitarren, die auf ihren Einsatz warteten. Blaues und gelbes Licht leuchtete aus den Punktstrahlern von oben. Die Musiker trugen kleine Kopfhörer an einer Seite, sie waren vermutlich mit der Tonregie verbunden. Der Bassist spielte schnelle Oktaven am Bass, es klang wie die Einleitung zu der Funk-Nummer, die Jojo aufführen wollte. Er unterbrach sich, lauschte auf eine Anweisung aus dem Kopfhörer, drehte an einem Regler und begann von vorne. Zum Glück trug Magnus heute schwarze Jeans und ein schwarzes T-Shirt. Er verschmolz mit dem schwarzen Hintergrund der Molton-Vorhänge. Niemand sprach ihn an oder hielt ihn auf. Er achtete darauf, dass ihn der Beleuchtungsmeister nicht entdeckte, den Lisa ihm beim ersten Rundgang durchs Studio kurz gezeigt hatte. Der Mann war, soweit Magnus wusste, für das gesamte Lichtkonzept und die Sicherheit der Beleuchtungsanlagen verantwortlich. Er konnte ihn aber erst sehen, als er die Treppe ein Stück hinaufgestiegen war. Majewski stand am anderen Ende des Studios und besprach etwas mit einem der Security-Mitarbeiter, der am Haupteingang postiert war. Vorsichtig stieg Magnus höher, bis er einen Teil der Zuschauerplätze von oben sehen konnte. Etwas unter ihm, ins Gestänge der Tribünen integriert, war eine der großen Steady-Cams installiert. Magnus sah den Rücken eines Mannes mit schwarzem T-Shirt und Baseballkappe. Der Kameramann verfolgte aufmerksam das Bühnenbild vor sich auf einem Monitor. Magnus hatte knapp 30 Stufen gezählt, als er auf einer Plattform anlangte, von der aus gut gesicherte Metallplanken rund um das Studio führten, eine Art Zwischengeschoss. Von den Wänden führten schwarze Brandschutztüren weg, die ihm noch nie aufgefallen waren. Er öffnete vorsichtig eine und schaute nach rechts und links in einen langen Gang, von dem Büroräume abgingen. Das reinste Labyrinth, wenn man hier ohne Lageplan unterwegs war. Magnus schloss die Tür leise, ging zurück zur Treppe und stieg bis zur nächsten Plattform. Er trat vorsichtig an das Metallgeländer und blickte nach unten auf die Köpfe der Bandmitglieder. Die Bühne hatte von hier aus Ähnlichkeit mit dem Boden eines Swimmingpools. Er fühlte sich an die Mutproben seiner Kindheit erinnert, wer sich zuerst traute, vom Zehn-Meter-Brett zu springen. Nur, dass das hier mindestens 25 Meter waren, wenn seine Augen ihm keinen Streich spielten. Er beschritt vorsichtig die Planken an der Seite, bis er zu einem Metallsteg kam, den an beiden Seiten ein Geländer säumte. Er vergewisserte sich, dass niemand auf ihn achtete, und betrat den Steg. Jetzt verstand er, warum man den Weg Catwalk nannte. Lang und schmal, wie er war, passten hier knapp zwei Leute nebeneinander. Als Magnus ihn entlangschritt, hatte er das Gefühl, im Raum zu schweben. Hier könnte man eine Trapeznummer ohne Netz aufführen. Das komplizierte Gestänge, an dem die Scheinwerfer befestigt waren, war zum Greifen nah. Was auch immer die Kandidaten hier oben gemacht hatten: Höhenangst konnte keiner von ihnen haben. Er blickte nach unten. Der Soundcheck ging weiter, die Gitarre war an der Reihe, aber der Sound klang hier oben merkwürdig verzerrt. Die Sessel der Jury waren leer, rote, große Punkte von hier oben betrachtet. Bewegung gab es nur am Rand der Bühne und in der ersten Reihe der Zuschauertribünen. Er erkannte Lisas helle Bluse und die Vollglatze des unfreundlichen Kameramannes, in dessen Armen sie eben geweint hatte. Als Magnus in der Mitte des Catwalks angelangt war, sah er sich auf den Metallplanken um. Die Spurensicherung hatte gut aufgeräumt, nicht ein Fitzelchen Papier oder Faser war mit bloßem Auge zu erkennen. Ob hier oben ein Kampf stattgefunden hatte? Das Geländer ging Magnus bis zur Hüfte. Er beugte sich vorsichtig vornüber. Gut denkbar, dass man mit genügend Alkohol im Blut das Gleichgewicht verlor, ohne dass jemand nachhalf. Was auch immer passiert war: Es würde nicht einfach sein, das zu rekonstruieren. Jemand tippte ihm auf die Schulter und Magnus klammerte sich instinktiv am Geländer fest.

»Was machen Sie hier oben? Hier ist verbotene Zone.« Hellgraue, zusammengekniffene Augen durchbohrten ihn. Der Beleuchtungsmeister mochte freundliche Seiten haben, wenn man den Kandidaten glauben durfte, momentan sah er allerdings aus wie der Kapitän eines Kreuzfahrtschiffes, der einen blinden Passagier in der Kapitänskajüte entdeckt hatte und nicht willens war, ihn weiterzubefördern.

»Ich habe gehört, von hier oben hätte man gute Aussicht«, sagte Magnus und wandte sich ihm zu, die Arme verschränkt. Die Veränderung im Gesicht des Mannes war bemerkenswert. Er riss die Augen auf, sein Kiefer klappte auseinander und schloss sich wieder. Er räusperte sich.

»Dann haben Sie etwas Falsches gehört«, sagte er, aber seine Stimme klang unsicher. »Hier oben ist der Zutritt nur für berechtigte Personen gestattet. Wenn Sie nicht zur Firma Live-Light oder zum Spurensicherungsteam gehören, sind Sie nicht dabei.«

»Herr Majewski, die Finalisten haben mir erzählt, dass Sie ihnen gestattet hätten, sich hier zu treffen.«

Der Beleuchtungsmeister sah sich um, ob es irgendwo einen Notausgang für ihn gab. Er fand keinen.

»Das war eine Ausnahmesituation«, sagte er. »Dieser Irre mit den Tattoos hat die Mädchen belästigt. Sie wussten nicht wohin.«

»Man hat Sie angelogen. Matthias Schwarze ist Melissas Vater.«

Majewski schwieg, dann gab er sich einen Ruck. »Hören Sie, ich kenne Sie nicht, vielleicht haben Sie recht und die haben mein Entgegenkommen ausgenutzt. Ich wäre Ihnen sehr verbunden, wenn das unter uns bleiben könnte. Das kann mich meinen Kopf kosten. Ich bin für die Sicherheit hier verantwortlich.«

»Das tut mir leid für Sie«, sagte Magnus und meinte es auch so. »Die Spurensicherung hat Hinweise gefunden, dass mehrere Personen sich hier oben aufgehalten haben. Jemand ist zu Tode gestürzt. Ich werde meine Information an die Polizei weitergeben müssen.«

»Also arbeiten Sie doch für die?« Majewski ließ die Schultern hängen.

»Inoffiziell«, bestätigte Magnus. »Hören Sie, ich will Ihnen keinen Ärger machen. Ich kann zumindest versuchen, die Polizei zu bitten, die Information nicht an den Sender weiterzugeben. Sie sind bei STV angestellt?«

Der Mann nickte unglücklich. »Das wäre sehr freundlich, Herr …«

»Meister ist mein Name, Magnus Meister. Ich habe ein Anliegen. Kennen Sie einen Ort hier im Studio, an den man sich ungestört zurückziehen kann?«

Magnus folgte dem Beleuchtungsmeister eine Treppe hinunter auf die Zwischenplattform. Er führte ihn zu dem Gang, den Magnus eben schon gesehen hatte. An einer Tür ohne Schild stoppte Majewski und zog einen Schlüssel aus der Hosentasche, schloss auf, knipste ein Deckenlicht an und der Raum wurde taghell. Es herrschte ein wildes Chaos aus Pappkartons, bunten, aufgerollten Stoffbahnen, Leinwänden, Scheren, Messern, Holzwerkzeugen und Farbdosen. An der gegenüberliegenden Wand bog sich ein aufgeklappter Tapeziertisch, auf dem jemand Eimer mit Wandfarbe, Rollen, Pinsel und Papierschnipsel in allen Farben hinterlassen hatte. In einer Ecke stand ein altes Schaukelpferd, dessen Bemalung bereits verblasst war, in einer anderen Ecke eine moderne Nähmaschine. Es roch nach Holzstaub und Farbe, darunter ein bisschen modrig. Magnus musste niesen.

»Das ist das sogenannte Atelier«, sagte der Beleuchtungsmeister. »Es dient nur noch als Lager für die Requisite, und, falls etwas schnell gebastelt werden muss, können die Kollegen das hier machen. Heute sind Kulissen meistens digital.«

»Nett hier, aber nicht sehr gemütlich, oder?«

»Es geht noch weiter. Das hier ist der Raum der geheimen Wünsche. So nennt ihn jedenfalls die Crew.« Majewski öffnete eine kleine Tür zu einem Nebenraum, der Magnus nicht aufgefallen wäre, da die Tür mit Stoff bezogen war und als Pinnwand für Kunstpostkarten genutzt wurde. Das Zimmer dahinter war etwas kleiner, aber wohnlicher und aufgeräumt. Auf dem Boden an der Wand lagen zusammengerollte Sport-Matten und ein paar Hanteln. Rechts zog ein mit Fell bezogenes Sofa, das wie eine Kuh mit Rückenlehne aussah, Magnus' Blick auf sich. Er setzte sich darauf. Es war verblüffend bequem. Mehrere Wolldecken lagen über der Lehne. Gegenüber stand eine Mini-Küchenzeile mit einer kleinen Spüle, einer altmodischen Kaffeemaschine, einem Wasserkocher und einem Kühlschrank. Links von ihm war eine dunkelgrün gepolsterte Liege aufgebaut.

»Wir haben eine Schwangere im Team«, sagte Majewski, als er Magnus' Blick folgte. »Sie kann sich hier jederzeit ausruhen.«

»Wer hat den Schlüssel zu diesen Räumen?«

»Die schwangere Kollegin, die Requisite und ich. Außerdem hängt ein Nachschlüssel frei zugänglich im Produktionsbüro am Schlüsselbrett, der Raum ist kein Geheimnis. Jeder möchte mal seine Ruhe haben.«

Magnus' Augen hefteten sich an einem uralten Filmplakat fest, das jemand mit Power-Strips über der Spüle befestigt hatte. Es zeigte einen jungen, gut bewaffneten Arnold Schwarzenegger mit Sonnenbrille und schwarzer Lederjacke als Terminator. Einem Impuls folgend stand Magnus auf und öffnete den Kühlschrank. Er fand zwei Becher Bio-Joghurt, eine Großpackung Schokoladenriegel und drei ungeöffnete Wodkaflaschen. Im Tiefkühlfach lag eine halb geleerte Flasche, die schon Eis angesetzt hatte.

»Vorrat«, meinte Magnus und schloss den Kühlschrank wieder.

Der Beleuchtungsmeister hob die Schultern. »Jeder versteht unter Pause etwas anderes.« Zum ersten Mal lächelte er.

*

Magnus blickte auf dem Rückweg zur Lounge der Kandidaten auf sein Handy. Fast 14.00 Uhr. Er hatte noch eine Dreiviertelstunde Zeit, bis Florian, der erste der Finalisten, in die Maske musste. Zeit, ein paar Fragen zu stellen.

»Papa, können wir reden?« Magnus war so in Gedanken vertieft, dass er Clara nicht bemerkt hatte, die ihm auf dem Gang hinterhergelaufen war.

»Was ist denn los?«

»Nicht hier.« Sie sah sich nach rechts und links um. Ein paar Mitarbeiter, die Magnus nicht kannte, schlenderten lachend zum Catering-Raum und grüßten freundlich.

»Komm mit.« Sie zog ihn in eine der Künstlergarderoben, die größte, die direkt neben der Maske lag. Clara vergewisserte sich, dass sowohl die Tür zum Flur als auch die Verbindungstür zur Maske geschlossen war. Trotzdem senkte sie ihre Stimme.

»Du ermittelst wegen Martin Mann.« Das war eine Feststellung. »Ich weiß es. Eliza hat mir gesagt, dass ihr gestern mit Miriam zu Abend gegessen habt.«

Magnus sah keinen Sinn darin etwas abzustreiten, was sie schon wusste. »Und?«

»Sprich bitte mit Rebecca. Sie hat mir etwas erzählt … Ich habe ihr nur gesagt, dass du wegen etwas anderem hier ermittelst und mein Vater bist.« Sie hob abwehrend die Hände, um eventuellen Vorhaltungen seinerseits vorzubeugen. »Bitte nicht schimpfen. Ich habe das aus einem bestimmten Grund getan.« Fahrig strich sie sich eine Haarsträhne hinter die Ohren und ließ den Blick zu beiden Türen wandern.

»Weiß sie nicht, dass du mit mir sprichst?«

»Nein. Sie weiß etwas über Martin Mann. Aber das muss sie dir selber sagen, finde ich. Jetzt, wo er tot ist … Vielleicht ist es wichtig, verstehst du?«

»Bestimmt«, meinte Magnus. »Ich versuche mir ein Bild von ihm zu machen.«

»Rebecca hat im Moment überhaupt keine Zeit, weil sie die Show vorbereitet, aber wenn Florian aus der Maske raus ist, bevor Melissa kommt, hat sie ein paar Minuten Ruhe.«

Magnus rief sich den Ablaufplan in Erinnerung. »Viertel nach drei?«

Clara nickte. »Versuch es bitte.«

Er versprach es. Clara huschte wieder hinaus. Magnus saß noch einen Moment wie benommen da und starrte geistesabwesend auf einen Kleiderständer, an dem mehrere Anzüge und Abendkleider hingen. Was war so wichtig, dass Clara freiwillig gegenüber Rebecca zugab, dass er ihr Vater war? Außerdem beging sie in ihren eigenen Augen Geheimnisverrat gegenüber einer Freundin. Jemand riss die Tür auf.

»Was machen Sie hier? Hier ist in fünf Minuten mein Briefing.« Daniel Hörmann, der Moderator, sah angespannt aus, allerdings deutlich besser als gestern, als ihm der Produzent vor die Füße gefallen war. Magnus entschuldigte sich knapp und eilte zur Kandidatenlounge. Die Zeit wurde knapp. In einer Stunde begann die Durchlaufprobe.

Alle zehn Finalisten waren da, sogar Diane und Rick, die er gestern überhaupt nicht gesehen hatte, weil die Probe vorher abgebrochen wurde. Heiko stand mit hochrotem Kopf an der Kaffeebar und stritt sich mit Sascha, wobei er zur Bekräftigung seiner Meinung zweimal mit der flachen Hand auf den Tresen schlug. Jojo und Milan standen mit ratlosen Gesichtern daneben. Maja, Melissa und Diane saßen auf den Cocktailsesseln um einen der kleinen Tische herum und steckten die Köpfe zusammen. Maja schaute ihn flüchtig an und dann sofort wieder weg. Melissa war totenblass. Diane hielt Melissas Hand. Sie musterte Magnus kühl und schien ihn dann unter »nicht wichtig« abzulegen. Florian und Jason saßen sich im Schneidersitz auf dem Sofa gegenüber, wobei Jason mit erhobenen Händen auf Florian einsprach, der mit geschlossenen Augen zuhörte und nickte. Sie bemerkten Magnus gar nicht. Nur Rick hielt sich etwas abseits und nickte Magnus freundlich zu. Er klimperte gekonnt auf der alten Gitarre etwas Klassisches, das Magnus nach kurzem Hinhören als das Bourrée von Bach in e-Moll identifizierte. Magnus überlegte, was an dem Bild, das er vor sich sah, anders war als gestern. Ok, Diane und Rick waren gestern Mittag noch nicht dagewesen. Florian hatte gestern gefehlt. Trotzdem. Noch etwas war anders. Genau, das war es. Magnus hatte die Frauen noch nie länger miteinander sprechen sehen. Melissa nicht mit Maja und umgekehrt auch nicht. Diane hielt sich ohnehin fern von der Gruppe. Komisch, dass ihm das noch nicht aufgefallen war. Er schätzte, dass Maja mit Melissa, die auf ihn zumindest ein bisschen unreif wirkte, nichts anfangen konnte. Oder steckte etwas anderes dahinter?

»Meister, komm zu uns, wir brauchen dein Votum. Du bist als Einziger nicht voreingenommen.« Heiko winkte ihn heran.

»Genau!«, rief Milan. »Du hast mit dem ganzen Zirkus hier nichts am Hut.« Schön wäre es, dachte Magnus.

»Schwachsinn«, meinte Sascha. »Wenn er dein Gitarrenlehrer ist, hat er doch eine feste Meinung.«

»Verratet ihr mir, worum es geht?«

»Das, worum es immer geht«, rief Maja quer durch den Raum. »Wer den Längsten hat.« Sie verdrehte die Augen. Die Frauen lachten.

Milan wurde rot, Jojo und Heiko grinsten. Sascha hob den Arm und zeigte Maja den Mittelfinger, ohne sie anzusehen.

»Spaßbremse«, meinte Melissa.

»Du hast uns doch gestern bei der Probe gehört«, meinte Jojo. »Welches Stück hat dir persönlich am besten gefallen?«

Magnus wand sich. »Ich habe nicht alle gehört. Zum Beispiel bei Jasons und Majas Nummer war ich draußen. Und bei deiner auch«, wandte er sich an Heiko.

»Und von denen, die du gehört hast? Komm, spuck es aus«, sagte Jojo.

»Wenn ihr die Wahrheit vertragen könnt … Jojo und Milan fand ich bis jetzt am originellsten.«

»Seht ihr«, meinte Sascha. »Er ist befangen. Die Wette habe ich gewonnen. Der Kasten Bier geht auf mich.«

Sascha war Magnus am Morgen zum ersten Mal vernünftig vorgekommen. Jetzt ärgerte er sich schon wieder über ihn. Im Raum war es still geworden.

»Tut mir leid«, meinte Magnus achselzuckend. »Dieses Charts-Zeug liegt mir nicht so. Ist nicht persönlich gemeint.«

Heiko, Jojo und Milan grinsten und begannen zu applaudieren. Die anderen im Raum fielen ein. Sogar Maja konnte wieder lächeln, was Magnus freute. Er hätte wirklich gerne gewusst, wie ihr eigenes Lied klang. Heute würde er hoffentlich Gelegenheit haben, sie zu hören.

»Tja, Sascha, mit dem neuen Jurymitglied werden die

Karten wieder neu gemischt«, sagte Jojo. »Jetzt ist Schluss mit Papas Liebling.«

»Melissa ist Papas Liebling, schon vergessen?« Florians Einwurf sollte vielleicht witzig klingen, blieb aber wie ein zu hoch geschossener Ball in der Luft hängen.

»Halt doch den Mund«, fauchte Diane, keine Spur mehr von der kühlen Blonden. »Musst du nicht langsam in die Maske?«

Florian stand vom Sofa auf und begann seine Sachen für den Auftritt einzusammeln. Beim Hinausgehen schlug er die Tür hinter sich zu.

»Vielen Dank, Diane. Bei dem liegen sowieso die Nerven blank. War das nötig?« Heiko war wütend.

Diane hob die Schultern. »Wenn er jetzt schon wegen einer Kleinigkeit abdreht, was macht er morgen im Finale? Weglaufen?«

Magnus hörte nicht zu, seine Gedanken hatten sich woanders verhakt. War Florian vor der Probe Martin Mann noch begegnet? Er war ihm eben eine Antwort schuldig geblieben. Er würde ihn fragen müssen. Aber nicht jetzt, direkt vor seinem Auftritt.

»Meister, dein größter Fan hat dich eben gesucht«, rief Jason vom Sofa aus.

»Da hast du doch geschlafen«, feixte Jojo.

»Nein, als sie hereinkam, wurde der Raum taghell«, schwärmte Jason.

»Eher nachtdunkel«, brummte Sascha.

»So wie ich?«, meinte Jojo. Alle lachten und Sascha wurde rot.

»Um neun treffen wir uns alle im Klub Berlin in Ehrenfeld«, sagte Heiko. »Ok?«

Magnus nickte, aber er fragte sich besorgt, ob seine Zusage an Jamila nicht ein wenig leichtfertig gewesen war. Wie würde Eliza es finden, wenn er heute Abend mit einer Truppe verrückter Finalisten und einer prominenten Sängerin um die Häuser ziehen würde?

»Das ist nicht Ihr Ernst! In 20 Minuten beginnt die Probe. Wie stellen Sie sich das vor?«

Die aufgebrachte Stimme der Redakteurin war bis in die letzte Ecke der Lounge zu hören.

»Wir haben gestern schon einen Tag verloren!« Das war Lisas Stimme, genauso laut. Gemurmel als Antwort. Die Tür wurde mit so viel Schwung aufgestoßen, dass eine alte Stehlampe, die an der Wand dahinter stand, ins Kippen kam und zu Boden fiel. Der grüne Glasschirm zerbrach.

»Hoppla.« Der Mann im Türrahmen senkte den Kopf und glotzte auf den Schaden, sodass Magnus zuerst nur seinen blonden, sorgfältig mit Gel in Form gebrachten Scheitel sah. Hinter ihm stand der ältere Polizist, dessen Karte Magnus gestern eingesteckt hatte, und verdrehte die Augen. Der Blonde richtete sich auf und warf sich in die Brust. Damit kam er auf 1,70 Meter. »Mein Name ist Keller, Kripo Köln. Das hier ist mein Kollege Holtmann. Wir haben ein paar Fragen an Sie.«

Maria von der Weide schob sich an ihnen vorbei in den Raum, machte einen langen Schritt über die Glasscherben und stellte sich den beiden so gegenüber, dass ihnen die Sicht auf die Kandidaten versperrt war. Ihre Augen sprühten Funken und errichteten eine zusätzliche Barriere. »Ich möchte mit Ihrem Vorgesetzten sprechen«, sagte sie. »So war das nicht besprochen. Gestern hieß es noch, die Befragung sei unnötig.«

Holtmann, der ältere der beiden, hob die Hände zu einer beschwichtigenden Geste. »Es dauert nicht lange. Wir müssen nur ein, zwei Punkte klären.«

»Es gibt neue Erkenntnisse«, sagte der Blonde. »Fangen wir an, dann sind wir schnell fertig. Zehn Kandidaten, zwei Gruppen, wir teilen uns auf.«

»Welche Erkenntnisse?«, fragte Lisa. »Es war doch ein Unfall?«

»Darüber darf ich nicht reden«, sagte der Blonde und schenkte Lisa ein gewollt charmantes Lächeln, das an ihr abprallte.

»Die Finalisten brauchen Zeit für Maske, Garderobe und ihren Auftritt«, gab Maria von der Weide schließlich nach. »Lisa, besorg den Herren einen Ablaufplan.«

»Gibt es einen zweiten Raum, den wir nutzen können?«, wollte Holtmann wissen.

Die Redakteurin zögerte. »Der Konferenzraum ist frei. Kommen Sie mit.« Sie drehte sich um und marschierte zur Tür hinaus. Der Ältere bat Sascha, Heiko, Jojo, Diane und Rick zu sich und folgte ihr. Magnus blieb mit Melissa, Maja, Jason und Milan in der Lounge. Er hielt sich im Hintergrund. Bis der Blonde merken würde, dass Magnus kein Kandidat war, könnte er vielleicht ein paar wertvolle Informationen aufschnappen. Er sah auf die Uhr. Viertel vor drei.

»Nun, Gentlemen, Sie lassen den Damen sicher den Vortritt«, sagte Keller und warf einen Blick auf den Ablaufplan. »Ich schlage vor, ich gehe mit Melissa Schwarze auf die Couch, haha, nur ein Scherz. Die Herren und die Dame« – er verbeugte sich kurz vor Maja – »machen es sich so lange hinten an der Bar gemütlich und erzählen sich Witze.«

Magnus riskierte einen Blick in Melissas und Majas versteinerte Gesichter. Gab es bei der Polizei keine Intelligenztests mehr vor der Einstellung? Arme Miriam. Der Typ sollte ihr Stellvertreter sein? Das war Höchststrafe.

»Was ist das für ein Trottel?«, zischte Milan ihm zu, als sie an der Bar saßen. »Der soll Polizist sein?«

»Der Couchspruch war unnötig«, meinte Maja. »Der hält sich wohl für unwiderstehlich.«

»Polizei ist nie gut«, meinte Jason. »Meint ihr, es stört, wenn ich dabei Gitarre spiele?«

»Lieber nicht«, meinte Magnus schnell. Vielleicht konnte er einen Gesprächsfetzen aufschnappen. Von seiner Sitzposition aus konnte er Melissa beobachten. Er sah, wie sie sich an das äußerste Ende des Sofas setzte, bereit, jederzeit aufzuspringen. Das Gespräch kam nur als Gemurmel an, keine Chance, etwas zu hören.

»Was wollen die wohl von uns?«, meinte Milan.

»Ich schätze, die wollen wissen, wie dein Verhältnis zu Martin Mann aussah«, riet Maja. »Du hast nichts zu verbergen, oder?«

Milan senkte den Kopf. »Das ist komisch … von uns allen habe ich ihn glaube ich als Letzter gesehen.«

Magnus horchte auf. »Wegen eines Vertrages?«

Milan verneinte. »Ich kann zu dem Gespräch nichts sagen, ehrlich.«

Maja lachte, aber es klang nicht fröhlich. »Das ist doch

kein Geheimnis mehr. Wir wissen, dass er dir gesagt hast, dass du die Nummer eins für ihn bist.«

Milan sprang auf, der Barhocker kippte um, Melissa und der Beamte sahen irritiert zu ihnen herüber. »Woher willst du das wissen? Hast du gelauscht?«

Sie lächelte ihn müde an. »Das hat er allen vorher gesagt. Es war ein Scheißspiel.«

»Bist du sicher?«, schaltete sich Jason ein. »Mir hat er gesagt, ich sei ein toller Musiker, aber nichts für den Massenmarkt. Dabei hatte mein letztes Video über 300.000 Klicks. Der Typ war im Gestern zu Hause, wenn du mich fragst.«

»Wann war das?«, wollte Magnus wissen. »Wann habt ihr gesprochen?«

Jason überlegte. »Direkt, nachdem du uns gestern hier abgesetzt hast. Ich glaube, du warst weg, um Jamila abzuholen.«

Maja nickte. »Genau, so um 12.00 Uhr. Aus mir wollte er eine zweite Lana del Rey machen.«

Magnus dachte nach. Wenn er seine bisherigen Informationen richtig im Kopf hatte, war Mann gestern auf jeden der Kandidaten zugegangen und hatte ihnen ein Statement zu ihren Erfolgsaussichten gegeben. Aber die waren nicht für jeden gleich. Auf dem Sofa wurde es plötzlich laut. »Aber ich habe nicht mehr mit ihm gesprochen!« Melissas Stimme überschlug sich fast. »Zwischen Martin Mann und mir war alles schon längst geklärt. Nehmen Sie Ihre Hand da weg!«

Alle drehten den Kopf. Bastian Kellers Hand lag auf Melissas Arm, wahrscheinlich sollte das beruhigend wirken. Der Schuss war nach hinten losgegangen. Magnus ging zwei Schritte auf das Sofa zu. Im gleichen Moment öffnete sich die Tür. Holtmann warf einen kurzen Blick auf Melissa und fragte: »Alles in Ordnung, Bastian? Wir sind drüben schon fertig. Zwei meiner Zeugen waren zum fraglichen Zeitpunkt noch nicht im Studio gestern. Kann ich dir jemanden abnehmen?« Er deutete mit dem Kopf zur Bar. Sein Kollege nickte, etwas blass um die Nase. Holtmann bat Maja, mit ihm zu kommen. Magnus beschloss, die Gelegenheit zu nutzen, um zu verschwinden. Er hatte seine Aussage gestern schon gemacht.

»Wo wollen Sie hin? Das hier ist eine Zeugenvernehmung!« Keller versuchte seine Autorität wieder zu gewinnen.

»Er hat schon ausgesagt, Bastian«, meinte Holtmann. »Er gehört zum Personal.« Magnus bildete sich ein, dass der Beamte ihm kurz zuzwinkerte.

»Aber es sind doch zehn?« Keller war verwirrt.

»Florian Schröder war schon in der Maske, als Sie kamen. Er tritt als Erster auf, um Viertel nach drei«, half Magnus. »Danach ist er die ganze Zeit verfügbar.«

Kellers Augen verengten sich zu schmalen Schlitzen. »Sie meinen, ich soll meine Zeugeneinvernahme an den Erfordernissen einer Fernsehshow ausrichten?«

»Bastian, wir haben kein Zeitproblem«, mischte sich Holtmann ein. »Ich kann Herrn Schröder auch nach seinem Auftritt befragen.«

Keller zeigte mit dem Finger auf Magnus. »Sie haben vorgetäuscht, dass Sie dazugehören. Das wird Konsequenzen haben.« Dann bekam er einen Schluckauf. Magnus sah aus dem Augenwinkel, dass Maja und Milan sich das Lachen verbeißen mussten. Er brauchte seine ganze Selbstbeherrschung, um nicht zu grinsen. Er nuschelte etwas, das wie eine Entschuldigung klingen sollte, und machte sich aus dem Staub.

*

Eine Sekunde lang hatte er das beklemmende Gefühl, einen Zeitsprung in den gestrigen Tag zu machen, als er an den Büros vorbeiflitzte. Auf allen Monitoren in den Büros war das Logo der Show zu sehen, und als er am überfüllten Catering-Raum vorbeikam, blieb Magnus wie angewurzelt im Türrahmen stehen und hielt den Atem an. Daniel Hörmann betrat auf dem Bildschirm die Bühne und begrüßte das imaginäre Publikum. Applaus vom Band erklang. Exakt in dieser Minute war gestern der Produzent vor seinen Füßen gelandet. Im Raum war es totenstill. Jetzt ging die Show weiter, über den Monitor liefen kurze Einspieler, die die Kandidaten mit ihren bisherigen Songs und Erfolgen zeigten. Auch Bilder aus dem Komponisten-Camp auf Mallorca waren wieder dabei. Magnus erstarrte innerlich, als er im Hintergrund bei einer Bandsession den quicklebendigen Martin Mann an einem Getränk nippen sah. Schnitt, und die Kamera zoomte auf sein Gesicht. Standbild. Wieder Schnitt auf Daniel Hörmann, der mit einfühlsamen Worten den Tod des Produzenten bedauerte, kurz seine Vita und seine Familie vorstellte. Dann kündigte er eine Schweigeminute für den tragisch Verunglückten an.

»Das wirkt gut«, sagte Feli Hillmann. »Hörmann kommt wirklich betroffen rüber.«

»Das ist sein Job«, meinte jemand, den Magnus nicht kannte, trocken. Unterdrückte Heiterkeit im Raum.

»Die konnten sich nicht ausstehen«, sagte Jana, die sich auf einen Stuhl in der ersten Reihe platziert hatte.

»Wer konnte ihn überhaupt leiden?«, fragte die hübsche Schwarze aus der Redaktion.

»Lisa!« Erneut Gekicher im Raum.

»Habt ihr gestern die schwarze Witwe gesehen?«

Magnus verdrückte sich. Bisher war ihm nicht klar gewesen, wie unbeliebt der Produzent gewesen war. Auf ihn hatte er nicht so unsympathisch gewirkt. Oder war er selbst durch Manns Angebot, sich seine neuen Songs anzuhören, verblendet? Er nahm sich vor, heute noch mit Lisa zu sprechen. Als Aufnahmeleiterin am Set hatte sie während der Probe keine Zeit, aber bestimmt danach.

Die Tür zur Maske stand auf. Rebecca war damit beschäftigt, Kämme und Bürsten zu reinigen, und bemerkte ihn nicht sofort. Als er an den Türrahmen klopfte, schrak sie zusammen. Clara war – wie abgesprochen – nicht zu sehen.

»Darf ich Sie kurz sprechen? Magnus Meister. Ich bin Claras Vater.«

Sie fasste sich wieder. »Ja, das hat sie mir gesagt. Sie ermitteln hier wegen … das hat Clara nicht so richtig erklärt.«

Magnus lächelte und schloss die Tür. »Aktuell geht es mir um Martin Mann. Wie war er so als Mensch?«

Rebeccas hübsches Gesicht verzog sich, als ob sie Schmerzen hätte. »Eine schwierige Frage, finde ich. Sie meinen, wie er so auftrat?«

Magnus nickte. »Meinetwegen.«

»Freundlich, verbindlich, in der Jury fair, soweit ich das beurteilen kann.« Sie sah ihn abwartend an.

»Trotzdem ist er tot.«

»Das war bestimmt ein Unfall. Er hat getrunken, das wussten alle«, sagte sie. Sie drehte sich zum Wandspiegel und begann ihn mit einem Tuch zu polieren. Magnus beobachtete ihr Gesicht im Spiegel. »Sein Vorrat stand in der Requisite.«

»Das weiß ich. War er auch noch freundlich, verbindlich und fair, wenn er getrunken hatte?«

»Das kann ich nicht beurteilen«, sagte sie vorsichtig, hielt mit ihrer Arbeit inne und suchte Magnus' Augen im Spiegel. »Er hatte auf jeden Fall ein Faible für Frauen.«

Auch das wusste Magnus schon. »Hat er es bei Ihnen auch versucht?« Er schüttelte sich innerlich. Rebecca war in Claras Alter. Schon aus diesem Grund waren für ihn Frauen Anfang 20 tabu. Nicht, dass er blind für ihr gutes Aussehen wäre, aber für mehr hatte er eine Sperre im Gehirn. Doch die Geschmäcker waren ja bekanntlich verschieden. Rebecca zuckte betont gleichmütig mit den Schultern. »Ich glaube, das machen viele Männer. Einfach mal probieren. Oder?«

Es klopfte leise an der Nebentür, die die Maske mit der Garderobe verband. Rebecca warf einen Blick auf ihre Uhr am Handgelenk. »Das ist Melissa. Ich muss jetzt weitermachen. Viel Glück.«

Magnus war enttäuscht, hauptsächlich über sich selbst. Das war sicher nicht die Information, die Clara gemeint hatte. Irgendetwas machte er falsch. Sein Magen begann zu knurren. Er ging zurück in den überfüllten Catering-Raum, um sich ein Sandwich und ein Glas Saft zu holen. Niemand nahm von ihm Notiz, was ihm sehr recht war. Die Mitarbeiter hingen gebannt vor dem Monitor, auf dem gerade Florian die letzten Akkorde seines Songs auf dem Piano spielte. Er trug für den Auftritt einen dunklen Anzug und ein weißes Hemd mit Fliege. Er wirkte bedeutend erwachsener als in seinen üblichen karierten Flanellhemden und Jeans, in denen Magnus ihn bisher gesehen hatte.

»Netter Junge«, sagte jemand aus dem Team. »Ich mag den Song. Mut zum Pathos.«

»Der hat keine Chance«, meinte der Blasse mit Brille aus dem Redaktionsbüro.

»Warte mal ab«, widersprach Jana. Sie bemerkte Magnus und winkte ihm zu. »Ich habe gehört, der hat einen guten Draht zu unserem neuen Jurymitglied.«

Magnus hatte vor lauter Kopfkino vergessen zu fragen, wer das neue Jurymitglied war. Er warf einen Blick auf den Monitor und riss die Augen weit auf. Wenn ihn seine Sinne nicht täuschten, saß auf dem Jurysessel rechts außen niemand anderes als Noah Devi, ins Gespräch mit Jamila vertieft. Der populäre Berliner Produzent mischte im wahrsten Sinne des Wortes bei jedem neuen Trend in der deutschen und internationalen Musikszene mit, hatte Musicals produziert, Filmmusik komponiert und hatte, soweit er wusste, mit Schlager nichts am Hut.

»Gute Arbeit, Jana«, meinte Feli Hillmann. »Ich glaube nicht, dass der sich sein Votum vorschreiben lässt. Was hast du ihm versprochen, damit er hier mitmacht?«

»Ich hatte freie Hand beim Budget«, grinste Jana zufrieden. Die Augen hinter ihren Brillengläsern leuchteten. »Noch Fragen?«

»Trotzdem«, sagte jemand, »Florian ist nicht gerade der Publikumsfavorit.«

»Rechnerisch ist das egal«, meinte Feli Hillmann. »60-zu-40-Regel.«

»Aber alle Vorabsprachen, die Mann getroffen hat, sind jetzt wertlos«, meinte die hübsche Schwarze aus dem Redaktionsbüro. »Ich finde das super.«

Bevor die Jury das Votum zu Florians Song abgeben konnte, schnappte Magnus sich noch schnell einen Schokoriegel aus dem Kühlschrank und sah sich draußen nach einem ruhigen Ort um. Er musste dringend seine Notizen ordnen, sonst verlor er den Überblick.

*

Die Tür zum Konferenzzimmer stand offen, die Befragung Majas durch Holtmann war scheinbar schnell beendet gewesen. Im Raum hing ein leichter Schweißgeruch. Magnus öffnete ein Fenster, zog die Tür hinter sich zu, ließ sich in einen der bequemen Ledersessel fallen und machte sich an die Arbeit, die Aussagen und Eindrücke zu Martin Mann zu ordnen. Schon bei seiner eigenen Einschätzung stockte er. Sein Bauchgefühl war nicht zuverlässig. Am Flughafen hatte er ihn zunächst unsympathisch gefunden. Dieser Eindruck war durch das nachfolgende Angebot von Mann, sich einen seiner Songs anzuhören, verwässert worden. Die Einschätzung seines Alkoholkonsums konnte er bestätigen. Fahne am Morgen, Wodkaflaschen als Vorrat und schließlich die Bestätigung durch Miriam und einzelne Aussagen der Kandidaten. Magnus schrieb die einzelnen Personen, die sich zu Mann geäußert hatten, untereinander und das, was ihm im Gedächtnis geblieben war.

- Clara: fand ihn ätzend, keine weitere Begründung
- Rebecca: freundlich, verbindlich, fair, Faible für Frauen.
- Anna, seine Klientin: Er war kein Heiliger
- Stimme aus dem Catering-Raum: niemand konnte ihn leiden
- Lisa: konnte ihn leiden, Affäre (sagt Jana)
- Jamila: ein grässlicher Mann (falls sie Mann gemeint hatte)
- Jana: nicht der Typ, der eine Anleitung zum Seitensprung braucht
- Moderator Daniel Hörmann: konnte ihn nicht ausstehen (sagt Jana)
- Jojo, Milan, Heiko, Sascha: Mann in der Jury sehr sachlich und fair.
- Maja: äußert sich dazu nicht
- Maja: Er wollte aus mir eine zweite Lana del Rey machen.
- Maja: Er hat allen Kandidaten gesagt, dass sie die Nr. 1 für ihn sind. Jason widerspricht.
- Heiko: ein aalglatter Businesstyp
- Sascha: Mann mochte Melissa, Angebot eines Vertrages
- Melissa: widerspricht
- Jojo: Ich hatte von ihm nichts zu erwarten.

- Sascha und Melissa werden ihn vermissen (sagt Heiko)
- Florian: keine Äußerung bisher (wieso nicht?)
- Jason: Mann hat ihm gesagt, dass er nicht markttauglich sei, Mann lebt im Gestern

Magnus las seine Notizen zweimal durch. Seiner Meinung nach waren die Einschätzungen äußerst widersprüchlich. Von »fair« bis »ätzend« alles dabei. Sicher waren nur zwei Dinge: Mann hatte unter den Kandidaten für Verwirrung gesorgt und sie manipuliert. Und er mochte Frauen, wenn man dem Klatsch glauben durfte. Als Erstes bot sich an, den zu befragen, der eben seinen Auftritt mit Bravour absolvierte: Florian. Der hatte sich bisher bedeckt gehalten.

*

In der Kandidatenlounge bot sich Magnus ein ähnliches Bild wie im überfüllten Catering-Raum. Die Finalisten standen zusammengedrängt an der Kaffeebar und verfolgten auf einem Monitor, der hinter dem Tresen montiert war, Melissas Auftritt. Heiko und Maja nickten ihm freundlich zu. Jojo fehlte, er war bestimmt schon in der Maske.

»Das macht sie großartig. Sie ist einfach die Beste«, sagte Florian. Er stand am Rand der Gruppe, hatte sich umgezogen und wirkte so gelöst, als ob er eben die Marathon-Ziellinie überquert hätte. »Keine Spur nervös.«

»Du hättest sie eben mal sehen sollen, als du schon draußen warst«, frotzelte Maja. »Weiß wie eine Wand.«

»Allerdings«, sagte Heiko. »Das wurde erst besser, als Sascha mit ihr Händchen gehalten hat.«

Alle lachten. Magnus tippte Florian auf die Schulter. »Kann ich dich mal für fünf Minuten entführen?«

Florian strich sich über den Bart und wirkte plötzlich unruhig. »Etwas Wichtiges? Ich will Jojos Auftritt nicht verpassen.«

»Du hast noch knapp 15 Minuten«, sagte Maja, die mitgehört hatte. »Jetzt kommt der erste Einspieler aus dem Mallorca-Camp.« Sie zwinkerte Magnus zu. Die anderen hatten von dem Wortwechsel nichts mitbekommen und kommentierten fröhlich die Bilder aus Mallorca, die über den Monitor flimmerten. Magnus führte Florian ins Konferenzzimmer.

»Wird das ein Verhör?« Florian fühlte sich sichtlich unwohl.

Magnus entschied sich, eine seiner Karten auf den Tisch zu legen. Das hier war zu wichtig.

»Ich bin Musiker«, sagte er, »aber auch Privatdetektiv.« Er umriss knapp den Grund seines Aufenthaltes hier. Florians Augen wurden immer größer.

»Du arbeitest mit der Polizei zusammen?«

»Das weiß bisher niemand. Das hat sich so ergeben«, wiegelte Magnus ab. »Mir ist etwas aufgefallen. Du hast als Einziger in der Runde nie etwas zum Thema Martin Mann gesagt. Warum nicht?«

Florian schwieg. Magnus setzte vorsichtig wieder an. »Mir ist klar, dass nicht jeder ihn mochte. Das spielt erst einmal keine Rolle, denke ich.«

»Klar, und die Erde ist eine Scheibe«, höhnte Florian. »Was sonst soll denn eine Rolle spielen, hältst du uns für minderbemittelt? Die Polizei fragt, ob wir ihn vor der Probe gesehen hätten, du fragst …«

»Hast du ihn denn gesehen?«

Florian lehnte sich zurück und verschränkte die Arme. »Dazu muss ich dir nichts sagen.« Er sah aus dem Fenster. »Scheiße, ich dachte, du wärst nett.«

»Ich bin nett«, stellte Magnus fest. »Das hier ist einfach ein Job, verdammt. Wenn du so viel zu verbergen hättest, würden nicht wir beide hier sitzen, sondern du und die Mordkommission.«

Florian zuckte bei dem Wort zusammen und wurde blass. »Das ist übel.« Er zögerte und gab sich dann einen Ruck. »Ja, gut, ich habe etwas zu verbergen, wenn du es so nennen willst. Aber ich denke nicht, dass es für den Unfall von Martin eine Rolle spielt. Er war ein manipulatives Arschloch und hat uns gegeneinander ausgespielt.«

»Das weiß ich«, behauptete Magnus. »Und?«

»Vor der Probe gestern hat er mir gesagt, dass ich raus bin. Nicht marktfähig, waren seine Worte. Er wollte gegen mich stimmen. Auf Mallorca klang das noch ganz anders.«

»Deswegen warst du so aufgelöst gestern«, stellte Magnus fest. »Du und Melissa, ihr wart völlig fertig.«

»Ja, kann sein.« Florian zeichnete mit den Händen Halbkreise auf die Tischplatte.

»Gibt es noch etwas, was ich wissen sollte?«

»Frag doch mal Melissa. Die spielt ein doppeltes Spiel«, sagte Florian düster.

»Wegen Sascha?« Magnus stocherte im Nebel.

»Sascha? Ja vielleicht.« Florian wurde rot.

Magnus platzte der Kragen. »Hör zu, Andeutungen habe ich in den letzten Tagen genug gehört. Wie wäre es mal mit der Wahrheit?«

Florian starrte durch ihn hindurch. »Wahrheit. Tja. Hast du dich schon mal in die falsche Frau verliebt?«

Magnus war perplex. »Mehr als einmal«, sagte er. »Zum Glück hat das irgendwann aufgehört. Warum? Hast du … Du und Melissa? Ich dachte, du und Maja …«

»Wir sind Freunde, Maja und ich. Mehr nicht.«

»Das heißt«, Magnus versuchte das Gehörte einzuordnen, »die Liebe war einseitig?«

Florian lachte, aber es klang nicht überzeugend. »Könnte man so sagen. Ich dachte, es sei anders. Na ja. Und du willst mir weismachen, dass die Polizei sich dafür interessiert?«

Magnus zuckte mit den Achseln. »Eher nicht, denke ich, wenn es nichts mit dem Opfer zu tun hat.«

»Opfer«, meinte Florian und ließ das Wort in der Luft schweben. »Ich kenne niemanden, auf den das Wort so wenig zutrifft wie auf dieses ›Opfer‹. Sind wir fertig, Herr Detektiv?« Er stand auf. »Ich möchte zurück, meinen *Freunden* zuhören.«

Magnus nickte. Er hatte die Spitze verstanden. Er sparte sich die Bitte, den anderen nichts von seinem Job zu erzählen. Er konnte Florian ohnehin nicht daran hindern, es auszuposaunen. Magnus beschäftigte gerade nicht nur der Vertrauensverlust, sondern noch etwas anderes. Florian hatte viel erzählt. Aber nicht alles.

Die Liste der Menschen, die den Produzenten nicht gemocht hatten, war mit Florian um eine Person länger geworden. Überraschend war das nicht. Wie sollte er weiter vorgehen? In die Kandidatenlounge mochte er nicht zurückgehen, wer wusste schon, ob Florian seine Neuigkeiten über ihn, Magnus, nicht brühwarm weitererzählt hatte. Vielleicht brachten ihm ein Cappuccino und eine Zigarette neue Erkenntnisse. Er ging zurück zum Catering-Raum, der sich ein wenig geleert hatte. Die Durchlaufprobe lief gut. Auf dem Monitor gab Maja ein Interview, im Hintergrund blauer Himmel, Palmen und eine Mauer am Hafen, La Palma, vermutete Magnus. Maja erzählte, wie sie zur Musik gekommen war und die Doppelbelastung mit dem Psychologiestudium und der Castingshow verkraftete, kein Problem, wenn man ihren Worten glauben durfte. Magnus überlegte zum x-ten Mal, an wen sie ihn erinnerte, als er sich seinen Cappuccino zog. Ihm fiel ein, dass er sie noch nicht singen gehört hatte. Er schlich mit seinem Kaffee durch die Seitentür ins Studio, ignorierte einen bösen Seitenblick des Kameramanns mit der Glatze und stieg eine der Treppen zu den Zuschauertribünen hoch. Diesmal blieb er unauffällig hinten, etwas weiter oben, sitzen. Er hatte von hier aus einen guten Blick auf die Bühne und die Band. An der rechten Seite sprach Lisa leise mit Daniel Hörmann, dann sah Magnus, dass Maja aus der Seitentür trat, hinter der die Maske und die Büroräume lagen, und außen herum zu Lisa und dem Moderator ging. Sie trug ein rotes, langes Kleid aus einem glitzernden Stoff und sah atemberaubend aus. Lisa warf einen Blick hoch zur Regie, dann betrat der Moderator die Bühne und kündigte Maja an als Startnummer vier. Applaus vom Band, sie betrat mit langen Schritten die Bühne, nahm Blickkontakt mit der

Band auf und begann zu singen. Magnus war wie verzaubert von ihrer Erscheinung und ihrer warmen Altstimme. Der Song war melancholisch, aber nicht kitschig und besang in Englisch einen traurigen Sommertag, an dem sie einen guten Freund verloren hatte. Plötzlich entstand Unruhe an der rechten Seite der Bühne. Stimmengewirr war zu hören. Dann passierten mehrere Dinge gleichzeitig. Majas Gesang brach ab, sie blickte irritiert zum Bühnenrand, eine sehr schlanke Frau im schwarzen Hosenanzug stürmte auf die Bühne und griff nach Majas Mikrofon. Der Moderator, Lisa und mehrere Crew-Mitglieder rannten ihr hinterher. Am linken Bühnenrand verließ der Kameramann mit der Glatze seinen Posten, um der Frau das Mikrofon abzunehmen, aber er war nicht schnell genug.

»Wenn ihr glaubt, ihr könnt mich kaltstellen, dann seid ihr dumm!« Magnus erkannte die Stimmlage und das rollende »R« ohne Mühe wieder: Elena, die Witwe, legte gerade einen Auftritt hin. Dann folgte der lange Pfeifton eines Feedbacks und ein Rumpeln, bis es der Crew gelungen war, Elena das Mikrofon zu entreißen. Maja stand wie verdattert am Rand des Menschenknäuels, hob schließlich die Hände in einer fragenden Geste, drehte sich weg und ging zum verwaisten Bühnenrand zurück. Dort ließ sie sich auf einen Stuhl fallen und schüttelte den Kopf. Magnus sah seine Chance gekommen und pirschte sich über die Seite näher an die Bühne heran. Hier gab es Informationen gratis und in voller Lautstärke. Er ließ sich zwei Plätze neben Maja nieder, die ihn gar nicht bemerkte, sondern gebannt das Schauspiel verfolgte.

»Du«, sagte die Raubvogelfrau und zeigte mit dem Finger auf Lisa. »Du bist schuld. Wenn du nicht wärst, wäre er nicht in dieser Jury und dann würde er noch leben.«

Interessante Kausalkette, dachte Magnus amüsiert, aber die Tirade ging noch weiter.

»Seitdem du ihn kennst, trinkt er. Seitdem du ihn kennst, betrügt er mich. Seitdem du ihn kennst, …«

»Kann mal jemand der Security Bescheid sagen?«, rief der Kameramann, der sich vor Lisa aufgebaut hatte, als ob er sie vor Wurfgeschossen beschützen müsste. »Wie ist die überhaupt reingekommen?«

Lisa trat hinter ihm einen Schritt zur Seite und baute sich mit verschränkten Armen vor Elena auf. Sie wirkte kein bisschen eingeschüchtert. »Komm runter, Elena. Das mit Martin und mir war schon lange vorbei, und das wüsstest du, wenn du dich für etwas anderes als dich selbst interessieren würdest.« Sie wandte Elena den Rücken zu, die vor Empörung nach Luft schnappte. »Auch wenn das jetzt hart klingt«, sagte Lisa über die Schulter zu ihr, »betrogen und gesoffen hat dein Mann schon immer.«

»Touché«, sagte Maja halblaut. »Ein Musterbeispiel an Empathie.« Sie schenkte Magnus ein schiefes Lächeln.

Neben Elena standen wie aus dem Boden gewachsen zwei Security-Mitarbeiter des Senders. Als sie sie am Arm fassen und wegführen wollten, brach eine neue Schimpfkanonade los, von der »dreckige Hure« noch die freundlichste Bezeichnung war. Mit einiger Mühe brachten die Mitarbeiter die Tobende nach draußen. Lisa signalisierte der Regie 15 Minuten Pause und verschwand mit dem Kameramann und dem Moderator durch die Seitentür in den Gang zu den Büros. »Was war das?«, fragte er Maja.

»Fragst du mich das als Psychologiestudentin?«

»Warum nicht?«

»Gekränkte Eitelkeit, Trauer und Wut.«

»Soweit war ich auch schon ohne Studium. Weißt du, warum sie so ausgerastet ist?«

»Lisa und Martin hatten eine Affäre. Das war Elena egal. Konzept offene Ehe. Martin hat getrunken. Das war Elena egal. Konzept wegschauen. Martin ist tot, nicht mehr egal, weil die Presse ihn – und damit sie auch – mit Dreck bewirft. Jetzt braucht sie jemanden, der Schuld ist.«

»Mit Schuldzuweisungen hat sie jedenfalls kein Problem«, meinte Magnus.

»Sie spinnt. Lisa ist schon über ein Jahr mit Piet zusammen.«

»Dem Kameramann? Woher weißt du das?«

»Die Woche auf Mallorca war das Knistern zwischen den beiden unübersehbar«, lächelte sie. »Ich habe Lisa einfach bei einem Cocktail am Strand danach gefragt. Sie war froh, es jemandem erzählen zu können, der nicht zur Crew gehört. Sie machen es nur nicht offiziell, weil der Sender nichts von Paaren im Team hält.«

»Du solltest für die Polizei arbeiten«, sagte Magnus.

»So wie du?«

»Woher weißt du das? Hat Florian …« Nein, Maja war schon in der Maske gewesen. Von Florian konnte sie es nicht wissen.

»Das war nur geraten«, grinste sie. »Ich bin eine gute Beobachterin«, sagte sie. »Du schreibst zu viel auf und du fragst sehr viel.«

Magnus musste widerwillig lächeln. »Meine Tarnung als Detektiv ist miserabel. Da habe ich noch Luft nach oben.«

»Ich verrate es niemandem«, sagte sie und stand auf und strich ihr Kleid glatt. »Ich hoffe, es dient einem guten Zweck.«

Die Probe ging weiter, Maja musste ihren Auftritt nicht wiederholen. Magnus ging durch die Mall nach draußen und rief Miriam an. Sie klang müde. Er fasste knapp zusammen, was seine Überlegungen zu Martin Mann ergeben hatte, berichtete von dem Gespräch mit Florian und dem bühnenreifen Auftritt von Elena.

»Von der Witwe habe ich schon gehört«, sagte Miriam. »Frau Mann muss gegenüber den Kollegen komplett ausgerastet sein, weil die Staatsanwaltschaft eine Obduktion angeordnet hat.«

»Also doch?«

»Hm. Wir – also meine Kollegin, meine ich – konnten Keller davon überzeugen, dass die Verletzung am Hals relevant für die Ermittlung ist. Soll harte Arbeit gewesen sein.«

Magnus dachte an den unfreiwillig komischen Auftritt, als Keller und Holtmann die Kandidaten befragt hatten.

»Wie kommt der eigentlich zur P…«, setzte er an.

»Frag mich nicht«, unterbrach ihn Miriam. »Ich will ihn nicht in die Pfanne hauen. Vitamin B, soweit ich weiß. Er ist übrigens gar kein schlechter Ermittler. Nur die Schlüsse, die er aus seinen Ergebnissen zieht, …«

»Sind falsch«, ergänzte Magnus.

»Kannst du mir deine Notizen zu Martin Mann faxen? Auch zu diesem Florian?«, fragte Miriam. »Es könnte interessant sein, sie mit den Befragungsergebnissen der Kandidaten abzugleichen. Die Zeugenaussagen leitet

Holtmann an mich weiter. Es sieht so aus, als hätte jeder der Kandidaten mit Mann vor der Probe noch gesprochen.« Sie seufzte hörbar. »Das verkompliziert die Lage. Den Abgleich könnte ich bequem von zu Hause machen.«

Magnus versprach es. »Überarbeite dich nicht«, mahnte er Miriam an.

Sie lachte. »Du kannst dir nicht vorstellen, wie langweilig mir jetzt schon ist. Ich bin froh über jeden Auftrag.«

Magnus hastete zurück ins Studio. Auf der Bühne kündigte der Moderator Heikos Auftritt mit der Startnummer fünf an. Mit den ersten rockigen Akkorden verschwand Magnus durch die Seitentür zu den Büros und suchte ein freies Faxgerät. Er hatte Glück, im Produktionsbüro saß nur Anna, die auf dem Monitor den Auftritt verfolgte.

»Wie kommst du voran?«, wollte sie wissen.

In deiner Angelegenheit gar nicht, dachte er, aber das konnte er schlecht sagen. »Ganz gut, denke ich«, log er. »Ich werde noch ein, zwei Dinge überprüfen, dann berichte ich dir morgen.«

Sie gab sich mit der Antwort zufrieden und ließ ihn ohne weitere Fragen an das Faxgerät. »Die Heimfahrt der Kandidaten heute Abend verzögert sich um eine halbe Stunde«, sagte sie. »Wir werden morgen eine Generalprobe ansetzen, weil wir noch keinen ungestörten Durchlauf hatten.«

»Aber morgen ist doch schon die Ausstrahlung?«

Anna zuckte mit den Achseln. »Das ist nicht ungewöhnlich. Feli schreibt gleich die Tagesdisposition für morgen. Richtet euch auf eine Probe zwischen 12 und 15 Uhr ein.«

»Ab wann wird ausgestrahlt?«

»Um 19.30 Uhr«, sagte sie. »Der Einlass beginnt um 17.00 Uhr.«

Magnus pfiff leise durch die Zähne. Morgen würde für alle Beteiligten ein langer und anstrengender Tag werden. Allmählich zweifelte er, ob es eine gute Idee war, heute Abend auszugehen.

Die Kandidaten nahmen Magnus' Ankündigung einer Generalprobe überraschend gelassen auf. Sascha fehlte, er war der Nächste im Ablauf.

»Da müssen wir durch«, meinte Jojo. Er hatte seinen Auftritt schon hinter sich und tänzelte ausgelassen durch den Raum. »Was ist denn mit dir los?«, fragte Jason. Er saß auf einem der Sessel und wirkte müde. »Ich bin völlig k.o. nach dem Auftritt. Hast du was genommen?«

Jojo rappte unbeeindruckt für sein Publikum:

»Heute Abend ist es so weit,
die Braut, die ich will, hat endlich Zeit
sie trägt für mich ihr schwarzes Kleid –«

Alle stöhnten unisono. »Nicht schon wieder.« – »Lass es bitte.« – »Genug davon.« – »Stop it!« – »Du hast keine Chance!«

»Sascha ist dran!«, rief Melissa. »Kommt gucken!« Die Runde scharte sich um den Monitor am Tresen. Nur Florian blieb etwas abseits auf dem Sofa sitzen und beteiligte sich nicht am Gespräch. Magnus war erleichtert, dass ihm die Finalisten unvermindert freundlich begegneten. Sogar die unnahbare Diane lächelte ihm zu. Also hatte

Florian ihnen nichts über Magnus' Ermittlung verraten. Er kündigte an, sie um 19 Uhr nach Hause zu bringen, und verzog sich nach draußen. Er musste nachdenken. Am besten mit einer Zigarette oder einem der leckeren Schokoriegel aus dem Kühlschrank des Catering-Raums.

Um Viertel vor acht fuhr Magnus nach Hause, hungrig und müde. Die Kandidaten waren nach der langen Probe geschafft und auf der Rückfahrt in die WG schweigsam gewesen. Sie verabredeten sich für halb zehn vor dem Klub Berlin, einer Ehrenfelder Cocktailbar mit Tanzfläche, in die Magnus sich bisher noch nicht verirrt hatte. Er schickte Jamila die Adresse und die Uhrzeit per SMS und erntete drei Küsschen mit Herzchen als Antwort. Hilfe! Wie sollte er Eliza beibringen, dass er mit der schönsten Frau am Set heute Abend ein Date hatte? Wenn auch in größerer Gesellschaft? Halb hoffte er, sie wäre nicht zu Hause, dann könnte er sich mit einem Zettel auf dem Küchentisch aus der Affäre ziehen, gleichzeitig schalt er sich für seine Feigheit. Natürlich war Eliza da, gut gelaunt öffnete sie ihm die Tür und strahlte ihn an. »Stell dir vor, ich habe heute und morgen frei! Kai hat seine Dienstreise abgesagt und hilft Antonia mit den Kindern. Ich kann mich in Ruhe um meine Aufträge kümmern. Oh, du siehst geschafft aus. War es schlimm? Hast du Hunger?«

Magnus bejahte Letzteres und Eliza zauberte in weniger als 20 Minuten Nudeln mit selbstgemachter Basilikum-Pesto auf den Tisch. Danach war er zwar immer noch etwas müde, aber wesentlich besser gelaunt. Zeit für eine Beichte. Er erklärte etwas umständlich, dass er gleich noch eine Verabredung hätte und wie es dazu gekommen war.

»Ich habe mich überrumpeln lassen«, sagte er wahrheitsgemäß.

Eliza starrte ihn mit offenem Mund an. »Heute Abend? Ehrenfeld? Mit Jamila? Das glaube ich nicht. Ich liebe sie!«

»Äh – was?«

»Das ist eine der besten Sängerinnen überhaupt, finde ich! Katja hat uns für Oktober Konzertkarten besorgt. Und wir gehen heute mit ihr aus?«

»Wir? Äh – ja, klar. Warum nicht?« Magnus war völlig entgeistert. Elizas Stimmungen und ihr Musikgeschmack waren immer für eine Überraschung gut.

»Warum hast du mir das nicht früher gesagt? Ich habe überhaupt nichts mehr zum Anziehen! Dann hätte ich mir noch – Männer! Wann müssen wir losfahren? Oh Gott, es ist schon halb neun!« Sie stand hastig vom Tisch auf. »Du räumst ab. Ich bin im Bad. Du kannst nach mir unter die Dusche.«

Magnus saß noch einen Moment am Tisch und lauschte dem Geräusch von hastig aufgezogenen Schubladen und auf- und zuschlagenden Türen im ersten Stock. Ein breites Grinsen überzog sein Gesicht. Man durfte auch mal Glück haben.

Der Abend war klar und warm. Sie nahmen die Fahrräder, was ihnen die mühsame Parkplatzsuche in Ehrenfeld ersparte. »Ich will mindestens zwei Cocktails trinken«, sagte Eliza entschlossen, als sie an der Dürener Straße an einer roten Ampel hielten. »Die sind richtig lecker. Falls noch ein dritter passt, nehmen wir uns ein Taxi.«

»Du kennst den Laden? Du erstaunst mich immer wieder.«

»Ich hoffe, du kennst wenigstens meinen Lieblingscocktail? Los, rate. Du hast drei Versuche.«

»Oh nein, bitte nicht«, jammerte Magnus. »Mojito?«

»Mag ich auch, aber nein.«

»Warte, ich hab's. Erdbeer-Margarita.«

»Schon wärmer, aber falsch. Wenn du's beim dritten Mal nicht weißt, gehen die Getränke auf dich.« Sie lachte ihm frech ins Gesicht und trat in die Pedale, als die Ampel umsprang.

Jetzt hatte ihn der Ehrgeiz gepackt. Er radelte seiner schönen Frau hinterher und überlegte fieberhaft. Er kannte den Drink. Im letzten Jahr hatte er amüsiert einen Streit verfolgt, den sie mit dem Barkeeper über die richtige Zubereitung angezettelt hatte. Milch oder Sahne.

»White Russian!«, brüllte er ihr hinterher. »Das ist kein Cocktail, das ist ein Longdrink! Und du trinkst ihn am liebsten mit Sahne!«

Außer Atem und lachend kamen sie in der Keplerstraße an. Das Schild an der Bar zeigte eine Dame aus den 20er-Jahren, die an einem Cocktailglas nippte. Es war kurz vor halb zehn, noch fast hell, genau die richtige Uhrzeit für einen Cocktail. Wenn man sie mochte. Magnus bevorzugte Bier, das hatte er besser unter Kontrolle. Wenn er an den morgigen Tag dachte, war das ohnehin die bessere Wahl, schließlich war er keine 20 mehr. Es war zum Glück noch nicht voll. Sie waren die Ersten, von den Kandidaten war noch niemand da. Vereinzelte Grüppchen von Studenten oder jüngeren Paaren quetschten sich in die gemütlichen Sitzecken mit Ledermöbeln und niedrigen Tischchen. Die Wände waren halb hoch mit wild gemusterter Tapete in Schwarz-Weiß beklebt, das Licht angenehm gedämpft. Es roch unaufdringlich nach Parfüm und süßem Alkohol. Eliza ging vor ihm her und bot von hinten einen hübschen Anblick mit vom Wind zerzausten Haaren, enger, schwarzer Jeans und der schmal geschnittenen knallbunten Tunika. Magnus versetzte ihr einen spielerischen Klaps auf den Po. Sie drehte sich um und drohte ihm mit dem Zeigefinger.

»Achtung, Baby, morgen twittere ich unter #metoo!«

»Du hast keinen Twitter-Account«, grinste Magnus. »Und bei Instagram bist du auch nicht.«

»Als ob du das wüsstest«, zog sie ihn auf. »Hier?« Sie zeigte auf einen freien Tisch, an den mit gutem Willen zehn Leute passten, wenn sie ein bisschen zusammenrückten. Magnus nickte. Eliza studierte mit zunehmender Begeisterung die Getränkekarte, Magnus nahm die gut ausgestattete und auf Hochglanz polierte Bar in Augenschein. Der junge Barkeeper hatte eine Reihe mit Eiswürfeln gefüllter Gläser vor sich stehen und füllte mit geübter Präzision etwas Zähflüssiges, Rotschäumendes aus dem Shaker hinein. Vor ihm am Tresen saßen zwei Männer mit grauen Pferdeschwänzen und Jeanshemden, die seine Kunst bewunderten. Links hinten führte ein offener Durchgang zu einem weiteren Raum, die Tanzfläche, vermutete Magnus. Momentan lief Swing aus den 40er-Jahren und gab ihm das Gefühl, in eine Zeitschleife geraten zu sein.

»Was darf ich euch bringen?«, fragte eine junge Blonde.

Eliza erörterte mit ihr ausführlich die Feinheiten von Gin-Cocktails und orderte einen Singapore Sling, Magnus bestellte ein Bier. Er merkte, dass er sich zum ersten Mal an diesem Tag entspannte. Es war schön, einfach hier mit Eliza zu sitzen und zu reden. Als sie ihn nach seinem Tag fragte, versuchte er sich an einer kurzen Zusammenfassung. Elizas Augen wurden immer größer. »Was für ein Chaos! Was sagt denn Miriam dazu?«

»Ich glaube, sie versucht irgendein Muster in den Aussagen zu erkennen, die ich gesammelt habe.«

»Das ist einfach«, sagte Eliza und steckte sich genüsslich die Cocktailkirsche in den Mund, was Magnus für einen kurzen Moment auf dumme Gedanken brachte.

»Wie bitte?«

»Überleg doch mal. Macht- und sexhungriger Produzent unter lauter schönen Frauen. Ehrgeizige Kandidaten wollen jeweils die Nummer eins sein. Das ist geradezu klassisch.«

»So machthungrig fand ich ihn gar nicht«, widersprach Magnus und erntete einen ungläubigen Blick von Eliza. »Und sexhungrig? Nur weil er eine Affäre hatte …«

»Ich weiß genau, was Miriam dir morgen sagen wird«, behauptete sie und stellte ihr Glas energisch ab.

»Hier bist du! Meister, wartest du schon lange? Oh, hallo Eliza.« Milan grüßte sie lässig mit erhobener Hand und ließ sich auf einen der breiten, runden Hocker fallen, die mit dem Rücken zum Gang standen. Er trug ein schwarzes T-Shirt mit der Aufschrift »Ich habe Abitur, lasst mich durch!«.

Magnus grinste. »Wo ist der Rest?«

»Florian wollte nicht mitkommen, und die anderen stehen vor der Tür und rauchen.«

»Rauchen? Ich dachte, ich sei der Einzige in der Runde.«

»Maja, Heiko, Jason. Aber nur ab und zu. Der Rest steht daneben und guckt zu.«

Milan sah sich um. »Cooler Laden. Hier war ich noch nicht. Angeblich schenken sie hier Prohibitionsdrinks aus.«

»Probier mal den hier«, sagte Eliza und hielt Milan das Glas mit dem Strohhalm hin.

»Danke, nicht meiner«, wehrte er ab. »Ich bleibe beim Bier. Morgen wird ein langer Tag.«

»War klar, dass du kneifst, Kleiner.« Sascha bildete die frisch geduschte Speerspitze der Kandidaten. »Ich werde mich heute durch die Gin-Auswahl trinken. Oh, eine schöne Frau.« Er deutete eine Verbeugung an. Eliza lächelte vergnügt. »Danke!« Magnus stellte sie den anderen vor. Innerhalb von zwei Minuten brach am Tisch ein Höllengeschnatter los, in das sich Eliza mühelos einfand. Magnus trank zufrieden sein Bier, ließ die Gespräche an sich vorbeirauschen, warf seiner Frau verliebte Seitenblicke zu und sprach nur das Nötigste. Die Kandidaten hatten sich eindeutig schick gemacht. Melissa trug ein kurzes, blaues Kleid mit groß aufgedruckten Blumen, hatte die welligen Haare hochgesteckt und sich stark geschminkt, was sie älter wirken ließ. Maja hatte ein kleines Schwarzes mit einem knallroten Lippenstift kombiniert und sah umwerfend aus. Jojo trug ein Jackett und ein weißes Hemd, was ihm ausgezeichnet stand, nur Jason sah mit seinem verschmuddelten Kapuzenpulli aus wie immer. Als Magnus sein zweites Bier getrunken hatte, erschien Jamila in einem himmelblauen, buntbestickten Kleid und einem bunten Turban, der aufwendig in ihren Haaren befestigt war. Sie wurde mit großem Hallo am Tisch empfangen. Am auffälligsten benahm sich Jojo, der wollte, dass sie neben ihm saß, aber sie quetschte sich in eine Ecke zwischen Eliza und Maja. Eliza war vor Freude hochrot angelaufen und gab sich als Fan zu erkennen. Sie war sich später am Abend nicht zu schade, um ein Autogramm auf einem Bierdeckel zu bitten. Magnus legte Eliza den Arm um ihre Schultern, damit Jamila direkt im Bilde war, dass er nicht an ihr interessiert war. Aber seine Sorge, dass sie ihm das verübeln könnte, war unnötig, sie war glänzend gelaunt, gab sofort eine Runde für alle aus und unterhielt dann die ganze Tischrunde mit lustigen Anekdoten von ihrer ersten Tournee vor mehr als zehn Jahren.

»Und dann hat dieser schreckliche Mensch gesagt, meine Stimme taugt höchstens für einen drittklassigen Gospelchor, stellt euch das vor!« Sie begleitete ihre Ausführungen mit ausladenden Gesten, wobei der Schmuck an ihren Handgelenken klimperte. Großes Gelächter und verhaltene Empörung am Tisch. Die Besucher an den anderen Tischen reckten die Hälse und begannen miteinander zu flüstern. Der Barkeeper persönlich kam an ihren Tisch, um ihre nächste Bestellung aufzunehmen. Magnus lächelte zufrieden. Er hatte gestern im Club angerufen, um Jamilas Besuch anzukündigen. Immerhin war sie ein Star und hatte bestimmt nichts gegen eine Portion Extra-Aufmerksamkeit einzuwenden. Magnus fühlte sich gerade wunderbar überflüssig und begann die Runde unauffällig zu beobachten. Alle hörten Jamila gebannt zu. Sascha hatte seine Hand auf Melissas Rücken gelegt. Ob das der Grund war, warum sich Florian abgeseilt hatte? Er konnte es ihm nicht verdenken. Wenn er wirklich in Melissa verliebt war, war das kein Anblick, der gut zu ertragen war. Er fragte sich, ob Melissa überhaupt etwas von Florians Gefühlen wusste. Sascha, Jojo und Heiko überboten sich gegenseitig in witzigen Bemerkungen. Es fehlte nur noch, dass sie sich auf die Brust trommelten. Magnus fing Majas Blick auf, die ihm ein feines Lächeln schenkte. Zum x-ten Mal dachte er nach, woher sie ihm so bekannt vorkam. Auf gute Art bekannt. Wie etwas, an das man sich gerne erinnert. Diane stieß mittlerweile zur Gesellschaft dazu, grüßte fröhlich in die Runde und ließ sich zwischen Melissa und Jason auf der Ecke der Lederbank nieder. Ihre Unnahbarkeit hatte sie heute im Hotel gelassen. Sie trug Jeans, hatte die Haare zu einem schnörkellosen Pferdeschwanz zusammengebunden und trug ein ärmelloses, schwarzes Top. Sie bestellte sich ein Bier. Magnus wurde nicht schlau aus der Frau, Diane hätte er mindestens im Cocktailkleid erwartet. Bei genauerem Hinsehen wirkte sie mindestens so gut austrainiert wie Jojo. Nur Muskeln und kein Gramm Fett. Die Musik hatte unterdessen gewechselt, war treibender und schneller geworden. Der Tisch war mittlerweile mit Flaschen und leeren Cocktailgläsern übersät.

»Ich will tanzen«, rief Melissa und sprang auf, »wer kommt mit?«

»Später«, meinte Maja. »Ich trinke noch aus.«

Sascha und Jojo standen auf, um Melissa zu begleiten. Heiko, Milan und Jason gingen nach draußen vor die Tür, sodass sich Magnus mit den Frauen am Tisch alleine wiederfand. Diane rückte ein Stück zu ihnen auf. Jamila beugte sich ein wenig vor, senkte die Stimme und sagte: »Sie ist noch ein Kind. Ihr müsst auf sie aufpassen.« Sie meinte Melissa, vermutete Magnus. Diane verdrehte die Augen: »Das besorgen schon die Männer um sie herum, meinst du nicht?«

Jamila schüttelte den Kopf. »Nein, sie braucht Frauen. Eine große Schwester oder Mama, verstehst du?«

Maja stimmte ihr zu. »Männer hat sie genug um sich herum. Und dann noch dieser Vater …«

Eliza war irritiert. »Wen meint ihr, Melissa? Die hat nichts von einem Kind an sich, finde ich.«

»Das täuscht«, widersprach Diane. »Matthias mag verrückt sein, aber er meint es gut. Was man nicht von jedem behaupten kann.«

Maja nickte. »Weißt du noch auf Mallorca? Da sind so einigen die Hormone durcheinandergeraten.«

»Falls du das meinst, was ich meine … Gab es irgendjemandem, bei dem er es nicht versucht hat?«, fragte Diane.

»Bei dir«, grinste Maja. »Was hast du ihm gesagt, dass er dich in Ruhe gelassen hat?«

Diane grinste zurück. »Frag mich lieber, was ich gemacht habe. War bestimmt schmerzhaft.« Sie lachten.

»Aber er mochte Melissa«, sagte Maja nachdenklich. »Und sie ihn auch, glaube ich. Er hat ihr einen Vertrag angeboten.«

»Ihr redet von dem grässlichen Mann«, stellte Jamila fest. »Ich möchte seinen Namen nicht nennen. Das bringt Unglück. Er ist tot.«

Elizas Augen wurden immer größer. Magnus verhielt sich mucksmäuschenstill. Die Gelegenheit, Frauen untereinander zu belauschen, war selten genug. Eliza stieß ihn mit dem Ellbogen in die Rippen. »Lass uns rausgehen«, zischte sie ihm ins Ohr. Sie quetschten sich durch das mittlerweile voll gewordene Lokal nach draußen. Heiko, Jason und Milan standen auf dem engen Streifen Bürgersteig hinter einem anderen Grüppchen und winkten ihnen zu, aber Eliza zog Magnus fort, zwischen die parkenden Autos.

»Hast du eigentlich mal mit dieser Melissa gesprochen?«, fragte Eliza ihn. Magnus drehte sich eine Zigarette.

»Ich hatte keinen Grund«, sagte er. »Sie hat, wie alle anderen auch, Martin Mann noch kurz vor der Probe gesehen. Ich glaube kaum, dass sie der Typ ist, der jemanden über das Geländer gehen lässt.«

»Vielleicht war es doch ein Unglück?«

Magnus schüttelte den Kopf und dachte an die Verletzung am Hals, die der Arzt entdeckt hatte.

»Trotzdem, du solltest dem Mädchen mal auf den Zahn fühlen. Vielleicht hat sie etwas beobachtet.«

Magnus zündete sich die Zigarette an. »Nicht so einfach für mich, Leute zu befragen. Dieser dämliche Kollege von Miriam ist sowieso sauer auf mich. Wenn ich dem in die Quere komme …«

»Was soll dir denn passieren?«

»Hast du dir nicht gestern Abend noch Sorgen um mich gemacht, weil ich in eine Mordermittlung verwickelt bin?«

»Das war gestern«, meinte Eliza. »Mittlerweile bin ich … ich bin neugierig, was dahintersteckt.«

»Auf meine Kosten«, brummte Magnus, aber nicht ernsthaft. Er schnippte die Zigarette in den Rinnstein und zog Eliza in seine Arme. »Komm her, Weib. Habe ich dir heute schon gesagt, dass du zauberhaft bist?«

Elizas Kopf lag an seiner Schulter. »Sie sieht mir ähnlich, oder?«, murmelte sie.

»Was? Wer?«

»Diese Maja. Sie sieht mir ein bisschen ähnlich.«

»Spinnst du?« Magnus löste sich aus der Umarmung, hielt Eliza an den ausgestreckten Armen vor sich auf Distanz und prüfte ihr Gesicht. Sie meinte es ernst. Im gleichen Moment begriff er, dass sie recht hatte. Die dunklen Augen. Die feingezeichneten Augenbrauen. Der schmale Nasenrücken. Auf so etwas Naheliegendes wäre er nicht gekommen. Er begann zu lachen. Eliza sah ihn verunsichert an. »Warum lachst du?«

»Und ich Idiot frage mich seit zwei Tagen, warum mir das Mädel so sympathisch ist.«

Eliza fand das nicht so lustig. »Ach ja? Nur sympathisch?«

Magnus umfasste ihr Gesicht mit den Händen.

»Nein. Ich finde sie auch attraktiv. Hör zu, Weib. Wenn das nicht für dich spricht, was dann? Ich finde Frauen hübsch, weil sie dir ähnlich sehen. Begreifst du das? Und du – das Original – gehörst zu mir.«

Eliza war noch nicht überzeugt. »Aber sie ist viel jünger als ich.«

»Die halbe Menschheit ist jünger als wir, na und?« Er ließ sie los. »Ich liebe dich. Und jetzt komm wieder mit rein, darauf will ich mit dir anstoßen.«

Am Tisch saßen nur noch Jason und Heiko, ins Gespräch vertieft. »Sie sind alle nebenan, tanzen«, meinte Heiko. »Ist nicht meine Musik.« Die 90er-Jahre standen mittlerweile beim DJ hoch im Kurs, Magnus konnte den Anfang von Fatboy Slims »Praise you like I should« ausmachen. Bevor er es sich anders überlegen konnte, zog Eliza ihn in Richtung der Tanzfläche. Er organisierte ihnen an der

Bar noch etwas zu trinken ohne Alkohol und folgte mit den Getränken den schweren Bässen mitten hinein in das Getümmel der Tanzfläche. Magnus kämpfte sich durch einige Schweißwolken hindurch zu Eliza, die sich vor einen riesigen Wandspiegel zu Diane und Maja an den Rand gesellt hatte. Der Raum war nicht riesig, aber groß genug für mindestens 50 Tänzer. Es sei denn, sie benötigten so viel Raum wie Jojo und Jamila, die das Zentrum des Hurrikans bildeten. Ein Ring aus Mittänzern hatte sich um sie gebildet, die johlten und applaudierten, als Jojo tanzend seine Hüften näher an Jamila heranschob. Sie drehte sich geschickt weg, lächelte ihn aber über die Schulter an, als ob sie ihn tänzerisch auffordern wollte, ihr zu folgen. Magnus beobachtete die beiden schon eine Weile, als ihm Milan auf die Schulter tippte. »Meister, komm mit. Es gibt Ärger.«

Magnus stellte sein Wasser ab, ignorierte Elizas fragenden Blick und folgte Milan an das andere Ende der Tanzfläche.

Melissa diskutierte mit hochrotem Kopf etwas mit Sascha, der von zwei unangenehm aussehenden Typen flankiert wurde, die nicht in die angenehme Atmosphäre des Clubs passen wollten. Gut definierte Muskeln unter teurer Markenkleidung, gekrönt von wenig Gehirn.

»Fang du nicht auch noch an, mir Vorschriften zu machen«, hörte Magnus Melissas helle Stimme, als sie näher kamen.

»Du hast es gehört«, sagte einer der beiden Typen. »Sie will nichts von dir.«

»Genau, überlass sie uns«, sagte der andere und stieß ein meckerndes Gelächter aus. »Wir bringen sie schon sicher nach Hause.«

»Verzieht euch«, drohte Sascha, aber es klang unsicher. Obwohl er groß war, hatte er gegen zwei von dieser Sorte keine Chance, schätzte Magnus. »Willst du das wirklich?«, sagte Sascha zu Melissa.

»Ich will verdammt noch mal einfach meinen Spaß haben«, sagte Melissa und Magnus krümmte sich innerlich. Das Mädel verschenkte zielsicher jede Möglichkeit, die Situation zu entschärfen. Melissa drehte ihnen allen abrupt den Rücken zu und marschierte drei Schritte Richtung Bar hinaus. Die Typen tauschten einen kurzen Blick und hefteten sich an ihre Fersen. Einer der beiden konnte es nicht lassen, eine eindeutige Bewegung mit der Hüfte zu machen und Sascha den Mittelfinger zu zeigen. Der kochte vor Wut. Plötzlich schrie Melissa auf. »Du Arschloch, nimm deine Finger von mir!«

Sascha und Magnus waren in Sekundenbruchteilen bei ihr. Der Typ, der am nächsten an Melissa dran gewesen war, verzog das Gesicht vor Schmerzen und rieb sich das Schienbein. »Du miese kleine …«

Das genügte, um Sascha zu provozieren. Der holte mit der Faust aus, war aber nicht schnell genug für die Krawall-Brüder. Mit einer geraden Linken streckte der eine Sascha nieder, der andere setzte an, mit dem Fuß den am Boden liegenden Sascha gegen den Kopf zu treten. Magnus reagierte ohne zu überlegen und holte ihn mit einem gezielten Tritt gegen die Kniekehlen von den Beinen. Jetzt war dessen Kumpel auf Magnus sauer und versuchte ihn mit den Fäusten zu erwischen, aber für den gut trainierten Magnus war es ein Kinderspiel, ihn auf Abstand zu halten. »Du willst nicht, dass ich dich treffe«, sagte er. Ein Flackern in den Augen seines Gegners verriet Unsicherheit. Um die Kämpfenden hatte sich ein Kreis gebildet, die Musik stoppte. Wie aus dem Boden gewachsen stand Heiko neben Magnus. »So, und jetzt beruhigen wir uns alle mal wieder. Verzieh dich, du Pissnelke«, sagte er zu dem Typen, der überrascht die Fäuste ein Stück senkte. »Und nimm deinen hirntoten Kumpel mit. Ab in die Heia.«

Magnus blieb auf der Hut, bis die Typen schimpfend das Feld geräumt hatten. Der Kreis löste sich auf, die Musik spielte weiter, als ob nichts gewesen wäre. Melissa, Eliza, Maja und Diane standen am Rand der Tanzfläche und starrten Magnus und Heiko mit großen Augen an. Die halfen dem stöhnenden Sascha auf die Beine, brachten ihn zu ihrer Sitzecke und bestellten eine Runde Bier, die Frauen kamen nach. Eine Weile sagte niemand etwas. Melissa hatte sich neben Magnus auf einen der Hocker mit dem Rücken zum Gang gesetzt.

»Ich mache immer nur Ärger«, sagte sie leise.

»Hör auf dich zu bemitleiden«, brummte der. »Was wolltest du von diesen Idioten?«

»Eigentlich nur Sascha ärgern«, gab sie zu.

»Das ist dir gelungen«, sagte Magnus, mit einem Seitenblick auf Sascha, der gerade mit Hilfe von Majas Handspiegel einen blauen Fleck auf dem Jochbein begutachtete.

»Er tut immer so, als ob wir zusammen wären«, sagte sie, »aber das stimmt nicht. Er geht mir auf die Nerven.«

»Kein Grund, sich Idioten ans Bein zu binden. Das hätte übel für dich ausgehen können.«

»Tut mir echt leid. Danke.« Und bevor Magnus es verhindern konnte, fiel sie ihm um den Hals und küsste ihn auf die Wange.

»Hey, nicht so stürmisch, schon gut.« Er versuchte sich aus ihrer Umarmung zu befreien.

»Aha, ich wusste es«, knurrte es hinter Magnus. »Ein Gentleman.«

»Papa, nein!«

Bevor Magnus die Stimme erkannt oder überhaupt Zeit hatte, die Situation zu begreifen, rissen ihn kräftige Arme vom Sitz hoch. Ein Blick auf Matthias' zorniges Gesicht, und dann wurde es schlagartig dunkel, als ihn die gerade Rechte an der Schläfe traf.

Er blinzelte und schloss die Augen sofort wieder. Hinter seinem linken Auge setzte ein gleichmäßiges Pochen ein, begleitet von einem permanenten dumpfen Dröhnen. Genaugenommen, war das Pochen vorher schon dagewesen. Ihm war übel. Er versuchte sich aufzusetzen, gab dann auf. In seine rechte Hand strahlte Wärme, die er sich nicht erklären konnte, aber es war angenehm.

»Süßer?« Das warme Gefühl in seiner Hand verstärkte sich, wurde zum Druck. Die Stimme mochte er. Sie sollte weitersprechen. »Ich bin bei dir.« – »Vielleicht sollten wir doch einen Krankenwagen rufen. Das dauert mir zu lange.«

Gemurmel. Männerstimmen. Jemand schluchzte, aber sehr leise. Die Wärme aus seiner Hand verschwand. Dann ließ sich sanft ein Schmetterling auf seiner rechten Wange nieder. Er wollte den Schmetterling gerne sehen und öffnete die Augen. Elizas Gesicht, dicht über ihm. Eine ihrer Haarsträhnen kitzelte ihn an der Wange. Magnus rappelte sich auf. Dann stieg die Übelkeit ungebremst in seine Kehle.

»Gib ihm den Eimer, schnell«, sagte Heiko.

Magnus erbrach sich und traf.

»Ich muss hier raus, sonst kotze ich auch gleich.« Saschas Stimme. Eine Tür knallte ins Schloss. Eliza drückte Magnus ein Glas Wasser in die Hand.

»Trink.« Er gehorchte. Es ging ihm schon etwas besser.

»Wo – wo sind wir?« Seine Augen versuchten den Raum zu erfassen. Er lag auf einem alten Sofa, über sich eine Wolldecke, die Beine hochgelagert. Das Zimmer war nicht mehr als ein Kabuff und diente als Abstellkammer. Stahlregale waren an der Wand verschraubt, vollgestopft mit Gläsern und Bierdeckeln, verstaubten Flaschen, zusammengerollten Plakaten und einer Reihe Cocktail-Shaker, die in die Jahre gekommen waren. Links eine verschlossene Vitrine mit teurem Hochprozentigen, zwei alte Barhocker, lose Bretter.

Bei ihm auf dem Sofa saß Eliza mit einem feuchten Tuch in der Hand, mit der anderen Hand wischte sie sich etwas aus dem Augenwinkel. An der Wand lehnten Heiko und Milan mit besorgten Gesichtern.

»Noch im Klub Berlin«, sagte Eliza. »Wir durften dich hier kurz unterbringen. Du warst ein paar Minuten weg. Sascha wollte gerade den Krankenwagen rufen.«

»Die anderen warten draußen«, meinte Milan. »Wir haben uns echt Sorgen gemacht.«

»Matthias will sich bei dir entschuldigen«, sagte Heiko und grinste etwas schief. »Ihm geht es fast schlechter als dir, nachdem Melissa ihn rundgemacht hat.«

»Ich will nach Hause«, sagte Magnus und stand langsam auf und prüfte vorsichtig, ob ihm noch etwas anderes als der Kopf wehtat. Ein bisschen Schwindel, aber es ging. »Sagt den anderen, dass ich euch morgen früh um halb elf abhole. Gibt es hier einen Seitenausgang?«

Heiko nickte. »Wir dachten uns schon, dass du keine Lust mehr auf Gesellschaft hast.«

Milan telefonierte nach einem Taxi. Zehn Minuten später waren Magnus und Eliza auf dem Heimweg.

FREITAG, 18. MAI

Am nächsten Morgen war der Kopfschmerz fast weg. Nach der Dusche fühlte er sich wie neu. Er nahm ein leichtes Schmerzmittel und winkte ab, als Eliza ihn beim Frühstück bat, sich vom Hausarzt kurz durchchecken zu lassen.

»Vergiss es. Heute ist Generalprobe und Liveshow. Die brauchen mich.« Und es waren noch entscheidende Fragen zu klären, aber das sagte er nicht.

»Gehirnerschütterung ist kein Spaß.«

»Es geht mir gut, wirklich. Wenn es ernst wäre, würde ich das merken. Reichst du mir bitte mal das Salz?«

»Immerhin hast du Appetit«, sagte Eliza. »Miriam hat eben angerufen, als du unter der Dusche warst. Warum du sie gestern nicht zurückgerufen hättest.«

»Verdammt.« Magnus prüfte seine Nachrichten auf dem Handy. Tatsächlich, sie hatte gestern Abend dringend um Rückruf gebeten, als er im Klub Berlin war.

»Ich habe ihr gesagt, warum du nicht zurückrufen konntest. Sie ist sehr besorgt.«

Er wählte Miriams Nummer, während er sich ein halbes Brötchen in den Mund schob.

»Was macht der Kopf?«, fragte sie zuerst.

»Sitzt fest.«

»Im Ernst jetzt, geh mal zum Arzt.«

»Das Gespräch hatte ich gerade schon. Mir geht es gut.«

»Wie du meinst. Du bist wie Benno. Hast du etwas zu schreiben? Mir ist etwas aufgefallen gestern.«

Magnus angelte nach einem Zettel und einem Stift am anderen Ende des Esstisches. »Sag an.«

»Diese Anmerkungen zum Opfer, die du gesammelt hast. Ich habe ein Muster entdeckt.«

»Wie meinst du das?«

»Ich habe die Aussagen mit den Zeugenvernehmungen durch meine Kollegen verglichen. Erstens: Dir erzählen sie mehr. Sie vertrauen dir.«

»Nicht alle«, sagte Magnus und dachte an Florian.

»Das spielt offenbar keine Rolle, was ihre Gesprächsbereitschaft angeht. Zweitens: Frauen und Männer treffen unterschiedliche Aussagen. Es gibt keine Frau, die etwas Freundliches über Mann geäußert hat.«

»Nicht mal Melissa? Ich dachte, sie mag ihn.«

»Keine«, stellte Miriam fest. »Die Männer äußern sich zum Teil positiv. Wenn das stimmt, was ich befürchte, solltest du den drei Kandidatinnen noch einmal auf den Zahn fühlen. Mit dieser Diane hast du noch nicht gesprochen.«

»Das wird schwierig heute«, sagte Magnus. »Heute ist Generalprobe und Liveshow. Sie werden nervös sein.«

»Du bist intelligent, mach es dir zunutze.«

»Danke. Warum ich?« Magnus fühlte sich in seiner Zwitterrolle immer weniger wohl. »Was ist mit deinen Kollegen?«

»Das ist meine zweite Befürchtung. Keller ist gerade auf dem Holzweg. Eher eine Holzautobahn, wenn du mich fragst.«

Magnus seufzte. »Vielleicht sollte ich doch zur Polizei gehen.« Miriam lachte. »Du bist talentiert, aber zu alt. Ach noch etwas. Dieses Mädchen aus der Maske, von dem du mir erzählt hast …«

»Rebecca?«

»Sie hat Mann vor der Probe nicht gesehen, aber es könnte trotzdem interessant sein, sie um eine ehrliche Einschätzung zu Mann zu bitten.«

»Das habe ich schon getan!«

»Betonung auf ehrlich.«

»Du meinst, sie lügt?«

»Jein. Sie hält vielleicht etwas zurück.«

100-prozentig tat sie das. Der Gedanke war ihm auch schon gekommen. Aber wie sollte er durch die Mauer kommen? Er war schließlich kein Psychologe.

»Magnus? Bist du noch dran?«

»Hm.«

»Ruf mich bitte an, später. Oder meinen Kollegen Holtmann, der weiß Bescheid. Und achte darauf, dass du dein Handy bei dir hast.«

Magnus versprach es. Eliza hatte dem Gespräch zugehört. In ihren Augen glitzerte es verdächtig.

»Siehst du, ich wusste es«, meinte sie. »Es ist ganz einfach.«

»Was ist einfach?«

»Frauen und Männer. Bei bestimmten Themen seid ihr einfach taub und blind.«

»Blödsinn.« Magnus begann sich zu ärgern. »Das ist doch Schubladendenken.«

»Ach ja? Hat Miriam dich gerade nicht gebeten, mit den Frauen zu sprechen?«

»Ja und?«

»Weil sie dir nicht alles sagen wollen. Weil du ein Mann bist. Und voreingenommen.«

»Jetzt reicht es, Eliza. Vielleicht habe ich noch nicht alles herausgefunden, aber nicht, weil ich voreingenommen bin. Hey, eigentlich habe ich einen ganz anderen Auftrag da. Ich mache das verdammt noch mal freiwillig für Miriam. Aus Freundschaft, wenn du so willst.« Er stand auf und begann mit viel Getöse, den Tisch abzuräumen. Die Klugscheißerei ging ihm auf den Wecker. Er musste hier raus. Es klingelte an der Tür. Clara. Er hatte völlig vergessen, dass er sie mitnehmen wollte.

»Was ist denn hier los?« Seine Tochter brauchte bloß einen Blick auf ihre Gesichter zu werfen. »Soll ich draußen warten?«

»Nein«, brummte Magnus. »Für einen Kaffee haben wir noch Zeit. Setz dich.«

Clara sah von einem zum anderen. »Wollt ihr darüber reden?« »Nein.« – »Nein.« Na, immerhin darüber bestand Einigkeit.

Eliza sah Clara aufmerksam an. »Du siehst blass aus. Soll ich dir einen Tee machen?«

»Hast du Kakao?« Jetzt war auch Magnus alarmiert. Kakao war Claras Lieblingsgetränk gewesen – bis sie zwölf war. Sie sah schlecht aus. Nicht nur blass, auch ihre Augen waren verquollen. Es dauerte keine fünf Minuten, und sie begann auf die behutsamen Nachfragen von Eliza und Magnus zu weinen. »Rebecca spricht nicht mehr mit mir wegen Papa, und Sascha ist ein Idiot.«

Eliza fixierte Magnus mit den Augen wie ein giftiges Insekt. »Was habe ich verpasst?«

»Er kann gar nichts dafür«, jammerte Clara. »Ich bin selber schuld, ich hätte nichts sagen sollen.«

Magnus zog sie sanft in die Arme und strich ihr über

das Haar. »Das war richtig, dass du mir das erzählt hast, Schatz. Es ist wichtig, dass Rebecca mit uns spricht. Miriam hat gesagt, dass sie vielleicht eine wichtige Beobachtung gemacht hat.«

»Kann mich mal jemand aufklären?«, fragte Eliza.

»Rebecca hat eine Begegnung mit Martin Mann gehabt«, riet Magnus. »Aber sie will nicht darüber sprechen.«

»Diese miese Ratte«, sagte Eliza.

»Wer ist jetzt voreingenommen?«, giftete Magnus. »Du weißt doch gar nicht, worum es geht.«

»Rebecca hat mir das im Vertrauen erzählt«, sagte Clara. »Ich weiß echt nicht, was ich machen soll.«

»Hast du deshalb gestern versucht mich anzurufen?«, wollte Eliza wissen. »Ich war im Kundengespräch.«

Clara nickte. Eliza sah Magnus in die Augen. Er begriff. »Ich gehe mal kurz auf einen Kaffee raus.«

Auf der Terrasse schien ein anderer Kosmos zu existieren. Die Sonne schien, die Vögel zwitscherten, die wenigen Wolken hatten klar abgesetzte Ränder und versprachen einen schönen Frühlingstag. Magnus beobachtete bei einer Zigarette einen frühen Zitronenfalter, der den Fliederbusch umtanzte. Er schlenderte durch den Garten, um den beiden Zeit zu geben. Wenn Clara lieber Elizas Rat wollte – gut. Er war nun mal nicht die Mutter und auch nicht die geliebte Ersatzmama. Für Eifersüchteleien war jetzt nicht der richtige Zeitpunkt. Nach einer gefühlten Ewigkeit öffnete Clara die Tür zur Terrasse.

»Wir können fahren, Papa.«

Sie schwiegen bis zur Dürener Straße, Magnus wollte nicht insistieren.

»Kannst du Rebecca bitte sagen, dass sie bei der Polizei aussagen soll?« Claras Frage kam unerwartet.

»Was? Worüber denn jetzt?«

»Mit mir spricht sie nicht mehr, wie gesagt.«

»Ich weiß immer noch nicht, worum es geht.«

»Er hat versucht, sie zu vergewaltigen. Auf Mallorca. Sie hatte Glück, dass jemand dazwischenkam.«

»Heilige Scheiße.« Magnus' Herzschlag beschleunigte sich. Er fuhr den Volvo an den Randstreifen und schaltete die Zündung aus. »Und dann sagt sie, er wäre fair und sachlich?«

»Sie ist eben echt tough.«

»Darüber möchte ich jetzt nicht mit dir streiten, ok? Ich muss das Miriam sagen.«

Clara stöhnte. »Eliza hat gesagt, dass du das sagen würdest. Bitte, bitte, Papa, versuch es doch wenigstens. Wir haben uns angefreundet. Wenn du jetzt zur Polizei gehst, redet sie nie wieder mit mir.«

Magnus startete den Motor wieder. »Ok, dir zuliebe, aber nur einen Versuch. Wenn sie sich querstellt, war es das.«

Kurz bevor sie auf das Firmengelände fuhren, fiel Magnus ein, dass er von Claras zweitem Problem noch nichts gehört hatte. »Warum ist Sascha ein Idiot?« Nicht, dass er das nicht wusste.

»Er findet eine andere netter. Das hat er mir aber nicht gesagt. Rebecca hat mir gestern nachgebrüllt, dass er Melissa hinterherläuft. Sie hat es nur gesagt, um sich zu rächen, deswegen habe ich ihr zuerst nicht geglaubt. Aber dann … er war in den letzten Tagen so komisch. Hast du gemerkt, dass er sie mag? Du hast ihn öfter gesehen als ich.«

»Hättest du das von mir hören wollen?«, fragte Magnus.

Clara schwieg. Dann schüttelte sie den Kopf. »Nein. Rebecca hat recht, oder?« Sie waren mittlerweile auf dem Parkplatz angelangt, machten aber beide keine Anstalten, aus dem Auto auszusteigen.

»Ich glaube schon. Ich weiß zwar nicht, ob Melissa ihn auch mag, aber ich finde, dass jeder ein Trottel ist, der nicht von dir überzeugt ist.«

Clara lächelte müde. »Danke, Papa. Ich merke es mir für das nächste Mal.«

Magnus hastete durch die Mall. Zuerst musste er die Kandidaten abholen und pünktlich zur Generalprobe bringen, dann Zeit für alles Weitere suchen. Es war schon kurz vor zehn. Aber er konnte nicht verhindern, dass seine Gedanken Karussell fuhren. Prompt begegnete ihm auf dem Weg zum Produktionsbüro Rebecca. Sie blickte schnell zur Seite, als sie ihn sah. Na prima. Wie sollte er zu dem Mädel Vertrauen aufbauen, wenn sie sich verraten fühlte? Er verschob das Problem auf später. Erleichtert stellte er fest, dass seine Klientin nicht im Produktionsbüro anzutreffen war. Jana und Feli hielten die Stellung, beide sahen aus, als ob sie im Büro übernachtet hätten. Jana telefonierte.

»Hier, dein Tagesablauf«, sagte Feli und hielt ihm den dicht bedruckten Zettel unter die Nase. Sie gähnte. »Du hast noch den besseren Teil erwischt. Kandidaten betreuen, wie gehabt.«

Gut, dass sie nicht wusste, was er noch alles nebenbei klären sollte. »Wo ist Anna?«

»Nebenan, in der Redaktion. Irgendwas ist schiefgelaufen. Die Generalprobe war ungeplant, da passiert so was.«

»Was heißt das, Sie sind zu wenige Leute?«, sprach Jana in den Hörer. »Warum soll das unser Problem sein? – Ja, mit Krankmeldungen müssen wir auch leben. – Warum sollten wir Ersatz stellen? – Einlass um 17.00 Uhr. Später? Auf keinen Fall. – Ja, gut, bis gleich.« Sie knallte den Hörer auf die Gabel. »Oh Gott.«

»Was ist los?«, fragte Feli.

»Der Ticketshop. Sie haben zu wenig Mitarbeiter für heute angefragt. Ausgerechnet heute, bei der Liveausstrahlung.«

»Was heißt das?«, fragte Magnus.

»Die Mitarbeiter dieser Firma kümmern sich um den Ticketverkauf und den Einlass«, sagte Jana. »Wenn die unterbesetzt sind, bricht zwei Stunden vor Ausstrahlung die Hölle los.«

Magnus nickte, als ob er verstanden hätte. Nichts wie weg hier. Aber das Schicksal meinte es heute nicht gut mit ihm.

Als er die Tür des Redaktionsbüros passierte, winkte ihn Maria von der Weide herein. Sie trug einen dunkelblauen Hosenanzug mit Nadelstreifen und sah aus, als ob sie jede Situation im Griff hätte. »Hier ist er, Anna.«

Seine Klientin saß an dem Schreibtisch, an dem normalerweise der blasse Brillenträger saß, eine Hand am Telefon. Auch sie trug einen Hosenanzug, braune Nadelstreifen. Sie wirkte wie eine Kopie der Redakteurin. »Wir haben ein Attentat auf dich vor«, sagte Anna. »Wir brauchen jemanden, der zur Not – wirklich nur zur Not! – beim Ticketshop aushelfen kann. Jana hat mich gerade angerufen. Es ist eigentlich nicht unser Problem, aber es würde mich beruhigen. Maria hat gesagt, sie kann dich heute Nachmittag für zwei Stunden entbehren.«

Die beiden Powerfrauen sahen ihn erwartungsvoll an. Magnus dachte schnell nach. Das passte ihm überhaupt nicht, da er noch mit mindestens vier oder fünf Leuten sprechen musste und nicht wusste, wie er das anpacken sollte.

»Marco ist da, er könnte heute Nachmittag die Kandidaten für dich übernehmen«, ergänzte Maria von der Weide. Aha. Der attraktive Witwentröster wieder im Einsatz.

»Kann ich dich kurz alleine sprechen?«, fragte er Anna. Sie folgte ihm auf den Gang.

»Ok, ich mache es, obwohl du ja am besten weißt, warum ich hier bin«, sagte Magnus. Zumindest die eine Hälfte wusste sie. »Verschaff mir eine halbe Stunde Redezeit mit Lisa.«

»Lisa? Warum Lisa?« Anna war perplex. »Ich glaube nicht, dass …«

»Tu es einfach, ok? Ich erwische sie sonst nicht. Zwischen drei und fünf müsste das doch gehen, oder?«

»Ich weiß nicht, was sie geplant hat …«

»Denk dir irgendwas aus und gib mir Bescheid.«

Sie nickte langsam. »Ich wüsste wirklich gerne, was hier läuft.«

Ich auch, dachte Magnus. Ihm war unterwegs eine Lücke in Miriams Argumentation aufgefallen. Wenn der Klatsch über Lisa stimmte, war sie die Frau, die aus der Reihe der Martin-Mann-Hasser ausscherte. Oder warum hätte sie sonst eine Affäre mit ihm gehabt?

*

Als Magnus den Transit in Ehrenfeld auf dem Hinterhof parkte, meldeten sich die Kopfschmerzen wieder. Er fischte eine weitere Schmerztablette aus seiner Umhängetasche und würgte sie mit einem Rest abgestandenem Mineralwasser, das er im Auto fand, hinunter. Jemand klopfte an die Scheibe auf der Beifahrerseite. Matthias. Der fehlte ihm gerade noch wie ein weiterer Schlag auf die Schläfe. Magnus stieg aus und warf die Tür zu. »Ich habe keine Zeit für deinen Quatsch«, sagte er. »Lass mich in Ruhe.«

»Hast ja recht. Normalerweise entschuldige ich mich nie.«

»Dann fang jetzt nicht damit an.«

»Schon jut. Du solltest aber Bescheid wissen, damit du mich nicht für völlig irre hältst.«

»Ein andermal.« Magnus wandte sich zum Gehen.

»Nein, jetzt.« Er zögerte. »Bitte.« Das letzte Wort fiel ihm sichtlich schwer. »Du hast doch selbst eine Tochter.«

Magnus drehte sich um und musterte den übergeschnappten Vater. Matthias trug dieselbe Kleidung wie vorgestern und vielleicht auch gestern, so lange hatte Magnus vor dem Knockout keine Zeit gehabt, seinen Stil zu bewundern. Er sah total übernächtigt aus und roch ledrig und schweißig. Seine Jeans war speckig, seine Fingernägel schmutzig. Der Typ war fertig.

»Ich sage oben Bescheid«, meinte Magnus. »Bis die alle so weit sind, können wir reden.«

In der WG ging es drunter und drüber. Jeder schien etwas zu suchen, alle schnatterten durcheinander, belagerten das Badezimmer. Nur Jojo saß mit einem seligen Lächeln im

Gesicht auf dem Sofa und besah sich das Treiben. Seine Tasche war schon gepackt. Als Magnus laut ankündigte, er würde in zehn Minuten unten abfahren, brach ein Tumult los. Er gab ihnen ungerührt noch fünf Minuten Zugabe und lief wieder die Treppe hinunter.

Sie setzten sich ins Auto. Matthias öffnete die Beifahrertür und zündete sich eine Zigarette an. Der Rauch zog ins Auto, aber Magnus sagte nichts dazu.

»Da hab ich lange nicht mehr drüber jesprochen«, begann Matthias. »Ich weiß nicht, ob du dat verstehen kannst, aber Melissa ist mein einziges Kind.« Er sah Magnus kurz von der Seite an und blickte wieder nach vorne durch die Scheibe, vor den Augen Bilder aus seiner Vergangenheit. »Die Mutter hat sich schon vom Acker jemacht, als sie noch klein war. Ich hab sie alleine durchgebracht, dat war nicht immer einfach. Na ja, sie war immer schon so hübsch wie jetzt. Und nicht blöd.« Er sog heftig an seiner Zigarette. »Von Anfang an waren die Jungs hinter ihr her. Dat ging schon in der Grundschule los, da hat sie noch gar nicht kapiert, wat Sache war. So ohne Mama, weißt du, sie hatte keinen zum Reden für die Weiberthemen. Immer wenige Freundinnen, aber einen Rattenschwanz an Verehrern. Als Vater ein Alptraum, ich sach et dir.« Er schwieg und schnippte den Filter aus der Tür.

»Jetzt kommt der beschissene Teil. Sie hat nicht nur den Jungs gefallen, sondern auch den älteren Männern. Mein Alter, verstehst du?«

Magnus verstand sehr gut, aber er war sich nicht sicher, ob er das Folgende hören wollte. Trotzdem nickte er.

»Ich konnte sie ja schlecht einsperren und den Schlüssel wegwerfen. Vor drei Jahren, dat war kurz vor ihrem 15. Geburtstag, war mir aufgefallen, dat sie immer stiller wurde. Ich hab zu der Zeit viele Überstunden und Doppelschichten gemacht, weil ein Kollege länger ausfiel. Melissa kam ab und zu mittags nach der Schule zu mir in die Kantine, damit wir wenigstens zusammen essen konnten.«

Er schlug mit der Faust auf das Armaturenbrett und Magnus zuckte zusammen. »Dieser miese Drecksack, ich würde dat jederzeit wieder so machen.«

»Was machen?« Doch Matthias schien ihn gar nicht zu hören. »Die Kollegen haben sich immer gefreut, wenn Melissa mitkam. Aber einer hat sich zu sehr auf sie gefreut. Dieser miese Drecksack.«

»Hat er sie – angefasst?«

»Dat Mädchen war 14 Jahre alt. 14. Die wusste doch noch gar nicht, worum es geht. Erst war er nur ein bisschen nett, hat ihr Schokolade mitgebracht, mal über den Kopf gestreichelt, so wat eben. Dat war einer meiner besten Kumpel, verstehst du. Der kam uns sogar zu Hause besuchen, zum Fußball gucken.«

Magnus verstand. Nicht nur Übergriff, sondern auch Hochverrat. »Was ist dann passiert?«

Matthias legte die linke Hand auf Magnus' Unterarm und hielt sich fest. Er sah weiter geradeaus durch die Scheibe. »Dann hat sie es mir erzählt. Sie hat sich zwei, drei Monate lang nicht getraut, mir wat zu sagen. Er kam immer ein bisschen näher, verstehst du. Erst Arm, dann Knie, dann festgehalten. Als er ihr an die Brust gepackt hat, hab ich es erfahren. Ich könnte mich heute noch dafür umbringen, dat ich nichts gemerkt hab.«

Die Hand auf Magnus' Unterarm packte fester zu, es tat weh, aber er versuchte nicht, sich zu befreien. Magnus zögerte, die nächste Frage zu stellen, und nahm eine Variante.

»Hast du ihn zur Rede gestellt?« Lebt er noch, wäre die Frage gewesen.

»Ich hab ihn ins Koma geprügelt.«

Magnus stieß hörbar die Luft aus. Der Griff an seinem Unterarm lockerte sich.

»Dafür hab ich zwei Jahre auf Bewährung bekommen. Schuldmindernde Umstände, hat die Richterin gesagt. Wat hättest du gemacht an meiner Stelle?«

Magnus hatte keine Antwort, aber Matthias erwartete auch keine.

»Bitte nimm dat als Entschuldigung, wenn ich mal ausflippe.«

»Frag das nächste Mal einfach vorher, bevor du zuschlägst.«

Matthias lachte, aber es klang hohl. Er stieg aus, schlug die Beifahrertür zu und zündete sich eine neue Zigarette an. Er beugte sich hinab zum offenen Fenster. »Danke. Bis heute Abend.« Mit wenigen Schritten war er um die Ecke verschwunden. Magnus blieb bewegungslos hinter dem Lenkrad sitzen, bis Milan an die Scheibe klopfte. »Meister, wir sind so weit! Alles klar bei dir?«

Auf der Fahrt zum Studio blendete Magnus das Geschnatter der Kandidaten komplett aus, auch nicht die laute Musik aus dem Radio vermochte seine Trance zu durchbrechen. Kurz bevor sie ankamen, warf er Melissa, die wie immer auf der mittleren Bank saß, einen vorsichtigen

Blick im Rückspiegel zu. Sie erwiderte ihn und schaute dann weg. Bestimmt ahnte sie, dass ihr Vater mit ihm gesprochen hatte. Außerdem stank der Wagen immer noch nach Rauch und Schweiß, aber niemand beschwerte sich. Florian saß in der letzten Reihe und schaute aus dem Fenster, er hatte Magnus nicht einmal begrüßt. Jojos und Heikos Versuche, ihn aufzuheitern, schlugen fehl. Der Piano-Mann reagierte auf nichts. Magnus nahm sich vor, mit ihm heute ein zweites Mal zu sprechen. Er spürte, dass Florian etwas vor ihm verbarg.

Vielleicht bildete Magnus sich das nur ein, aber die Stimmung im Studio war noch aufgeheizter als in den letzten Tagen. Lisa und der Kameramann schnauzten sich an, weswegen konnte er nicht verstehen. Der Staub- und Plastikgeruch stieg ihm in die Nase und er musste niesen. Junge Leute in einheitlicher schwarzer Kleidung liefen mit Headsets herum, Magnus glaubte, dass sie Lisa assistierten. Einer der Kabelträger bewegte sich rückwärts und lief Magnus fast über den Haufen. Die Band war soeben mit dem Soundcheck fertig, das Einleuchten begann. Zur Abwechslung war die Bühne in ein weiches, rosarotes Licht getaucht, was Magnus das Gefühl gab, es sei früher Abend. Die Kandidaten verschwanden mit ihren Taschen eilig durch die Seitentür in den Gang, an dem die Büros und ihre Lounge lagen. Magnus stieg auf eine Treppe an der Zuschauertribüne und blieb einen Moment stehen, um das Bühnenbild auf sich wirken zu lassen. Die Rotunde schloss sich, dahinter verschwand die Band. Rot-schwarze Strahlen erschienen auf dem digitalen Hintergrund, in der Mitte das Logo der Show. Das

Licht wechselte zu Rot. Magnus sah auf sein Handy: Viertel nach elf, noch 15 Minuten, bis Florian in die Maske musste. Magnus würde heute kein größeres Zeitfenster mehr erwischen, um mit Rebecca zu sprechen. Florian war nach seinem Auftritt fällig.

»Ich wüsste nicht, warum ich mit Ihnen reden sollte.« Ihr hübsches Gesicht war von zartrosa zu himbeerrot angelaufen. »Ich habe zu tun.«

»Sie haben mich angelogen, als Sie gesagt haben, Martin Mann sei ein freundlicher Mann, nur ein bisschen hinter den Frauen her. Warum?«

Sie presste die Lippen zusammen und starrte ihn an. »So habe ich das nicht gesagt. Ich habe gesagt, er probiert es halt mal, wie alle.«

»Aber das ging weiter als probieren.«

»Das hätten Sie nie erfahren sollen.«

»Warum nicht? Das ist doch keine Schande.«

Sie wandte sich ab und begann ein aufgeräumtes Regal voller kleiner Tiegel und Töpfchen umzusortieren. »Das kann man einem Mann nicht erklären.«

»Wir sind doch nicht alle« – Magnus suchte nach den richtigen Worten und fand keine.

»Auf dem Auge sind alle Männer blind«, behauptete Rebecca.

»Sie hatten Hilfe. Also gibt es auch nette Männer.«

»Wie kommen Sie darauf, dass mir ein Mann geholfen hat?«

Magnus schwieg bestürzt. Davon war er automatisch ausgegangen.

»Aber wer …«

»Damit Sie diejenige auch noch belästigen? Ich bin froh, dass ich das alles hinter mir gelassen habe.«

»Ist es Ihnen egal, dass ein Mörder frei herumläuft?«

Sie fuhr herum. Ihre Augen schossen zornige Pfeile in sein Gesicht ab. »Fragen Sie mich das im Ernst? Falls das stimmt, und jemand hat ihn oben über das Geländer geworfen: Demjenigen schicke ich Blumen ins Gefängnis, wenn Sie ihn kriegen.«

»Sie haben Martin Mann nicht angezeigt«, stellte Magnus fest.

»Stimmt genau. Um solche blöden Fragen zu vermeiden. Und jetzt raus hier.«

In Magnus' Kopf rotierte es. Rebecca hatte ihm nicht viel Neues gesagt, außer dass alle Männer gleich waren. Er hätte vermutet, dass ein kluges, junges Mädel eine differenziertere Sicht der Dinge hätte, aber bei diesem Thema sah sie rot. Er erinnerte sich an ein Gespräch mit Miriam vor langer Zeit, als sie frisch ihren Abschluss an der Polizeiakademie gemacht hatte. »Man hat so lange Verständnis für die Täter, schwere Kindheit und so weiter, bis man selbst zum Opfer wird«, hatte sie gesagt. »Das verändert die Perspektive ein für alle Mal.« Kluges Kind, die Miriam. Jemand tippte ihm auf die Schulter. Rudi, ihr ehemaliger Bühnenhelfer, war auf dem Weg zum Catering-Raum. »Meister, wie sieht's mit Kaffee und Kippe aus? Oder bist du unter die Gesundheitsapostel gegangen? Ich hab vielleicht eine Info für dich. Weiß nicht, ob es wichtig ist …«

Sie holten sich Kaffee im gut besuchten Catering-Raum. Magnus sah zum x-ten Mal auf dem Monitor die

Bilder aus dem Mallorca-Camp an sich vorbeiziehen. Das Bild, auf dem Martin Mann mit einem Getränk zu sehen war, Melissa und Sascha im Interview, diesmal auch Diane, die an einer Steinbalustrade am Hafen lehnte und die Interviewerin herzlich anlächelte. Sie trug dasselbe Outfit, das Magnus gestern Abend an ihr gesehen hatte, Jeans und ein schwarzes Top. In seinem Kopf leuchtete eine Idee auf. Er wollte ohnehin nachher mit ihr sprechen, sie fehlte noch auf seiner Liste.

»Komm hier raus, dann müssen wir nicht durch die Mall«, sagte Rudi. »Inoffizieller Raucherplatz.«

Magnus folgte Rudi durch eine schmale Metalltüre auf einen kleinen, asphaltierten Platz, der von niedrigen Häusern mit Gardinen in den Fenstern und einem Kiosk begrenzt wurde. Sogar Geschäfte und eine Bushaltestelle gab es hier.

»Was ist das hier?«, fragte er. Der Ort passte nicht zur noblen und zweckmäßigen Bauweise der Studios. Jemand hatte sich sogar die Mühe gemacht, ein Rosenbeet anzulegen. Sie sahen ein bisschen mickrig aus, dufteten aber gut.

»Guck mal durch ein Fenster«, grinste Rudi und ließ sich auf einer Holzbank nieder, die eine mitleidige Seele für die Crew aufgestellt hatte. Magnus ging zu einem der Häuser und sah durch ein Fenster – nichts, außer einer Wand vor seiner Nase. »Kulisse?«

Rudi nickte. »Heute ist kein Drehtag für die Serie. Da hinten« – er wies nach rechts – »sind die Container, in denen sie Big Brother gedreht haben. Da vorne ist das Deko-Lager.« Er wies nach links, auf einen flachen, lang gestreckten Bau mit einem großen Holztor, von dem die blaue Farbe abblätterte. Dahinter begann dichtes Gesträuch.

»Hinter der Hecke ist Ende Gelände. Da kommt nur noch ein Zaun, dahinter ist schon der Baumarkt.«

Magnus ließ sich neben Rudi auf der Bank nieder. »Was wolltest du mir eigentlich sagen?«

»Mir ist vorgestern was aufgefallen, an dem Tag, als der aus der Jury gestorben ist. Die Polizei hat alle gefragt, ob wir ihn kurz vor der Probe um drei gesehen hätten. Hatte ich aber nicht.«

»Und?«

»Aber eine ganze Weile vorher. Kurz bevor ich dich getroffen habe. Ist mir hinterher erst eingefallen. Der war mit dem Mädel, die mit den langen Locken, oben im Atelier.«

»Mit Melissa?«

»Namen weiß ich nicht. Die singt immer als Zweite. Dunkelblond, sehr jung, Goldkehlchen.«

»Melissa«, bestätigte Magnus. »Welches Atelier meinst du?«

»Den ›Raum der geheimen Wünsche‹, so nennen die den hier. Aus Harry Potter, kennst du doch? Kann sich jeder den Schlüssel holen, wenn er mal Ruhe braucht.«

Jetzt klingelte es bei Magnus. Der Raum, den ihm der Beleuchtungsmeister gezeigt hatte. »Was hast du da gemacht?«

»Ich wollte mich kurz aufs Ohr legen, aber der Raum war belegt.«

»Wann genau war das, weißt du das noch?« Magnus überlegte mit. Gegen eins hatte er Jamila abgeholt, also vielleicht halb zwei?

»Halb zwei, das weiß ich genau. Da habe ich immer mein Mittagstief. Normalerweise ist der Raum um diese Uhrzeit frei.«

»Hast du etwas gesehen oder gehört?«

»Ich wollte nicht stören, ich dachte, die ... wollten ihre Ruhe, verstehst du?« Rudi kippte den Rest seines Kaffees runter wie ein Glas Wasser. »Die haben nicht abgeschlossen. Ich stand schon im Vorraum, da habe ich die Stimmen aus der Küche gehört. War nicht zu überhören.«

»Was war nicht zu überhören?«

»Nicht das, was du denkst. Laute Diskussion. Ging ums Business, glaub ich. Vertrag nach der Show und so.«

»Hast du irgendetwas verstanden?«

»Hm. Sie hat gesagt, ›du hast es versprochen‹. Naives Ding, oder? Wer glaubt denn einem Produzenten?«

»Ich glaube, das solltest du der Polizei sagen«, meinte Magnus nachdenklich.

»Von denen halte ich mich lieber fern. Sonst hängen die nachher mir noch was an.« Rudi trat seine Zigarette aus und verschwand durch die Seitentür ins Gebäude. Magnus beeilte sich, in die Kandidatenlounge zu gelangen. Aus dem Catering-Raum tönte vereinzelt Gelächter.

»Lass das Maria nicht hören«, hörte er Janas Stimme. »Sie hat eben gesagt, wenn wir nicht eine einzige ungestörte Probe schaffen, erschießt sie sich.«

»In fünf Minuten geht's los. Guck mal, Kamera zwei sendet komische Bilder. Was macht Anna da unten mit Lisa? Streiten die sich?« Magnus hatte eine Ahnung, worum es dabei ging, aber das sichere Gefühl, jetzt keine Zeit dafür zu haben.

In der Lounge waren alle außer Florian um den Monitor versammelt und Magnus hatte ein Gefühl, das alles schon einmal gesehen zu haben. Florian musste schon in der Maske sein. Dieses Mal würde er ihn nicht suchen gehen. Ihm fiel wieder ein, wie blass und nervös er vor der letzten Probe gewesen war. Alles nur Lampenfieber? Oder steckte mehr dahinter? Schön der Reihe nach, jetzt war erst Diane fällig.

»Können wir reden?« Er tippte ihr auf die Schulter. Sie wandte sich um, ihr schönes Gesicht entspannte sich, als sie ihn sah.

»Oh, der lange Arm des Gesetzes. Maja hat es uns erzählt.«

Damit war zu rechnen gewesen. »Gehen wir raus.«

»Ich habe nichts zu verbergen«, sagte sie amüsiert.

Magnus führte sie ins Konferenzzimmer. Sie sah sich interessiert um. »Hier ist also die Zentrale der Macht«, spottete sie.

»Hier sind bequeme Stühle«, meinte Magnus trocken und setzte sich. »Was ist zwischen Rebecca und Mann auf Mallorca vorgefallen?«

Sie wurde blass, blieb aber stehen. »Wer hat denn da geplappert? Rebecca hätte nie … Scheiße.«

»Also weißt du Bescheid«, folgerte Magnus und wartete.

»Die Welt ist glücklicher ohne ihn«, sagte Diane und richtete ihre kühlen, blauen Augen auf ihn.

»Kein Grund ihn umzubringen«, meinte Magnus. »Du bist diejenige, die dazwischengegangen ist, stimmt's? Warum hat sie ihn nicht angezeigt?«

»So etwas Dämliches kann nur ein Mann fragen. Was

wäre denn das Ergebnis gewesen? Rebecca war schon ohne eine Vernehmung durch die spanische Polizei total am Ende.«

»Hat er dich auch belästigt? Nein, du hast gestern Abend erzählt, du hättest ihn dir vom Hals gehalten.«

»Das war schon vor seinem Versuch bei Rebecca.« Sie grinste plötzlich. »Ich habe ihm einfach die Wahrheit gesagt. Er hatte Angst vor mir.«

»Er schien mir kein ängstlicher Typ zu sein«, konterte Magnus.

»Ich bin lesbisch.« Sie beobachtete seine Reaktion. »Und ich habe ihn wissen lassen, dass ich den schwarzen Gürtel habe. Das hat geholfen. Aber es hat ihn frustriert. Und Rebecca war die Nächste auf seiner persönlichen Mallorca-Top-Ten.«

Magnus war perplex. »Ich dachte du und Rick …«

Sie winkte ab. »Alles Fassade. Wir tun nur so als ob. Wenn ich Erfolg habe nach der Show, oute ich mich. Vorher wäre es ein Vermarktungshindernis. Hinterher hilft es.«

Kühl kalkuliert, dachte Magnus beeindruckt. »Wenn Mann das wusste, hattest du keine Chance auf sein Votum, oder?«

»Ich war auf sein Votum nicht angewiesen. Die Publicity durch die Show erhöht meinen Marktwert für Engagements. Ich komme aus dem Musical, wie du sicher schon weißt.«

Magnus steckte in der Sackgasse. Was sollte er sie noch fragen? »Gab es irgendjemanden, der Mann mochte?«

Diane schüttelte den Kopf und ging zur Tür. »No, Sir. Nicht bei den Frauen. Da kannst du fragen, wen du willst.« Sie drehte sich um. »Ich weiß nicht, ob ich dir Glück wünschen soll. Das Schwein hatte den Abflug verdient.«

Magnus' Handy vibrierte. Seine Klientin hatte eine Textnachricht hinterlassen. »Lisa hat nach der Generalprobe zehn Minuten Zeit für dich. 15.15 Uhr im Catering-Raum.« Wie großzügig. Immerhin. Er würde seine Zeit mit ihr nutzen. Was nun? Die Kopfschmerzen kamen zurück, stärker diesmal. Er atmete tief durch und trank einen Schluck Wasser auf der Toilette, weil er keine Lust hatte, wieder in den überfüllten Catering-Raum zu gehen. Einem Impuls folgend schlich er behutsam, um den Ablauf der Probe nicht zu stören, zurück ins Studio und stieg die Treppe zum ersten Stock hinauf. Niemand hielt ihn auf. Er fand auf Anhieb das Atelier wieder, das ihm der Beleuchtungsmeister gezeigt hatte. Er hatte den Schlüssel vergessen, aber die Tür war offen. Magnus blieb unschlüssig zwischen den Requisiten stehen, dann hörte er Stimmen von nebenan. Die angrenzende Tür öffnete sich von innen und gab den Blick auf ein verlegenes Paar frei.

»Ich hab doch gesagt, da war ein Geräusch«, sagte ein Mädchen, das Magnus noch nie aufgefallen war. Sie war mindestens im fünften Monat schwanger. »Wir hätten abschließen sollen.«

»Tut mir leid«, improvisierte Magnus. »Ich habe etwas verloren.«

»Wir sind selbst schuld«, sagte der junge Kerl neben ihr und lächelte schwach. Er war höchstens 20. »Meine Pause ist sowieso zu Ende.«

Sie nickten kurz und gingen. Magnus warf einen Blick auf das Kuhfellsofa. Die Decken darauf waren ordentlich gefaltet. Sein Blick fiel auf die Schwangerschaftsliege und einem Impuls folgend legte er die Hand darauf. Sie war warm. Er lächelte. Dann wurde ihm schwindelig und schwarz vor Augen. Er schaffte es gerade noch mit zwei Schritten zum Sofa, dann ließ er sich fallen und tauchte ab.

Ein Schmerz weckte ihn auf. Ein Schmerz auf seiner Wange. Ein lautes Geräusch, ein Klatschen. »Meister?«

Magnus öffnete die Augen. Der Anblick war surreal. Florian stand über ihn gebeugt, im dunklen Abendanzug mit violetter Fliege, die Haare mit Gel aus der Stirn frisiert, rot im Gesicht. »Meister, was ist los mit dir?«

Magnus setzte sich auf. »Kreislauf. Matthias hat mir gestern eine leichte Gehirnerschütterung verpasst. Hast du mich gerade geschlagen?«

Florian drehte sich um, holte aus dem Schrank über der Spüle ein leeres Glas und ließ Leitungswasser hineinlaufen. »Du warst weggetreten.« Er reichte es Magnus.

»Danke.« Magnus trank das Glas mit einem Zug aus. Er fühlte sich benommen, aber die Kopfschmerzen waren weg. »Was machst du hier eigentlich?«

»Du hast ja mitbekommen, dass ich Lampenfieber habe«, sagte Florian. »Das ist der einzige Ort weit und breit, an dem man eine Chance auf Ruhe hat.«

»Auch nach dem Auftritt?«

Florian nickte. Seine Röte vertiefte sich. Er ging zur Küchenzeile und machte sich mit geübten Bewegungen an der Kaffeemaschine zu schaffen. Kurz darauf röchelte und gluckerte das Wasser durch den Filter.

»Gute Idee«, meinte Magnus. Eine Weile schwiegen sie, bis Florian ihnen Kaffee in zwei alte Tassen goss. Er reichte einen an Magnus weiter und lehnte sich an die Spüle. Magnus' Gehirn nahm seine Tätigkeit ohne Vorwarnung wieder auf.

»Du hast sie gesehen, stimmt's?«, fragte Magnus.

»Ich weiß nicht, wovon du sprichst.« Florian strich sich über den Bart.

»Du hast sie hier im Raum gesehen. Melissa und Martin Mann. Bei der Durchlaufprobe vorgestern.«

»Fängst du schon wieder an?« Florian knallte seine Tasse neben sich auf die Spüle. »Ich bin dir keine Rechenschaft schuldig.«

»Jemand hat dich beobachtet«, behauptete Magnus ins Blaue hinein. Er hatte keine Ahnung, aber theoretisch war das möglich.

»Das kann nicht sein, außer mir war niemand – verdammt, hör auf damit! Wenn man nett zu dir ist, brichst du einem das Genick. Was bist du nur für eine miese Type?«

»Mein Charakter steht nicht zur Debatte«, sagte Magnus.

»Ohne mich«, sagte Florian und ging zur Tür.

»Sie wollte nichts von ihm«, behauptete Magnus. Er bewegte sich auf sehr dünnem Eis. Florian blieb stehen, das Gesicht zur Tür gewandt, die Hand auf der Klinke. »Woher willst du das wissen? Das sah anders aus.«

»Ich weiß mehr über Mann, als mir lieb ist, das kannst du mir glauben. Was hast du gesehen, als du hier hereingekommen bist?«

»Zwei Verliebte«, sagte Florian und verzog den Mund zu einer Grimasse.

»Bist du sicher? Oder warst du zu geschockt, um die Situation richtig einzuordnen?«

Florian zögerte und drehte sich um, mit einem Mal wirkte er unsicher. Seine Augen fixierten einen Punkt an der Wand links über ihm, als er versuchte, ein inneres Bild abzurufen.

»Er hat sie angefasst. Am Busen. Ich meine … was hätte ich denn denken sollen?«

»Hast du Melissas Gesicht gesehen? Was hat sie gemacht?«

»Ich weiß es nicht. Ich habe mich sofort umgedreht und bin gegangen, nein, geflüchtet trifft es besser. Das war kurz bevor ich in die Maske musste.«

»Davon hast du der Polizei nichts gesagt«, stellte Magnus fest.

Florian starrte immer noch die Wand an. »Sie hat meinen Namen gerufen. Mehrmals. Laut. Als ich schon draußen war.« Er riss die Augen weit auf. »Scheiße, meinst du, sie wollte das nicht? Dann hätte ich ihr helfen müssen! Ich dämlicher Idiot!« Seine Augen glänzten verdächtig.

»Hey, beruhige dich. Wir wissen es nicht genau. Wir müssen sie schon selbst fragen.«

Aber Florian ließ sich nicht beruhigen. Er setzte sich neben Magnus auf das Sofa und vergrub das Gesicht in den Händen. In seine leisen Schluchzer mischten sich Stimmen hinein, lauter werdend. Es dauerte einige Sekunden, bis Magnus begriff, dass die Stimmen draußen vor der Tür waren.

»Das ist doch völliger Unsinn!« – »Warum sollte er hier sein?« – »Lassen Sie mich durch.« – »Bastian, vielleicht sollten wir nicht hier …«

Die Tür wurde aufgestoßen. Er und Florian gaben bestimmt ein merkwürdiges Bild ab, dachte Magnus. Zwei Männer auf einem Kuhfell-Sofa, einer weinte, der andere hatte ihm den Arm um die Schultern gelegt. Nicht weniger merkwürdig war der Anblick, der sich ihnen beiden bot. Fünf Menschen mit hochroten Köpfen standen im Türrahmen und starrten sie an, zwei Kripobeamte in Zivil, Keller und Holtmann, dahinter Anna und Maria von der Weide und – Sascha. Dann löste sich Keller aus der Gruppe und blieb nach einem kurzen Blick auf Magnus vor Florian stehen, der ihn aus tränenverschleierten Augen ansah.

»Florian Schröder?« Florian reagierte nicht.

»Sie sind vorläufig festgenommen.«

»W…was?«

Dann brach ein Tumult los, in dem Magnus sein eigenes Wort nicht mehr verstand.

»Aber er ist einer der Final-Kandidaten!« – »Hat die Polizei nichts Besseres zu tun?« – »Das können Sie nicht machen, heute Abend ist die Show!« – »Wieso festgenommen? Wollen Sie ihn nicht erst befragen?« Der letzte Einwand kam von Sascha. Keller, der sich vor Florian aufgepflanzt hatte, fuhr herum. »Sind Sie Anwalt?«

»Sind Sie Polizist?«, fragte Sascha.

Magnus hielt die Luft an. Wenn Keller empfindlich war, konnte das für Sascha eine Anzeige wegen Beamtenbeleidung bedeuten. Aus dem Augenwinkel sah er, dass Holtmann sich das Lachen verbeißen musste.

»Was wird ihm überhaupt vorgeworfen?«, fragte Magnus.

»Ah – noch so ein Oberschlauer!« Keller fixierte Magnus. »Sie mischen sich wohl gerne ein.«

»Schon gut, ich komme mit.« Florian stand auf und klopfte sich ein paar Fussel vom Anzug. »Es wird dir nichts nützen«, sagte er selbstbewusst zu Sascha.

»Was?« Sascha riss die Augen auf. Aber Florian war schon an der Tür und sah sich nach den Kripobeamten um. »Gehen wir?«

Magnus wartete zur Sicherheit zwei Minuten, bis die aufgeregte Meute den Raum verlassen hatte, und rief dann Miriam an. »Ich weiß schon Bescheid«, sagte sie. »Holtmann hat mich gerade informiert. Florian Schröders Vater hat einen Anwalt beauftragt. Ich glaube nicht, dass er lange festgehalten wird. Das reicht nie und nimmer für einen dringenden Tatverdacht aus.«

»Wie ist dein Kollege Keller denn ausgerechnet auf Florian verfallen?«

»Jemand hat ihn gesehen, als er vorgestern vom – wie nennst du das? Raum der geheimen Wünsche? – zurückkam. Leider hat Florian vorher angegeben, das Opfer vor der Probe nicht gesprochen zu haben. Ein Herr … Moment, ich schaue nach … Mertens hat ihn gesehen. Einer der Kandidaten.«

»Sascha.«

»Hast du nicht erzählt, sie sind beide in Melissa Schwarze verliebt? Vielleicht will er ihm eins auswischen. Ein Konkurrent weniger.«

Und ein Konkurrent weniger in der Show, dachte Magnus. Wie praktisch für Sascha.

»Was habe ich dir gesagt? Keller ist ein guter Ermittler …«

»Und zieht die falschen Schlüsse«, ergänzte Magnus.

»Ich habe Neuigkeiten für dich«, sagte Miriam. »Der Vater des Mädchens, Matthias Schwarze, ist unter anderem wegen gefährlicher Körperverletzung vorbestraft. Ich habe ihn überprüfen lassen.«

»Er hat es mir erzählt.«

»Das ist ein richtig schwerer Junge. Sei vorsichtig.«

»Aye, aye, Captain. Eine Bitte habe ich noch: Sag Benno, er soll Nadja darauf ansetzen, einer gewissen Lisa Färber, Mitarbeiterin bei Supra Media, auf den Zahn zu fühlen.«

»Wegen der Mordermittlung?«

»Ich weiß nicht. Sie soll einfach mal checken, was sie über sie findet. Soziale Netzwerke und so. Das ist nur mein Bauchgefühl.«

Miriam versprach es.

Magnus hatte das dringende Bedürfnis, aus dem Studio zu fliehen. Ihm fehlte Tageslicht und er hatte Hunger. Sein Kopf fühlte sich dumpf an. Die beiden Frauen, die er dringend sprechen wollte, Melissa und Lisa, liefen ihm nicht weg. Es war fast 14.00 Uhr, die Generalprobe dauerte noch eine Stunde. Er holte sich aus dem Catering-Raum ein gut belegtes Sandwich mit Käse, ging allen Gesprächen aus dem Weg, lief durch die Mall nach draußen auf den Parkplatz und startete den Volvo. Er fuhr planlos Richtung Ehrenfeld und registrierte zum ersten Mal heute bewusst das schöne Wetter. Die wirren Fäden in seinem Kopf wollten sich nicht ordnen lassen. Magnus wusste aus Erfahrung, dass er ihnen Zeit geben musste. Am Rand des Blücher-Parks parkte er den Wagen in einem Wohngebiet mit Einfamilienhäusern und herausgeputzten Vorgärten. Er lief über eine Fußgängerbrücke, die die Stadtautobahn überquerte, in den Park. Er drehte eine Runde um den akkurat eingefassten Teich und beobachtete ein Entenpaar, das mit seinen Küken das Ufer nach Futter abgraste. In einem kleinen Biergarten mit Kiosk fanden im Sommer manchmal Mini-Konzerte statt, er erinnerte sich sogar an eine Reggae-Party, die er mit Eliza vor ein paar Jahren besucht hatte. Sie hatte am Ufer getanzt und er ihr verliebt von der Wiese aus zugesehen. Heute waren ein paar junge Mütter mit Kindern und Studenten im Biergarten. Magnus kaufte sich am Kiosk eine Apfelschorle, setzte sich etwas abseits in die Sonne und dachte nach. Wenn seine Vermutungen stimmten und er nichts übersehen hatte, gab es zwei Motive, Martin Mann über das Geländer des Catwalks zu werfen: Krankhafter Ehrgeiz oder Rache. Oder Liebe? Waren die Frauen in der Show der Dreh- und Angelpunkt der Ermittlungen? Martin Mann hatte mehr Feinde als Freunde, entgegen Magnus' erstem persönlichem Eindruck. Egal, welches Motiv eine Rolle spielte, derjenige musste auch in der Lage gewesen sein, den Produzenten über das Geländer zu kippen. Das schien auf den ersten Blick schwierig zu sein, aber nicht auf den zweiten. Das Geländer am Catwalk war nicht sehr hoch. Ein Angetrunkener, der ohnehin nicht sicher auf den Beinen war, konnte sehr wohl das Gleichgewicht verlieren und es so dem Mörder leicht machen. Falls es nicht doch ein Unfall war. Trotzdem allem: Er konnte sich zum Beispiel Melissa oder Rebecca nicht dabei vorstellen, wie sie einen erwachsenen Mann von oben über das Geländer hebelten und danach ungerührt ihren jeweiligen Aufgaben nachgingen. Oder hatte er einfach zu wenig Fantasie? Der- oder diejenige musste während der Durchlaufprobe in die Show zurückgekehrt sein und durfte sich nichts anmerken lassen. Und die Verletzung am Hals? Woher mochte die stammen? Der Autopsiebericht war noch nicht da, sonst hätte Miriam ihm das Ergebnis mitgeteilt.

»Ich muss jetzt weg«, sagte eine junge Mutter neben Magnus zu ihrer Freundin und sah auf die Uhr. »Gleich drei Uhr. Elterngespräch in der Kita.« Sie sammelte ihre Sachen vom Tisch und hievte einen kleinen Jungen unter lautstarkem Protest in den Buggy. »Bleib sitzen, Jonas. Sonst gibt es kein Eis gleich.« Der Junge verzog das Gesicht.

»Du bist aber streng«, meinte die Freundin.

»Nur konsequent«, lächelte die Mutter zurück. »Nicht wie der Papa. Mach's gut, bis morgen.«

»Papa«, plapperte der Kleine nach. »Eis.«

»So, Schatz, wir suchen jetzt mal den Ausgang, an dem Mama das Auto geparkt hat.«

»Auto«, sagte der Junge.

Magnus sah ihnen nach, wie sie auf die Fußgängerbrücke zusteuerten, zögerten und sich dann nach links wandten. Irgendetwas bewegte sich in der hintersten Ecke seines Gehirns, und plötzlich wusste er, welchen Denkfehler er die ganze Zeit gemacht hatte. Er stand langsam auf, um einem erneuten Schwindel vorzubeugen, und setzte sich behutsam in Trab. Die Generalprobe war gelaufen. Jetzt kam das Finale.

*

»Hast du schon gehört, Meister?« Milan drehte sich nach ihm um, als er hereinkam. »Florian ist verhaftet worden.«

In der Kandidatenlounge gruppierten sich fast alle um Sascha herum und steckten die Köpfe zusammen. Die meisten hatten sich nach der Probe umgezogen und trugen bequem aussehende Sportkleidung. Diane lag auf dem Sofa ausgestreckt und hatte sich den Arm über das Gesicht gelegt, als ob sie für heute genug gesehen hätte. Rick saß am anderen Ende des Sofas und massierte mit der einen Hand ihre Füße, mit der anderen hielt er sein Handy fest und las seine Nachrichten.

»Er war doch dabei«, sagte Sascha. »Wahrscheinlich hat er selbst die Polizei gerufen.«

»Pass auf, was du sagst«, meinte Magnus gelassen. »Es könnte auf dich zurückfallen.«

»Hey, hört euch das an!«, rief Rick vom Sofa aus. »Aus den ›Best-West-News‹:

Kandidat verhaftet!

Tod des Produzenten doch kein Unfall?

Liebe Fans von ›The-Sexiest-Song-Alive‹, es bleibt spannend hinter den Kulissen! Soeben erreicht uns eine Nachricht, dass der Finalist auf der Startnummer eins, Florian S., festgenommen wurde. Wir spekulieren gerne mit: Wenn es nicht um Drogen geht, dann bestimmt um Mord, oder was glaubt ihr? Wir sind gespannt, was bis zum Finale in vier Stunden noch alles passiert! Wir bleiben für euch am Ball!«

»Woher wissen die das so schnell?«, fragte Maja. »Das ist noch keine Stunde her. Gibt der Sender keine offiziellen Pressemitteilungen raus?«

Gute Frage, dachte Magnus, und las die Nachricht auf seinem Handy. An dem abgebildeten Bild von Florians letztem Auftritt blieben seine Augen hängen. Das Bild war von links außen aufgenommen, sodass man Florians Profil sah. Die Perspektive war unüblich für ein Pressefoto. Aber im Moment hatte er Dringenderes zu überprüfen. Er steckte das Handy wieder ein.

»Melissa, ich muss mit dir reden.«

»Jetzt?« Sie wandte den Kopf und löste sich widerwillig aus der Runde, folgte ihm aber.

»Es dauert nicht lange.« Magnus öffnete die Tür zum Gang.

»Pass auf, dass du nicht verhaftet wirst!«, rief Sascha ihr nach.

»Er ist manchmal total dämlich, oder?«, meinte Melissa, als sie im Konferenzzimmer ankamen. »Oh, das hier kenne ich noch nicht.« Sie schaute sich neugierig um. Ihr Blick blieb an einem Foto hängen, auf dem ein bekannter Schauspieler eine Trophäe entgegennahm. Magnus kannte das Gesicht, aber ihm fiel der Name nicht ein.

»Setz dich doch bitte einen Moment«, bat er sie.

Melissa blieb stehen, die Augen auf dem Bild. »Ich weiß, was du fragen willst.«

»Was denn?«

»Ob er mich angefasst hat. Martin, meine ich.«

»Und – hat er?«

Sie wandte sich um und sah ihn an. »Er hat es versucht. Aber nur ein Mal.« Sie schien größer zu werden, als sie das aussprach.

»Und Florian hat das missverstanden?«

»Sonst wäre er wohl nicht weggerannt. Aber es hat auch so geholfen.«

»Wie meinst du das – geholfen?«

»Er war in dem Moment abgelenkt, und ich habe ihn mit dem Knie erwischt. Er ist schön zusammengesackt.« Sie grinste bei der Erinnerung daran. »Das hat Diane mir beigebracht.«

»Irgendjemand hat gesagt, du würdest dich gut mit ihm verstehen.«

»Das dachte ich auch. Vorher dachte ich, es geht ihm um mich, um mein Talent. Er hat mir immer gute Voten gegeben. Und er hat sich wie ein Vater verhalten. Er hat sogar gesagt, ich solle mich vor bestimmten Jungs in Acht nehmen und so was.« Sie lachte, aber es klang aufgesetzt. »Ich hätte es besser einschätzen müssen. Er hat mir einen Vertrag versprochen. Und als ich ihn daran erinnert habe, gab es plötzlich – Bedingungen. Ich war so naiv.«

Du bist 18 Jahre alt, dachte Magnus. Warum solltest du nicht naiv sein? Als ob sie seine Gedanken erraten hätte, fuhr sie fort: »Ich weiß nicht warum, aber bei mir kommen Männer oft auf blöde Gedanken. Das war immer schon so.«

Blond, hübsch, blauäugig. »Dein Vater hat davon gesprochen«, sagte Magnus vorsichtig.

»Aha? – Ich habe mich noch nicht bei dir bedankt für gestern. Das war süß von dir, dass du dich für mich prügeln wolltest.« Sie sah ihn mit ihren hellblauen Augen an, wie den größten Helden aller Zeiten. Entweder sie war sehr naiv oder sehr berechnend. Vielleicht beides?

»Wem hast du erzählt, dass er dich belästigt hat?« Das war die entscheidende Frage, die Magnus schon die ganze Zeit auf den Lippen brannte.

»Sascha natürlich. Und mit Papa habe ich telefoniert. Er merkt immer direkt, wenn etwas nicht stimmt.

Ich habe ihm aber gesagt, dass ich mich gewehrt habe. Und – Diane. Ich war so stolz auf mich. Findest du das albern?«

»Überhaupt nicht.«

Er blieb im Konferenzzimmer sitzen und plante die nächsten Schritte. Die Uhr an der Wand zeigte halb vier an. Sein Gespräch mit Lisa war überfällig. Hoffentlich hatte Nadja bei ihrer Recherche etwas herausgefunden, was seine vage Idee bestätigte. Er wollte gerade ihre Nummer eintippen, als sie auf dem Display erschien. Gedankenübertragung.

»Hi Magnus!« Nadjas Stimme klang fröhlich. »Was wolltest du wissen? Lisa Färber ist nicht vorbestraft. Ein weißes Blatt, polizeilich gesehen.«

»Ich dachte eher an Auffälligkeiten im Lebenslauf, Karriereweg, wie steht sie zu ihrem Arbeitgeber …«

»Ach so. Das ist einfach. Sehr straighter Typ, deine Lisa. Top-Abitur, Ausbildung zur Mediengestalterin in Köln, einer der besten IHK-Abschlüsse 2012, Studium Kommunikationsdesign an der Fachhochschule Hamburg. Die Abschlussnote habe ich nicht gefunden, aber ich schätze mal prima, weil sie dann sofort eine Stelle bei RTL in Köln angetreten hat. Dort ist sie ein Jahr geblieben, dann Wechsel zu ihrem jetzigen Arbeitgeber, der Supra Media GmbH. Hier arbeitet sie seit drei Jahren und tritt auf der Stelle, wenn du mich fragst. Kein Genörgel über ihre Firma auf Facebook oder unter ihrem Twitter-account. Nur Urlaubsfotos von der Nordsee, die harmlose Sorte. Seehundbabys und Sonnenuntergänge mit ihrem Freund in den Dünen.«

Magnus staunte immer wieder aufs Neue, in welcher Geschwindigkeit es Nadja gelang, Informationen zu beschaffen.

»Wie kommst du darauf, dass sie auf der Stelle tritt?«, wollte er wissen.

»Ich meine, gemessen an ihrem sonstigen Tempo sind drei Jahre als Aufnahmeleiterin am Set fast ein Karriereknick. Hat sie einen festen Freund im Team?«

»Hm. Ein Kameramann.«

»Ach ja, hier habe ich ihn, Piet Schütte. Das wäre eine mögliche Erklärung. Vielleicht hat sie sich gerade eine Pause verordnet?«

»Sie ist nicht der Pausentyp«, sagte Magnus nachdenklich. »Immer unter Strom. Aber warum war sie nur ein Jahr bei RTL beschäftigt?«

»Ich habe noch nicht nach den Gründen für den Jobwechsel gesucht. Du hast recht, sie muss bei RTL mehr verdient haben als in ihrem jetzigen Job. Rat mal: Was ist statistisch gesehen der wichtigste Grund für einen Jobwechsel?«

»Äh – mehr Geld?« Magnus hörte das Klappern von Nadjas PC-Tastatur durch das Telefon.

»Falsch. Man will einen besseren Chef. – Oh nein, das gibt's nicht. Rat mal, wer ihr Chef bei RTL war.«

»Lass es raus.«

»Anna Voss.«

Magnus pfiff leise durch die Zähne. »Das ist interessant. Wieso hat Anna das nicht gesagt?«

*

»Das ist nicht dein Ernst, mich zwischen Generalprobe und Liveshow zu nerven«, schimpfte Lisa, folgte ihm aber durch die Seitentür zum inoffiziellen Raucherplatz an den Kulissen, an dem er heute Morgen mit Rudi gesprochen hatte. »Das ist meine einzige Pause heute. Wenn Anna mich nicht gebeten hätte, dir zu helfen …«

»Es dauert nur einen Cappuccino lang. Willst du einen?« Lisa lehnte ab. Magnus stellte zwei Becher neben sich auf die Holzbank und setzte sich. Lisa blieb vor ihm stehen. Die Sonne zauberte einen Heiligenschein um ihre Haare, ein merkwürdiger Kontrast zu ihrem grimmigen Gesicht und ihrer schwarzen, schlichten Kleidung.

»Warum tust du dir eigentlich diesen stressigen Job an?«, fragte Magnus. »Jemand hat erzählt, du hättest vorher bei RTL gearbeitet. War das nicht der bessere Job?«

»Na und?« Sie war auf der Hut. »Was soll das hier werden? Eine Befragung zu meinen persönlichen Lebenszielen?«

»Ich unterstütze die Polizei in der Mordermittlung«, gab Magnus unverblümt zu. »Du gehörst zu den wenigen Frauen, die etwas Positives über das Opfer sagen können.« Das war ein Ablenkungsmanöver. »Nur für mich zum Verständnis: Was gefiel dir an Martin Mann?«

»Ach so.« Sie überlegte. Bildete er sich das ein oder spiegelte sich gerade Erleichterung in Lisas Gesicht? »Er war klug, wusste, was er wollte und hatte gute Verbindungen, ich dachte, er könnte mir helfen, hier weiterzukommen.«

»Also eher eine Zweckbeziehung?«

»Ist nicht jede Affäre eine Art Zweckbeziehung?«

»Möglich. Warum bist du damals von RTL weggegangen?«

»Ich verstehe die Frage nicht. Was hat das mit Martin Mann zu tun?«

Das war schon die dritte Gegenfrage. Lisa hatte definitiv etwas zu verbergen. Angriff.

»Warum willst oder kannst du eine einfache Frage nicht beantworten? Warum hast du vor drei Jahren den Job gewechselt?«

»Wie redest du mit mir?« Lisa wurde rot vor Zorn. »Was geht dich das an?«

»Ok, ich rate mal«, fuhr Magnus fort. »Geld oder Liebe. Oder dir gefiel dein Vorgesetzter nicht. Deine Vorgesetzte, in diesem Fall. Was ist zwischen Anna und dir vorgefallen?«

»Das muss ich mir nicht anhören.«

»Du hast nicht damit gerechnet, dass sie schon wieder deine Chefin wird, richtig?«

Lisa drehte sich wortlos um und marschierte hinein. Magnus grinste in sich hinein. Hier war das Wespennest. Der Rest war einfach, aber dafür war später noch Zeit. Er trank auch den Cappuccino aus, der für Lisa gedacht gewesen war, rief Eliza an, erläuterte sein Anliegen und leitete ihr das Foto von Florian weiter, das ihn eben in den Nachrichten der »Best-West-News« irritiert hatte. Nur noch eine winzige Überprüfung und ein Gespräch mit Anna, dann war er fertig mit Teil eins seiner Ermittlungen. Jetzt brauchte er nur noch ein bisschen Glück.

Die Atmosphäre in den Büros, auf den Gängen und im Studio war aufgeheizt. Wenn Magnus nicht gewusst hätte, dass alles einem festgelegten Plan folgte, hätte er die chaotische Situation nicht einordnen können. Die Kameraleute bezogen Position und herrschten die Kabelträger an, die Band diskutierte auf der Bühne über Mikrofon mit der Tonregie, Lisa lief, wieder auf ihre Arbeit konzentriert, am Bühnenrand auf und ab, und Majewski, der Beleuchtungsmeister, stand mit zwei Männern der Feuerwehr am Fuß einer der Feuertreppen und deutete nach oben, in die Lichttraversen. In den Gängen rund um die Zuschauertribüne wuselten mehr Menschen mit Headsets herum, als Magnus bei drei Proben zusammen gesehen hatte. Neu waren für ihn die Mitarbeiter, die grün-gelbe Ausweise der Firma Ticketshop trugen, hauptsächlich ausnehmend hübsche, junge Frauen in schwarzen Jeans und T-Shirts. Sie standen in zwei Grüppchen an den Aufgängen zur Tribüne und diskutierten. Als Magnus eine der beiden schweren Brandschutztüren öffnete, die Studio und Mall miteinander verbanden, schlug ihm das Geraune einer sich sammelnden Menschenmenge entgegen. Die Ticketschalter hinter der Security waren schon besetzt, aber noch nicht geöffnet. Magnus erinnerte sich an seinen Auftrag, das Team vom Ticketshop zu unterstützen, und fragte sich durch zu einer kompetent wirkenden Blondine in seinem Alter, die einen Seufzer der Erleichterung ausstieß, als er sie ansprach.

»Wenn Sie Herr Meister sind, retten Sie meinen Tag«, sagte sie. »Drei meiner Mitarbeiter haben sich seit gestern krankgemeldet.«

»Ich bin heute das Mädchen für alles«, sagte Magnus. »Was soll ich machen?«

»In einer Viertelstunde beginnen wir hier mit der

Kontrolle«, sagte sie und deutete mit der Hand auf die Schalter. »Meine Mitarbeiterinnen überprüfen die Registrierungen der Tickets am PC und kategorisieren die Zuschauer. Ich selbst kümmere mich darum, dass die Gruppen geordnet vor der Studiotür stehen. Ihr Job ist es, die Tickets an der Tür einzusammeln und die Leute durchzuwinken.«

»Klingt nicht kompliziert.«

Sie lachte. »Den komplizierten Teil übernehmen meine Mädchen im Studio. Die Zuschauer müssen richtig platziert werden, aber damit haben Sie nichts zu tun.«

»Und das dauert zwei Stunden? Die Show beginnt doch erst um 19.30 Uhr?«

Sie nickte und sah auf ihre Uhr. »Um 19 Uhr beginnt das Warm-up, Sie werden sehen. Können Sie kurz vor 17 Uhr an der Tür sein?«

Magnus versprach es. Noch eine knappe halbe Stunde Zeit, die fehlenden Informationen einzusammeln und den Kandidaten Glück zu wünschen.

»In einer halben Stunde beginnt der Einlass! Wollen Sie mir gerade sagen, dass es noch keine Lösung für die Startnummer eins gibt?«

Magnus hatte nicht vorgehabt zu lauschen, aber dieses Gebrüll war für niemanden zu überhören, der sich auf dem Gang befand. Die Tür zur Maske öffnete sich, Clara und Rebecca steckten die Köpfe heraus. »Was ist los?«

Auch Anna, Jana und Feli öffneten die Tür zum Gang hin und lauschten. Die Stimmen aus dem Catering-Raum waren verstummt.

»Dann hätten Sie Ersatz besorgen müssen! Was ist das

für ein unfähiger Haufen? Ich dachte, ich arbeite mit Profis!«

»Das ist der Regisseur«, flüsterte Rebecca, gerade so laut, dass Magnus und Clara es hören konnten. »Maria bekommt gerade richtig Ärger.«

»Was hätte sie denn machen sollen?«, meinte Clara. »Normalerweise wird doch keiner verhaftet bei der Probe.«

Rebecca zuckte mit den Schultern. »Und wenn jemand tot umfällt«, sie wurde rot, »das interessiert niemanden.«

Anna Voss trat aus dem Produktionsbüro, straffte sich und holte tief Luft. Dann klopfte sie an die Tür des Redaktionsbüros.

»Noch so jemand!«, bellte der Regisseur von drinnen. Die Zuhörer verstanden Annas Antwort nicht, weil sie die Türe schloss, der Rest des Gesprächs ging leiser vonstatten.

»Was werden die jetzt machen?«, fragte Clara.

»Sie müssen den ganzen Ablauf ändern, wenn Florian nicht kommt«, sagte Rebecca. »Keine Ahnung. Warten wir ab, was passiert. Komm wieder rein, ich wollte dir noch das Glamour-Make-up beibringen.«

Clara zwinkerte Magnus kurz zu und folgte Rebecca zurück in die Maske. Magnus freute sich für Clara. Scheinbar hatten sich die Mädchen wieder versöhnt. Leider war seine Klientin gerade nicht zu sprechen. Egal, das war nicht mehr eilig.

»Ich sterbe. Ich sterbe. Ich sterbe. Ich halte das nicht mehr aus.« Melissa stand am Fenster in der Kandidatenlounge und trommelte gegen die Scheibe. »Noch drei Stunden.«

»Hör auf damit«, meinte Maja. Sie schenkte sich an der Bar ein Wasser ein. »Du machst alle anderen auch nervös. Hallo, Magnus.«

Die Kandidaten verteilten sich über den ganzen Raum, jedem stand die Anspannung ins Gesicht geschrieben. Nur Jason hatte sich auf dem roten Sofa zusammengerollt und schnarchte leise.

»Du bist Magnus Meister?«, sagte ein ausnehmend hübscher Kerl zu ihm und hob die Hand. »Marco. Ich habe schon von dir gehört.«

»Ebenso«, lächelte Magnus. »Du hast gestern die Witwe getröstet.«

»Irgendwas kann jeder«, erwiderte Marco und grinste. Alle lachten, sogar Melissa.

»Meister, du bist doch schon x-mal aufgetreten«, sagte Milan. »Was machst du gegen Lampenfieber?«

»Ablenken, ablenken. Wir sind oft vorher ein Bier trinken gegangen und haben uns Witze erzählt. Aber ich war noch nie vor einem Millionenpublikum in einer Fernsehshow.«

»Danke, dass du uns nochmal daran erinnerst«, jammerte Sascha.

»Hey, das mit den Witzen ist eine gute Idee«, meinte Heiko und tippte in sein Smartphone. »Hier, der ist gut: Warum freut sich eine Blondine so, wenn sie ein Puzzle nach sechs Monaten fertig hat? – Weil auf der Packung steht: zwei bis vier Jahre.«

»Boah, ist der mies«, sagte Diane in das Gelächter hinein, musste aber grinsen.

Magnus räusperte sich. »Ich wollte euch nur Glück wünschen, für gleich.«

»Gehst du schon? Guckst du dir nicht die Show an?«, wollte Maja wissen. Sie sah ein wenig enttäuscht aus. Magnus vermutete, dass mittlerweile alle wussten, warum er tatsächlich hier war.

»Ich helfe mit am Einlass – und bin ansonsten hier fertig. Grüßt Jason von mir.« Er deutete auf den Schlafenden.

»Machen wir.« – »Mach's gut, Mann.« – »Drück uns die Daumen.« – »Komm doch morgen zum späten Frühstück vorbei!« – »Genau, gute Idee!«

Magnus versprach, es sich zu überlegen und verabschiedete sich. Auf dem Weg nach draußen lief ihm Maja hinterher. Sie zog die Türe hinter sich zu. »Hast du etwas von Florian gehört?«

Magnus schüttelte den Kopf. »Ich kann versuchen, was in Erfahrung zu bringen.«

»Bitte, bitte. Das ist doch totaler Schwachsinn, dass man ihn verhaftet hat, oder? Der tut doch keiner Fliege was.«

»Definitiv«, sagte Magnus. Er ließ sich Majas Handynummer geben und versprach sich zu melden. Aber er sollte nicht mehr dazu kommen.

Noch zehn Minuten bis zum Einlass. Magnus hastete zurück ins Studio. Er suchte Majewski, den Beleuchtungsmeister, und fand ihn am Gestänge der Tribünen, wo er aufmerksam die Arbeit der Beleuchter verfolgte.

»Ich brauche Sie kurz«, sagte Magnus und erklärte sein Anliegen. Majewski war irritiert, führte ihn aber widerspruchslos die Treppe hoch in den Gang, wo das alte Atelier der Requisite mit dem Rückzugsraum lag. Magnus blieb vor der Tür stehen. »Gibt es von hier aus eine Möglichkeit, das Gelände zu verlassen?«, wollte er wissen.

Majewski schüttelte den Kopf. »Die Feuertreppe außen führt zu den Kulissen auf der Rückseite. Ich zeige es Ihnen.«

Er führte Magnus über die umlaufenden Metallplanken auf die gegenüberliegende Studioseite und öffnete eine Metalltür, die mit der grün-weißen Kennzeichnung für den Notausgang beschildert war. Dahinter lag ein unbeleuchtetes Stück Flur, von der eine Glastür mit derselben Kennzeichnung nach außen führte. Sie öffneten sie und traten nach draußen auf eine Plattform. Magnus stützte sich auf das Geländer und schaute nach unten. Ungefähr 15 Meter unter ihm, etwas weiter links, stand die Holzbank, auf der er eben Lisa befragt hatte. Er dankte Majewski, eilte zurück zum Studioeinlass und rief auf dem Weg Miriam an. Zeit für einen kurzen Lagebericht.

»Da sind Sie ja endlich.« Die nette Blonde vom Ticketshop war erleichtert ihn zu sehen. »Ich dachte schon, Sie hätten die Flucht ergriffen.«

Magnus verneinte mit einem Lächeln. Sein Blick schweifte über die unruhige Menschenmenge, die sich vor den beiden schweren Stahltüren sammelte. Beide waren geöffnet, wer die andere Tür bewachte, wusste er nicht. Neben beiden Türen und den Tribünen war zusätzlich Security postiert. An den Schaltern in der Mall lösten sich immer vereinzelte Besuchergrüppchen und Paare, wenn ihre Karten kontrolliert waren, und steuerten auf die Türen zu. Die Blonde gab ihr Bestes, die Gruppen zu ordnen, nach welchem System durchschaute Magnus nicht. Schließlich hob sie ein kleines Megafon und bat die Zuschauer der Kategorien A+ und A zuerst zum Einlass zu kommen. Jetzt begriff Magnus. A+-Menschen waren gehbehindert, saßen im Rollstuhl oder hatten ein sonstiges Handicap und meistens eine Begleitperson dabei. Eine kleine Gruppe Rollstuhlfahrer versammelte sich vor seiner Tür. Eines der hübschen Mädchen aus dem Ticketshop tippte Magnus von hinten auf die Schulter. Sie stand mit zwei Kolleginnen direkt hinter ihm am Gestänge der Tribünen.

»Schick sie einfach zu uns, wir sagen denen dann, wo sie hinmüssen«, sagte sie. »Wenn Kategorie B kommt, einfach die Treppe hochschicken. Oben ist jemand von uns und leitet sie weiter zu den Plätzen.«

Magnus nickte. Dann begann der Einlass und er hatte fast zwei Stunden lang keine Zeit mehr für etwas anderes als Tickets abzureißen und »Guten Abend« zu sagen. Seine Stimme wurde rau. Die Gruppe vor seiner Tür bestand nur noch aus rund 30 Besuchern, als der professionelle Warm-Upper sein Bühnenprogramm begann. Er unterhielt das Publikum mit Gags und trainierte mit ihnen verschiedene Formen von Applaus. Leichter Applaus, mittlerer Applaus, starker Applaus. Jetzt alle! Richtig laut! Die Stimmung im Publikum war blendend, als Magnus ein Gesicht vor seiner Tür sah, mit dem er nicht gerechnet hatte. »Matthias?«

Melissas Vater war kaum wiederzuerkennen. Frisch rasiert, mit Anzug und Krawatte, um sich herum eine schwere Duftwolke eines populären Männerparfüms.

»Da staunste, wat? Ich hab mit der Redakteurin vereinbart, dat ich heute mein Mädchen beim Auftritt sehen darf. Hab sogar einen Besucherausweis. Kategorie A. Erste Reihe, für die Eltern.« Er präsentierte stolz sein Tagesticket und sah Magnus in die Augen. Sein Blick flackerte. »Machste hier Security, oder wat?« Magnus nickte und winkte ihn durch. Erst nach weiteren fünf abgerissenen Tickets verbanden sich sämtliche Synapsen in Magnus' Gehirn zu einer Erleuchtung. Er drehte sich um, aber Matthias war schon über einen der Treppenaufgänge zur Tribüne verschwunden. Magnus ließ die verblüfften, mit ihren Tickets wedelnden Besucher vor der Tür stehen und rannte in die Richtung, in der er Matthias vermutete, als ihn ein Security-Mitarbeiter am Arm festhielt und fast ins Straucheln brachte. »Sie können da jetzt nicht mehr durch. Wir sind in einer Minute auf Sendung.« Er wies auf ein rotes Leuchtzeichen über der Bühne: »On air«. Stürmischer, gut eingeübter Applaus brandete auf, als Daniel Hörmann die Bühne betrat und das Publikum willkommen hieß.

Magnus rief Miriam an, aber er erreichte nur die Mailbox. Dann eben Holtmann, Kellers Kollegen. »Ich brauche Verstärkung.« Er erläuterte ihm die Situation.

»Meinen Sie, er hat etwas gemerkt? Sonst könnten wir nach der Show …«, sagte Holtmann und zögerte. »Gibt es eine Pause?«

»Er wird nicht bis zur Pause warten«, sagte Magnus. »Das weiß ich.«

»Ich tue, was ich kann«, versprach Holtmann.

Magnus schnappte sich eines der Mädchen vom Ticketshop.

»Was macht ihr, wenn jemand zwischendurch auf die Toilette muss?«, fragte er.

»Wir begleiten ihn über einen der ausgewiesenen Zugänge«, sagte sie. »Warum?«

»Wo sitzen die Redaktionsgäste? Und die Eltern und Freunde der Kandidaten?« Sie sagte es ihm. Er musste nach rechts außen, an den letzten Treppenaufgang zur Tribüne. Über den Monitor an der Wand liefen Bilder aus dem Mallorca-Camp, die Magnus bei jeder Probe gesehen hatte. Dann folgte das Standbild auf Martin Mann, der Moderator kündigte die Schweigeminute für den toten Produzenten an. Das Publikum machte brav mit, vermutlich hatten die meisten Zuschauer den Todesfall in der Presse verfolgt. Magnus hielt inne, um nicht die Aufmerksamkeit auf sich zu ziehen. Der Moderator bedankte sich nach der Minute. Höflicher Applaus, Magnus ging weiter. Melissa würde die Startnummer eins haben, weil Florian nicht da war, vermutete er. Aber er täuschte sich. Auf dem großen Monitor über der Bühne, den Magnus jetzt im Blick hatte, erschien die Sequenz über Florian. Eine Terrasse am Meer, der junge Musiker im Interview am Flügel. Daniel Hörmann rief ihn als Startnummer eins aus. Wieder Applaus, diesmal kräftig. Florians Fans trampelten mit den Füßen und pfiffen. Magnus freute sich für ihn. Miriam hatte auf seinen kurzen Zwischenbericht hin ganze Arbeit geleistet. Während Florian die Bühne betrat und die ersten Pianoakkorde erklangen, fand Magnus den richtigen Aufgang. Eines der Mädchen vom Ticketshop saß auf der Treppe zur Tribüne und las Nachrichten auf dem Handy. Die Show schien sie nicht zu interessieren. Magnus flüsterte ihr sein Anliegen ins Ohr, sie zuckte mit den Schultern und ließ ihn vorbei. Er schlich leise die Treppen hoch an einem Tontechniker vor einem Mischpult mit kleinem Monitor vorbei, der sich nicht stören ließ. Am höchsten Punkt, auf den oberen Zuschauerrängen, hatte Magnus die Bühne mit der Band und das Publikum vollständig im Blick. Er suchte mit den Augen die ersten beiden Reihen ab und fand ihn sofort. Matthias saß am äußeren Rand, sehr weit rechts von Magnus, und applaudierte kräftig mit, als die Nummer mit einem dramatischen Akkord endete. Dann wandte er sich um, als ob er den Blick im Nacken spüren könnte, und Magnus ging schnell in die Hocke. Daniel Hörmann gab die Telefonnummer bekannt, unter der das Publikum zu Hause und im Saal für Florian stimmen sollte. Dann zeigten die Monitore auf ein Zeichen des Moderators hin einen Kurzfilm über Melissa. Applaus. Ankündigung. Wieder Applaus. Melissa kam im blauen Abendkleid auf die Bühne und ein unfassbarer Lärm brach los. Trampeln, Pfiffe, Rufe, Transparente mit ihrem Namen erschienen. Sie musste eine riesige Fangemeinde haben. Sie bedankte sich, lächelte, alles sehr professionell und gelassen für eine 18-Jährige, fand Magnus. Die Band spielte die ersten Akkorde von Melissas Ballade, sie schloss die Augen und begann zu singen. Magnus mochte ihre Stimme, aber der Song langweilte ihn schnell. Als seine Augen wieder Matthias suchten, war sein Platz leer.

Magnus fluchte leise. 30 Sekunden Ablenkung hatten Matthias genügt, um zu verschwinden. Er musste ihn, Magnus, entdeckt und den richtigen Schluss gezogen haben. Magnus schlich zurück nach unten, auf die Rückseite der Tribüne. Das Mädchen vom Ticketshop sah ihm erstaunt nach. Im Vergleich zu zwei Stunden zuvor waren nur wenige Mitarbeiter der Crew auf den Laufwegen. Lisa sah er überhaupt nicht. Magnus schloss aus, dass Matthias durch die Haupttüren nach draußen auf die Mall gelangt war. Das müsste er gesehen haben. Die Türen wurden während der Show nur im Notfall geöffnet, und das hier war keiner aus Sicht der Security. Magnus nutzte den Lärm von Melissas Applaus, um zur Seitentür zu den Büros zu gelangen. Der Security-Mann war nicht begeistert. »Das ist eine Livesendung und kein Wanderzirkus«, zischte er. Sein Atem roch nach Rauch.

»Ist hier vor zwei Minuten jemand durchgekommen?«

Der Mann hob die Schultern, sichtlich verlegen. Alles klar, er war kurz draußen gewesen. Die Seitentür war nicht wirklich sicherheitsrelevant. Magnus zeigte seinen Mitarbeiterausweis. »Ich will zum Catering«, sagte er. Der Mann nickte und ließ ihn durch. Magnus eilte durch den Gang, schaffte es, nicht bemerkt zu werden, ging zügig am überfüllten Catering-Raum vorbei und nahm die Seitentür nach draußen. Er war für einen kurzen Moment vom Tageslicht geblendet und blieb stehen. Wenn er mit seinen Annahmen richtig gelegen hatte, war es möglich, von hier aus das Gelände zu verlassen. Sein Blick erfasste die Feuertreppe, das Deko-Lager mit dem blauen Holztor, die Kulissen, die Sträucher, den Zaun. Das Tor zum Lager war nur angelehnt, jemand hatte das Schloss geöffnet. Magnus steuerte vorsichtig darauf zu, was sollte er machen, wenn Matthias sich dahinter postiert hatte? Er lief direkt in die Falle, keine Chance sich zu verteidigen. Er hörte das Geräusch von Schritten, zögernd, abwartend, es schien aus dem Lager zu kommen. Das Tor zum Lager ging auf und eine Mitarbeiterin der Crew kam mit einem flachen Karton auf dem Arm heraus, einen Schlüsselbund in der Hand. Sie sah flüchtig auf, als sie Magnus sah, der bedeutete ihr mit einem Finger auf den Lippen leise zu sein. Magnus hielt sich rechts am Lager vorbei auf die Sträucher zu. Dahinter lag der Zaun zum Baumarkt. Ein Zweig knackte, dann hörte Magnus einen unterdrückten Fluch. Er pirschte näher heran und hätte sich das Lachen verbeißen müssen, wenn die Situation nicht so ernst gewesen wäre. Matthias hatte sich auf dem Weg zum Zaun in einem Brombeerstrauch verheddert und versuchte gerade, seinen Anzug heil aus den dornigen Ästen zu befreien. Er gab das Jackett auf und zog es aus, hing aber noch mit einem Hosenbein fest. »Bleib, wo du bist«, fauchte er.

»Die Polizei ist gleich hier«, sagte Magnus und kam ein Stück näher.

»Ich glaub dir kein Wort. Keinen Schritt weiter.« Er griff in seine Hosentasche. Magnus hörte das Schnappgeräusch. Ein Springmesser. »Ich geh nicht in den Bau«, sagte Matthias. »Nicht dafür. Ich sollte eine Belohnung dafür bekommen.«

Er riss sich mit einer einzigen Bewegung los, durchbrach einen weiteren Strauch, fand das Loch im Zaun und schlüpfte geschickt hindurch, Magnus hinterher. Sie rannten quer über den Parkplatz des Baumarktes, auf dem trotz der Abendstunde noch einiger Betrieb war. Niemand schien sie zu beachten. Magnus blieb Matthias auf den Fersen, duckte sich hinter geparkte Autos und hielt Abstand. Auf einen Kampf wollte er es nicht ankommen lassen. Wer ein Messer trug, konnte nach seiner Erfahrung meistens damit umgehen. Magnus fischte sein Handy aus der Tasche und versuchte im Laufen Miriam zu erreichen.

Was hatte Matthias vor? Zu Fuß flüchten? Ein Auto hatte er nicht, das wusste Magnus.

Sie ging sofort ans Telefon. »Wo bist du? Meine Kollegen sind vor dem Haupteingang zum Studio.«

Magnus gab ihr keuchend den Standort am Baumarkt durch und ließ Matthias dabei nicht aus den Augen. Weit konnte er nicht kommen.

»Scheiße! Bleib dran!«

»Was?«, fragte Miriam.

Matthias beugte sich hinunter zu einem Fahrzeug und sprach mit dem Fahrer, der gerade losfahren wollte. Sie waren zu weit weg, Magnus konnte nicht verstehen, was gesprochen wurde. Der Fahrer, ein älterer Mann, stieg aus, kreidebleich im Gesicht. Matthias stieg ein und fuhr mit quietschenden Reifen los.

»Er hat sich ein Auto beschafft! Toyota Yaris, silbermetallic, K-UV 592. Fährt Richtung Stadtautobahn. Er ist mit einem Messer bewaffnet. Von weiteren Waffen weiß ich nichts.«

»Danke.«

Sekunden später hörte Magnus das Sirenengeheul der Polizeiwagen. Jetzt konnte er nichts mehr tun. Er ging hinüber zu dem Fahrer des Toyotas und beruhigte den fassungslosen Mann. »Er hatte ein Messer«, japste der. »Was hätte ich denn tun sollen?«

»Sie haben alles richtig gemacht«, sagte Magnus.

Magnus verspürte wenig Lust, zur Show zurückzugehen. Er fühlte sich ausgelaugt, hungrig und brauchte dringend eine Dusche. Trotzdem: Zwei Kleinigkeiten gab es noch zu klären. Er kletterte durch das Loch im Zaun zurück auf das Gelände der Studios, setzte sich auf die Holzbank und drehte sich eine Zigarette. Aus einem geöffneten Fenster hörte er Gelächter und Klatschen. Die Show war noch in vollem Gange. Dann rief er Eliza an.

»Du hattest recht«, sagte sie. »Das Foto von Florian, das an die Presse weitergeleitet wurde, ist ungewöhnlich. Ich habe mir die anderen Kandidatenbilder, die ich finden konnte, angeschaut, da kursierte einiges im Netz. Aus dieser Perspektive, Halbprofil von vorne, existiert kein einziges. Du meinst, das ist ein Mitschnitt der Bühnenkamera?«

Magnus bestätigte. »Das ist die Perspektive von Kamera eins. Der Kameramann ist der Partner meiner Verdächtigen. Danke dir.«

Kaum hatte er aufgelegt, meldete sich Miriam.

»Sie haben ihn! Noch auf der Auffahrt zur Autobahn gestoppt. Das war gute Arbeit, Magnus.«

»Warum fühle ich mich dann so schlecht?« Als er es aussprach, merkte er, dass es die Wahrheit war. Das flaue Gefühl in seinem Magen war nicht nur Hunger, sondern auch sein Gewissen. Er mochte Melissas Vater.

»Ich weiß, wie es dir geht«, sagte Miriam mitfühlend. »Leider sind Täter nicht immer unsympathisch. Du identifizierst dich mit ihm.«

»Ich weiß nicht, was ich tun würde, wenn jemand Clara bedrängen würde.« Magnus schüttelte sich innerlich.

»Das klingt jetzt nach Klugscheißerin, aber in Extremsituationen rufen wir alte Muster ab. Wenn Matthias Schwarze früher gelernt hat, seine Probleme mit Gewalt zu lösen …«

»Muss das bei mir nicht auch so sein, meinst du?«

»Genau. Hey, eine Frage noch, wir hatten eben am Telefon wenig Zeit: Was genau hat dich so sicher gemacht, dass er der Täter ist?«

»Das hast du mir doch beigebracht! Motiv, Mittel, Gelegenheit. Als Vater einer unsicheren Tochter fand ich sein Motiv am stärksten, nachdem wir die Wahrheit über dieses Ar…, über Martin Mann herausgefunden haben. Die ganzen ehrgeizigen Kandidaten, schön und gut, aber jemanden umbringen, nur damit sie ein gutes Votum bekommen? Nein. Dann blieben noch Sascha, Diane und Matthias übrig, nachdem mir Melissa die Wahrheit erzählt hatte. An Florian als Verdächtigen habe ich keine Sekunde geglaubt. Wie hast du ihn so schnell wieder rausbekommen?«

»Du zuerst, bitte. Warum Matthias?«

»Frag lieber, warum nicht gleich. Das Hausverbot hat mich in die Irre geführt, deswegen habe ich ihn zu lange als Täter ausgeschlossen. Er hat einen Weg hinein und einen Weg hinaus gefunden, ohne gesehen zu werden.«

»Das verstehe ich immer noch nicht.«

»Du kommst ohne Ausweis nicht an der Security vorbei. Ich habe es erst kapiert, als er mir sein Tagesticket am Einlass eben vorgelegt hat. Er muss sich einen Ausweis beschafft haben. Vielleicht sogar meinen, den habe ich am Mittwoch vermisst, der wurde später wieder abgegeben. Wir sind uns vom Typ her ein bisschen ähnlich.«

»Das können wir überprüfen.«

»Überprüft auch die Taxen. Melissa hat ihn kurz vor der Durchlaufprobe am Mittwoch angerufen, er muss sehr schnell hierhergekommen sein.«

»Machen wir. Und wie hat er das Gelände so schnell verlassen können? Wie heute?«

»Mit einer Abweichung. Er ist vom Catwalk über den ersten Stock und dann über die Feuertreppe gelaufen. Er kannte das Gelände, vergiss das nicht. Außerdem kannte er bestimmt den Raucherplatz hinten an den Kulissen. Die Feuertreppe sieht man von dort aus. Vom Catwalk bis nach draußen benötigt man höchstens zwei Minuten. Und der Zaun auf der Grenze zum Baumarktgelände ist für einen halbwegs sportlichen Mann kein Hindernis, selbst ohne ein Loch zum Durchkriechen.«

»Das klingt plausibel, aber ich hoffe, er gesteht einfach.« Miriam seufzte. »Die Beweise sind ein bisschen dünn. Ein guter Anwalt holt ihn da raus.«

»Zumindest sitzt nicht mehr der Falsche fest«, meinte Magnus.

Miriam lachte. »Ich habe meinen Vorgesetzten angerufen. Das war nicht sehr kollegial, aber hilfreich. Von dringendem Tatverdacht konnte bei Florian Schröder keine Rede sein. Der ist doch direkt abgehauen, nachdem er das Mädchen mit dem Opfer scheinbar erwischt hatte. Dafür gab es einen Zeugen. Dieser Sascha hat ihn entlastet. Man muss nur die Aussagen richtig lesen.«

Als sie das Gespräch beendet hatten, schloss Magnus einen Moment lang die Augen und lauschte Jasons Song, dessen warme, etwas melancholische Gitarrenakkorde hier draußen gut zu hören waren, weil das Fenster zum Catering-Raum offen stand. Der Duft der Rosen aus dem Beet vor ihm stieg ihm in die Nase und erinnerte ihn an seinen letzten Auftrag für heute. Als das Publikum den Song beklatschte, raffte er sich auf und ging hinein, seine Klientin suchen.

Anna saß alleine im Büro und verfolgte mit leuchtenden Augen und hochroten Wangen das Geschehen am Monitor. Milan im Interview auf Mallorca. Er wirkte sympathisch und klar, als er erzählte, was ihn zu seinem Song inspiriert hatte.

»Ein hübscher Junge«, sagte Anna und winkte Magnus heran. »Und sehr talentiert. Er ist dein Gitarrenschüler, habe ich gehört?«

Magnus bestätigte das. »Ich bin mir nicht sicher, ob er gegen Saschas Fangemeinde ankommt«, sagte er und dachte an Claras strahlende Augen, als sie Sascha bei der Probe zugesehen hatte.

»Die Karten sind durch die Umbesetzung der Jury neu verteilt«, sagte Anna. »Wenn du mich fragst: Mit Noah Devi hat der Wettbewerb an Substanz gewonnen. Er wollte sein Votum von Anfang an unbeeinflusst abgeben. Ich schätze, dass es momentan für Jojo und Milan am besten aussieht. Aber deswegen bist du nicht hier, oder?«

Daniel Hörmann kündigte Milan an. Das Publikum applaudierte anhaltend. »Wir können unser Gespräch noch drei Minuten verschieben«, sagte Magnus. Anna nickte. Sie verfolgten gebannt Milans zart-zorniges Liebeslied, das in verstörenden Gitarrenakkorden endete. Magnus merkte, dass er seit mehreren Sekunden die Luft angehalten hatte. Die Zuschauer rasteten komplett aus, es klang als ob eine Abrissbirne ins Studio eingeschlagen hätte. Pfiffe, Trampeln, die Leute erhoben sich von den Plätzen. Magnus hörte selbst durch die geschlossene Tür, dass im Catering-Raum auch applaudiert und gepfiffen wurde. Milan hatte echte Fans.

»Du meine Güte«, lachte Anna. »So laut hat es sich nur bei Jojo eben angehört. Das freut mich für Milan.«

Magnus platzte vor Stolz. Milan bedankte sich beim Publikum, hochrot im Gesicht und strahlend und wartete auf sein Votum durch die Jury.

»Weswegen bist du gekommen?«, fragte Anna.

Magnus rief sich zur Ordnung. »Ich kann es nicht sicher wissen, aber ich habe eine Idee, wer dich sabotiert«, begann er. »Es ist unmöglich, den Kreis einzugrenzen, der Zugang zu deinem PC hat, du weißt warum.« Anna wurde rot. »Deswegen habe ich einen anderen Ansatz gewählt«, fuhr Magnus fort. »Wer hat einen Grund, dir zu schaden? Wer – um es kurz zu sagen – will deinen Job? Nachdem ich mich mit Jana und Feli unterhalten hatte, die andere Pläne verfolgen, wurde die Luft dünner. Wir haben ein bisschen in der Vergangenheit graben müssen, um eine Person zu finden, mit der du schon gearbeitet hast und die eventuell etwas gegen dich haben könnte.«

Annas helle Augen wurden eine Spur dunkler, sie konzentrierte sich, kam aber zu keinem Ergebnis.

»Was ist zwischen Lisa und dir vorgefallen? Du warst ihre Vorgesetzte bei RTL. Hat sie einen Grund, sich ungerecht behandelt zu fühlen?«

Anna sprang auf. »Lisa? Aber das ist unmöglich.« Sie begann im Büro auf und ab zu gehen. »Sie ist absolut zuverlässig. Immer pünktlich, immer bereit, zusätzlich zu kommen, wenn Not am Mann ist. Sie ist meine wichtigste Stütze hier!« Sie blieb vor Magnus stehen und funkelte ihn zornig an. »Du musst dich irren.«

Er hob die Hände. »Möglich ist es. Aber möglich ist auch, dass es ihr nicht genügt, deine zuverlässige Stütze zu sein. Beantworte bitte meine Frage: Hatte sie Grund, sauer auf dich zu sein?«

Anna ließ sich wieder auf ihren Stuhl fallen. Sie griff nach einem Kugelschreiber und begann damit auf den Tisch zu trommeln. Sie schwieg. Ihre Augen verfolgten am Monitor den Auftritt des Stargastes, Mark Forster, aber es wirkte nicht, als ob sie etwas davon wahrnahm. Magnus wartete.

»Ich mag sie, aber ich habe sie einmal schlecht beurteilt«, sagte sie schließlich. »Sie war uneinsichtig und wütend. Ich konnte ihr nicht begreiflich machen, warum sie für mich keine sehr gute, sondern ›nur‹ eine gute Mitarbeiterin war.«

»Was hast du an ihr kritisiert?«

Anna dachte nach. »Sie lieferte eine Topleistung ab, ließ aber alle anderen spüren, dass sie sich überlegen fühlte. Wenn ich es mit einem Wort beschreiben soll: Arroganz.«

»Und was ist dann passiert?«

»Nichts! Das ist ja eben. Sie hat weitergearbeitet wie immer und kurz darauf war sie weg. Als wir uns bei der Arbeit für die Supra Media wiederbegegnet sind, habe ich keine Vorbehalte gegen mich gespürt. Im Gegenteil, sie schien sich zu freuen.«

»Sie hat auf ihre Chance gewartet«, sagte Magnus.

»Die hatte sie«, sagte Anna bitter. »Diese Produktion hing mehrfach am seidenen Faden. Wenn ich hätte gehen müssen, wäre sie die aussichtsreichste Kandidatin gewesen.«

Magnus nickte. »Feli will mehr Teilzeit arbeiten und Jana braucht eine Luftveränderung.«

»Kannst du das beweisen? Dass sie gegen mich gearbeitet hat, meine ich?«

Magnus hob die Schultern. »Das ist mein Problem. Ich habe nur einen einzigen Hinweis. Die Meldung von heute Mittag, über Florians Festnahme, zeigt ein Foto, das von Kamera eins aufgenommen wurde.«

»Piet? Ihr Freund hilft ihr? Ja, natürlich tut er das«, sagte sie, mehr zu sich selbst.

»Und sie ist sehr, sehr wütend geworden, als ich sie auf ihre Zeit bei RTL angesprochen habe. Ich schlage vor«, Magnus erhob sich, »dass du selbst mit ihr sprichst. Wenn sie abstreitet, weiß sie zumindest, dass du sie im Auge hast. Aber ich könnte mir vorstellen, dass sich das Problem so von alleine erledigt. Über kurz oder lang wird sie sich einen neuen Job suchen.«

Anna schwieg, noch damit beschäftigt, das Gehörte zu verarbeiten. Sie gab sich schließlich einen Ruck, stand auf und reichte ihm die Hand. »Danke für alles. Auch für deine Unterstützung hier bei der Show. Das war großartig.«

Magnus grinste. »Keine Ursache. Jederzeit wieder.«

Er verabschiedete sich kurz von der Crew, die im Catering-Raum ausgelassen Dianes Auftritt kommentierte, und suchte Clara und Rebecca in der Maske auf. Auf dem Schminkstuhl saß ein hübsches, etwas molliges Mädchen im grünen Glitzerkleid. Ihre riesigen, braun-grünen Augen waren mit Kajal umrandet, die Wimpern dick getuscht und ihr rosiger Teint leuchtete. Rebecca und Clara waren damit beschäftigt, ihr Lockenwickler aus den Haaren zu drehen und die Strähnen locker hochzustecken.

»Papa! Du hast ausnahmsweise ein Super-Timing. Rick ist gerade als Letzter raus zur Bühne. Wir machen gerade ein privates Styling.« Clara trat einen Schritt zurück. »Guck mal, erkennst du sie wieder?«

Magnus konzentrierte sich auf das Gesicht, aber er musste passen. Erst als sein Blick auf eine Hornbrille fiel, die auf der Ablage lag, machte es klick.

»Jana? – Du siehst phänomenal aus.«

Die junge Frau wurde feuerrot. »D…danke. Die beiden haben mich eben entführt. Sie haben gesagt, wenn ich mich in Berlin bewerben will, muss ich mir was einfallen lassen.« Sie protestierte, als Rebecca sich mit einer Farbpalette für den Lidschatten näherte. »Nicht noch mehr! Ich erkenne mich ja jetzt schon nicht mehr im Spiegel.«

»Halt still«, sagte Rebecca. »Lass die Profis entscheiden, was dir steht.«

Magnus überließ die Mädchen ihrem Geplänkel und zog lächelnd die Tür hinter sich zu. Sein Handy vibrierte in der Hosentasche. »Wo bist du? Wir warten seit über einer Stunde auf dich.« Das war Sven. Verdammt. Er hatte die Probe vergessen. Egal, dann würde er eben später kommen. Mit dem Schlussakkord des letzten Songs schloss sich die Studiotür hinter ihm. Leichten Herzens verließ er das Gelände. Er würde dem Showbusiness keine Träne hinterherweinen.

SAMSTAG, 19. MAI

Magnus fackelte nicht lange und fuhr in das Parkhaus unter der Philharmonie. Am Samstagmittag einen legalen Parkplatz in der Altstadt zu erwischen, war schlicht nicht möglich. Maja hatte ihn angerufen und als Treffpunkt das Café Extrablatt am Alter Markt genannt. Magnus freute sich, er mochte das Café. Es wurde von Touristen und Einheimischen gleichermaßen frequentiert. Man konnte dort gut draußen sitzen, Kaffee und Frühstück waren ausgezeichnet und es machte Spaß, den Touristen beim Flanieren zuzuschauen. Bevor sich die Kandidaten in alle Winde zerstreuten, wollten sie noch zusammen ein Abschiedsgetränk nehmen, sagte Maja. Jedenfalls die, die wollten. Diane und Rick seien schon am frühen Morgen abgereist, Melissa hätte sich nur kurz von Sascha verabschiedet und sei zu ihrem Vater aufs Polizeipräsidium gefahren. »Aber darüber weißt du bestimmt mehr als wir«, meinte Maja, was zutraf. Miriam hatte ihn schon um acht aus dem Bett geklingelt und mit Neuigkeiten versorgt. »Er hat gestanden«, sagte sie. »Nach seiner Version war es eher ein Versehen. Er hat Martin Mann gesucht, betrunken auf dem Catwalk angetroffen und wollte ihm eine Abreibung verpassen. Ich glaube nicht, dass er damit durchkommt. Von Reue keine Spur, sagen meine Kollegen. Und die Verletzung am Hals kommt von einem gut gezielten Handkantenschlag, wenn ich den Autopsiebericht richtig lese. Für mich klingt das nach Vorsatz.«

Magnus war zu müde für geistreiche Repliken gewesen und hatte laut gegähnt. »Danke Miriam. Machst du auch mal Pause?« Sie hatte gelacht und aufgelegt. Als Magnus jetzt über den Alter Markt lief und die Kandidaten schon von Weitem einträchtig im Café sitzen sah, war er im Zweifel, ob er ihre gute Laune mit schlechten Nachrichten stören sollte. Ihm stieg der süße, pudrige Duft gebackener Waffeln in die Nase und erinnerte ihn daran, dass er heute erst ein halbes Brötchen zu sich genommen hatte. Er kämpfte sich durch eine Touristengruppe am Brunnen in der Mitte des Platzes, die einen Musiker umringte, der noch dabei war, seine Gitarre zu stimmen. Nein, er durfte nichts erzählen, korrigierte er sich innerlich. Was, wenn Matthias das Geständnis widerrief? Aber die Kandidaten machten es ihm schwer.

»Hey, Meister! Raus damit. Was ist jetzt mit Matthias los? Hat er ihn wirklich auf dem Gewissen?«, wollte Heiko wissen. »Wir haben nur Andeutungen von Melissa gehört, und die war nicht sehr gesprächig.«

»Darf er sich vielleicht erst hinsetzen?«, meinte Maja und lächelte Magnus an.

»Genau, lass ihn erst einen Kaffee bestellen!«, rief Jojo. »Du isst und trinkst heute auf mich«, sagte er zu Magnus und schlug sich mit gespieltem Ernst auf die Brust. »Ich habe dir mein ganzes Glück zu verdanken. Meine Inspiration, mein Leben.«

»Komm wieder runter«, maulte Sascha. »Nur weil du einen Wettbewerb gewonnen hast …«

»Es geht eher um Jamila, oder?«, meinte Maja. »Liebe schlägt Erfolg.«

»Liebe inspiriert Erfolg!«, sagte Jojo. »Ohne dich,

Meister, hätte ich sie nie kennengelernt. Ich war gestern in der Form meines Lebens.«

»Herzlichen Glückwunsch«, sagte Magnus und umarmte Jojo, bevor er sich setzte. Er suchte Milans Blick. War er sehr enttäuscht? Doch der schien sich für Jojo zu freuen. »Ich habe deinen Auftritt noch sehen können«, sagte Magnus zu Milan. »Fantastische Nummer.«

»Noah hat mich nach der Show angesprochen«, sagte Milan und wurde rot. »Er mag meine Songs.«

»Hört, hört, sie duzen sich schon!«, grinste Heiko. »Freut mich für dich, Kleiner. Du warst immer mein Favorit. Entschuldige, Jojo. Meister, du hast noch nicht geantwortet.«

»Ich darf nicht«, sagte Magnus. Zu seinem Glück unterbrach eine Bedienung das kollektive Stöhnen der Kandidaten. Magnus bestellte seelenruhig einen Cappuccino und ein belegtes Ciabatta.

»Das ist nicht dein Ernst«, schimpfte Heiko.

»Er hat gestanden«, sagte Sascha. »Melissa hat mir vor zwei Stunden geschrieben.«

Es war einen Moment still am Tisch. »Und was passiert jetzt?«, meinte Milan. »Darfst du darüber reden?«

»Nein«, sagte Magnus wahrheitsgemäß. »Es gibt bestimmt schuldmindernde Umstände …«

»Schön gesagt«, knurrte Heiko. »Aber er war wegen Körperverletzung vorbestraft. Das hat Melissa mal erzählt. Dann geht er auf jeden Fall in den Bau.«

»Melissa tut mir leid«, sagte Maja. Alle nickten.

»Vielleicht wird sie dann endlich mal erwachsen«, meinte Sascha. Keiner antwortete ihm.

»Wo ist eigentlich Jason?«, fragte Magnus, dem das Schweigen zu lange dauerte. »Irgendwo eingeschlafen?«

»In seinem Element«, grinste Milan und deutete zum Brunnen in der Mitte des Platzes, wo ein Menschenauflauf den Musiker umstellt hatte. Magnus hatte Jason eben nicht erkannt. Heitere Akkorde wehten zu ihnen hinüber. Das Publikum lachte über einen Witz und applaudierte.

»Kommt alle mit«, sagte Maja plötzlich. »Wir filmen ihn und stellen das ins Netz. Das wird ihn freuen. Magnus, hältst du so lange die Stellung für uns?«

Er versprach es. Sie liefen zum Brunnen, die Handys gezückt. Magnus sah ihnen nach. Sie würden ihren Weg machen, so oder anders. Sein Handy klingelte. Magnus hatte den Mund voller Ciabatta, als er Bennos gepresste Stimme vernahm.

»Meister? Bei Miriam geht's los.«

»Jetzt schon? Die hat es aber eilig.«

»Ich bringe Miriam jetzt ins Krankenhaus. Kannst du kommen? Ich steh das alleine nicht durch, Mann.«

Magnus beruhigte ihn und sagte zu. Er winkte der Bedienung, um zu bezahlen.

ENDE

DANKSAGUNG

Wenn ich zurückblicke ist es unfassbar, wer alles dazu beiträgt, dass ein Buch gelingt. Egal ob es sich um Ideen zur Story handelt, um einen Titel oder um die komplexe Aufgabe, einen Krimi bei zukünftigen Lesern bekannt zu machen. Ganz zu schweigen von den vielen offenen Ohren und inspirierenden Gesprächen, wenn wieder die Phase kommt, wo nichts zu funktionieren scheint.

Was davon am wichtigsten ist, kann und will ich nicht entscheiden, deswegen fange ich mittendrin an: Danke an meine Testleser, Titelsucher, Musik- und Marketinggehirne: Silke Laws, Claudia Behr, Thomas Pape, André Hille von der Agentur Hille und Jung, Hans Schneider. Danke an Michelle Kampmann, über deren Kontakte ich eine Fernsehproduktion von innen sehen konnte. Das gesamte Team vom Ticketservice, bei denen ich hospitieren und selbst Eintrittskarten kontrollieren durfte. Wibke Harms für ein langes Frühstück, nach dem ich die Produktionsabläufe einer Sendung besser begriffen habe. Hagen Nitzsche, der mir einiges zum Thema Casting erzählt hat. Alles, was fachlich nicht stimmt, geht auf mich. Katharina Felder für ihre Geduld als Kollegin, die auf dem Platz neben mir mit über Titel nachdenken muss.

Der Freundeskreis aus unseren Wohnzimmerkonzerten, von denen einige meine Lesungen musikalisch oder als Sprecher begleitet haben: Martina Bedzent, Georg

Nacken, Jürgen Nell, Herbert Bruns, Annette Harbaum. Der Mädels-Stammtisch für erheiternde Momente, Durchhalteparole und guten Wein. Tanya Hofmann hat in kürzester Zeit Fotos von mir gemacht, die ich mag.

Nervenstark, motivierend und hartnäckig: Das Team vom Gmeiner-Verlag, das keine Ruhe gibt, bis das letzte Komma stimmt und der Titel zum Inhalt passt. Danke besonders an meine Lektorin, Claudia Senghaas und die Kollegen im Marketing, die die Geduld und den Humor nicht verlieren. Es hilft sehr, dass sie mein Buch einfach mögen.

Danke für die tolle Unterstützung bei den Lesungen an Frau Sander und Frau Magh.

Jana Behr für professionelles Marketing und die Einrichtung meiner Website. Christiane Preisen für das Türenöffnen bei der REWE.

Ein besonderes Dankeschön natürlich an meine Leserinnen und Leser: Der Ermittler Magnus Meister hat sich echte Fans erobert, und ich habe mich über jeden und jede gefreut, die mir auf dem Gang zum Büro, zwischendurch, über facebook, per E-Mail oder am Telefon erzählt haben, dass sie das Buch nicht mehr aus der Hand legen wollten. Oder wann das zweite Buch endlich fertig sei. So habe ich mir Motivation vorgestellt. Großartig.

Das dickste Dankeschön geht mit Kuss an meinen Mann, Achim Gassen: Ich darf tun, was ich tun will, und so sein wie ich bin.

Susanne Grulich, Oktober 2018